내 삶의 빛, 엄마

내 삶의 빛, 엄마

발행일 2021년 12월 1일

지은이 이영순
펴낸이 손형국
펴낸곳 (주)북랩
편집인 선일영 편집 정두철, 배진용, 김현아, 박준, 장하영
디자인 이현수, 한수희, 김윤주, 허지혜, 안유경 제작 박기성, 황동현, 구성우, 권태련
마케팅 김회란, 박진관
출판등록 2004. 12. 1(제2012-000051호)
주소 서울특별시 금천구 가산디지털 1로 168, 우림라이온스밸리 B동 B113~114호, C동 B101호
홈페이지 www.book.co.kr
전화번호 (02)2026-5777 팩스 (02)2026-5747

ISBN 979-11-6836-060-0 03810 (종이책) 979-11-6836-061-7 05810 (전자책)

57년간 함께한 친정엄마에게 바치는 연서

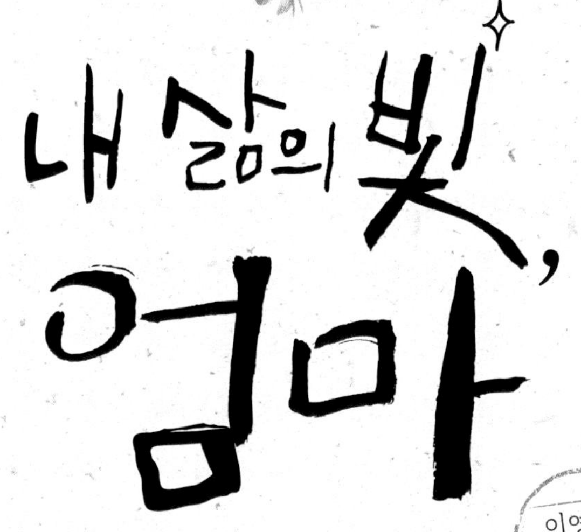

이영순 지음

북랩 book Lab

93년 동안의 고독

1982년 노벨문학상을 받은 『백년 동안의 고독』을 쓴 작가, 가브리엘 가르시아 마르케스는 "내 책에 쓰인 이야기 가운데 실제로 일어난 사건에서 비롯되지 않은 것은 단 한 줄도 없다."라고 했다. 또한 "삶은 한 사람이 살았던 인생 그 자체가 아니라, 현재 그 사람이 기억하고 있는 순간이다. 그 순간을 이야기하기 위해 어떻게 기억하고 있는지가 중요하다."라고 말한다.

나는 『백년 동안의 고독』을 읽고 엄마의 이야기가 사라지지 않도록 해야겠다는 용기를 얻었다. 흔히 어르신들은 자신이 살아온 인생을 책으로 쓰면 "소설 몇 권은 될 거다"라고 말씀하시곤 한다. 엄마 역시 구구절절 한 맺힌 이야기가 종종 쏟아지곤 했다. 나는 엄마의 크고 작은 일들을 정리하고 메모하면서 더 효도할 수 있었고, 갈등을 해소할 수 있는 계기도 되었다.

엄마는 2020년 2월 6일 새벽, 코로나19가 잠시 주춤하고 있던 때에 세상을 떠나셨다. 엄마 나이 93세였다. 벌써 1년이 훌쩍 넘었고 2년이 다가온다. 지인들은 살 만큼 사셨다며 위로했지만 밀려오는 슬픔은 이루 말할 수 없이 컸다.

나는 엄마와 57년 동안 떨어져 본 적이 없을 정도로 함께했다. 3남 4녀 중 막내였지만 엄마는 내가 책임져야 한다는 생각이 강했다. 아마도 언니와 오빠들이 일찍 도시로 나가는 바람에 엄마 마음을 많이 헤아렸던 것 같다.

나는 늘 얼른 돈 벌어서 사는 동안 가난에 쪼들렸던 엄마를 호강시켜 드려야겠다는 생각뿐이었다. 하지만 엄마는 딸과 함께 살면서 자식에게 해준 게 없다며 항상 미안해하셨다.

딸뿐만 아니라 사위와 손자, 손녀를 위해 헌신하셨던 엄마. 부모는 자식의 어깨에 앉은 보이지 않는 먼지도 털어 주고 싶다고 한다. 엄마는 우리 가족을 돋보이게 하기 위해 돋보기로 사신 분이셨다.

엄마는 항상 "돈보다 사람이 먼저다. 선하게 살아야 한다"고 말씀하셨다. 돈은 물려주지 않았지만 아름다운 지혜를 주신 엄마다. 엄마 덕분에 손녀 복덩이는 멋진 소방관이 되었고, 손자 찰떡이는 훌륭한 세무사가 되었다.

이제는 엄마가 세상에 계시지 않지만 엄마와 함께했던 순간들의 기억을 한 편의 글로 그리움을 내려놓고자 한다. 비록 엄마 살아생전에 출판하지 못한 아쉬움이 있지만 부모님을 모시거나 함께하시는 분들과 공유하고 싶은 마음이다.

소소한 이야기를 한 권의 책으로 나올 수 있게 도와주신 정혜인 선생님과 북랩 출판사에 감사드린다.

엄마에게 일이 생기면 한달음에 달려와 주었던 남편과 태어나면서부터 어른들께서 별명을 붙여준 복덩이 유나, 언제나 할머니를 다독여 주던 찰떡 진영이에게도 고마움을 전한다.

앞으로도 독서와 글쓰기에 흠뻑 빠져 살 것 같다. 먼 훗날 내 손주들과 함께 책 읽어 주는 할머니가 되어 행복한 삶을 누리면서 말이다.

2021년 11월

이영순

세상 밖으로 나오기 위하여

세상 밖으로 나오기 위하여[1]

세상 밖으로 나오기 위하여

아이는 열 달 동안

그렇게 자궁 속에서 꼼지락거렸나 보다

세상 밖으로 나오기 위하여

아이는 좁은 자궁 속에서도

또 그렇게 숨바꼭질하며 꼭꼭 숨었나 보다

1) 서정주 시인의 시 '국화 옆에서'를 패러디한 것임.

배가 고파 허리띠를 졸라매다
남편 몰래 독한 약을 먹었는데
아이는 자궁 속에서 수영하며 놀고 있다
서로 붙어 떨어지지 않는 모녀여

아이는 엄마의 한평생을 지켜 주려고
엄마는 며칠 동안 하늘이 노래지고 우당탕탕
천둥이 치고
아이와 엄마는 밤새도록 사경을 헤맸나 보다

차 례

1부 그리움

2부 지혜로움

3부

아름다움

4부

외로움

1부

그리움

아버지와 엄마

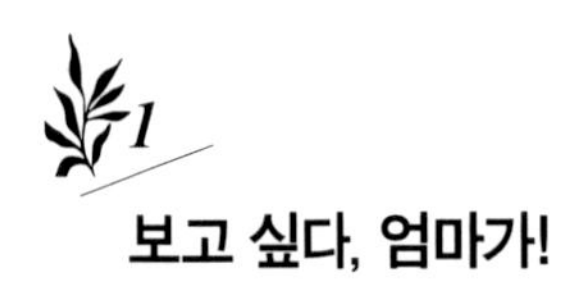

보고 싶다, 엄마가!

처음대로

한 몸으로 돌아가

서로 바꾸어

태어나면 어떠하리

- 김초혜 「어머니 1」 중에서

우당탕탕! 우당탕탕! 엄마는 약을 먹고 난 후 천장이 무너지는 소리와 함께 몇 날 며칠을 몸져누워 일어나지 못하셨다. 앞집에 사는 아주머니도 밤새도록 황천길을 헤맸다고 한다. 이유인즉, 엄마와 아주머니가 함께 아이를 갖게 되자 두 분 다 아이를 지우기로 결심하셨단다.

아버지가 알게 되면 날벼락이 떨어질 게 분명하므로 엄마는 가족 몰래 가까운 읍내로 나가 약을 사 드셨다. 얼마나 독한 약이었던지 엄마는 하늘이 노래지고 요란한 천둥 번개 소리만 듣다가 깨어나셨다고 한다.

앞집 아주머니는 밤새도록 피를 쏟아내고 깨끗이 아이를 지웠다는데 엄마는 죽을 고비를 넘기고서 며칠 후 깨어나셨다. 결국 아버지에게 들켜 혼쭐이 나고 쫓겨날 뻔하셨다고….

당시 아버지는 "사람은 누구든 태어나면서부터 자기 몫을 가지고 태어나는 것"이라 했다지만 엄마는 배가 너무 고파 아이를 낳고 싶지 않으셨다고 한다.

아무런 영문도 모른 채 아이는 손가락과 발가락, 손톱과 발톱이 생기고, 눈과 코와 입이 생기면서 엄마의 깜깜한 바닷속에서 헤엄치며 놀고 있었다. 그러다가 아이는 열 달 동안 엄마의 심장 박동 소리를 듣고 춤도 실컷 추고 놀면서 엄마가 원하지도 않았는데 신호를 보낸 것이다.

진통이 시작되던 날! 그때는 추수하는 계절이라 엄청 바쁜 날이었다. 그날도 엄마는 일꾼들을 구해 놓은 날이라서 새벽에 일어나 밭으로 나가려던 참이었다. 그러다 아이가 보내는 신호를 어찌할 수 없어 엄마는 일을 못한 아쉬움을 뒤로한 채 집 안에 주저앉게 되었다고 했다. 아이는 끝까지 엄마가 원하지도 않은 날에 어떻게 가르쳐 주지 않았는데도 그날의 운명을 선택하고 나온 것이다.

나는 그렇게 엄마 얼굴을 보려고 엄마에게 신호를 보내고 세상 밖으로 나왔다. 내가 태어나던 날, 엄마는 미역국조차 먹지 못했음에도 그날만큼은 일하지 않고 누워서 쉴 수 있었을 거라고 안도하며 내가 태어났던 추억을 되살려 본다.

태아는 19주째가 되면 지문이 생기고 손금이 생기고, 넉 달째가 되면 장기가 생기고, 일곱 달째부터 듣고, 느끼고, 기억을 한다고 한다. 그래서 음악을 틀어주고 태명을 불러주면 태아가 반응을 보인다는 것이다.

그런데 나는 독한 약을 먹고도 눈, 코, 입이 제대로 붙어 있고 멀쩡하게 태어났다. 그래서 나는 내가 아이를 가졌을 때에도 아이가 손과 발이 제대로 생겼을까 하는 불안은 전혀 갖지 않았다. 잘 먹고 마음을 편하게 갖는 것도 중요한 비결이라 생각한다. 요즘은 초음파 사진으로 태아를 모두 들여다볼 수 있으니 얼마나 다행한 일인가 싶다.

나는 음력으로 9월 29일 새벽 5시쯤에 태어났다. 나를 지우려고 엄마가 독한 약을 먹었는데도 신체적으로 어디 하나 부족함 없이 태어났음에 감사할 따름이다.

게다가 나는 추수절에 태어나 내 생일날이 되면 매년 우리 집은 소머리떡으로 풍성한 가을을 맞이한다. 가난한 살림이었지만 풍성한 계절에 태어나 소머리떡으로 부자가 되니 이 또한 행운이다. 그래서인지 나는 소머리떡을 좋아하게 되었고, 엄마와의 관계도 떨어질 수 없는 찰떡이 되어 버린 것이다. 그렇게 엄마와 나는 첫 만남을 가졌고, 첫사랑으로 인연을 맺게 되었다.

신체적으로는 아무 이상 없이 태어났지만 엄마가 나를 가졌을 때 많이 드시지 못해서인지 나는 자라면서 뼈마디가 자주 아팠다. 특히 어릴 때부터 어깨가 심하게 아팠는데 그때는 누구나 그렇게 아프며 사는 줄로만 알았다.

항상 바쁘게 생활하는 나에게 엄마는 항상 특별한 요리를 해 주셨다. 어느 휴일 날, 그날도 그랬던 것으로 기억이 난다. 쉬는 시간 없이 몸을 아끼지 않고 일만 하시며 음식을 만들어 주시는 엄마에게 물었다.

"엄마! 엄마는 귀찮지 않아?"

"뭐가 귀찮아?"

"엄마는 뼈 아프지 않아?"

"뭐가 아파. 안 아파."

"아프면서 거짓말하는 거지?"

"아니다. 난 너처럼 그렇게 아프지는 않다. 유난히 네가 그런 것 같다."

그렇게 몸이 튼튼하지 못한 상태로 엄마와 나는 인연이 되어 57년을 함께했다.

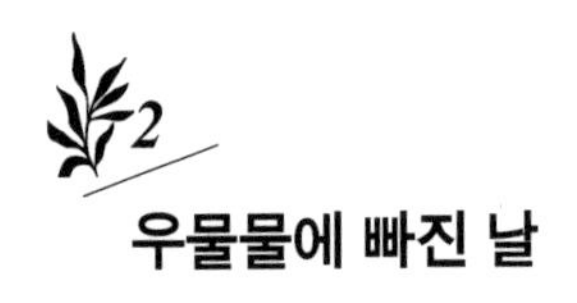

우물물에 빠진 날

내가 살았던 시골 동네는 집집마다 크건 작건 마당 한편에 우물이 있었다. 우리 집 우물은 그리 크지 않았고, 대신 우물가가 다른 집보다 넓었다. 시간이 지나 우물 대신 마중물을 넣어 펌프질을 하면 물이 콸콸 쏟아지게 물을 끌어 올리는 것으로 바뀌었다. 나는 엄마가 우물가에서 일하실 때마다 엄마를 도와드리고 싶어 늘 곁에서 지켜보았다. 농사일로 바쁘신 엄마를 도와드리는 일은 나에게 즐거운 일이기도 했다.

무더운 여름날, 땀을 뻘뻘 흘리며 일터에서 돌아온 큰오빠의 등에 물을 부어주면 "우리 막내가 최고"라는 칭찬을 받기도 했다. 큰오빠는 두레박으로 물을 길러 작은 양동이에 옮겨 담은 후 부엌에 있는 물항아리에 가득 채우곤 했는데 그럴 때도 나는 우물가 옆에서 놀곤 했다.

우리 앞집 우물은 바로 대문 옆에 자리 잡고 있었다. 그 우물은 우리 동네에서 가장 크고 깊었다. 우물이 깊고 위험해서인지 우물

밖은 둥그렇고 크게 단단한 콘크리트로 둘레를 막아 놓았고, 우물 안 가장자리는 둥그런 돌들이 층층이 쌓여 있었다.

그 우물은 얼마나 깊은지 우물 속 물이 잘 보이지 않을 정도였다. 어른들조차도 두레박을 잘 잡고 긴 줄을 우물 속으로 풍덩 힘차게 내던져야 두레박에 물을 가득 담아 올릴 수 있었다.

어른이라도 우물물을 많이 퍼올리려면 목을 길게 쭉 빼고 우물 안을 들여다보면서 두레박에 물이 가득 차 있는지 확인해야 할 정도였다. 그렇지 않으면 물은 퍼올리지 못하고 가벼운 두레박만 올리게 된다.

동네 언니들과 오빠들이 두레박을 우물 안으로 던지고 물이 많이 담기면 신이 나서 큰 소리를 지르기도 했다. 나는 너무 어려서 힘이 부족한 탓에 그 우물물을 길어 보지 못했다.

앞집에는 나보다 두 살 많은 언니가 있었다. 나는 그 언니를 좋아해 언제나 함께 놀았다. 어느 날, 언니 집에 놀러 갔는데 언니가 우물가에서 쌀을 씻고 있었다. 나는 옆에서 기웃거리다 언니를 도와주려고 우물에 두레박을 넣고 물을 길어 올리려 했다. 그런데 두레박에 물이 가득 차자, 힘이 없던 나는 순식간에 우물 속으로 풍덩 빠져 버리고 말았다.

"물에 빠지면 지푸라기라도 잡는다"는 말이 있듯이 나는 우물 안에서 허우적거리다 울퉁불퉁 나온 돌을 두 손으로 꽉 붙잡았다. 어린 시절이었지만 돌을 놓치지 않으려고 매달렸던 기억이 난다.

그러나 나는 그대로 고꾸라지면서 물속에 잠겨 버렸다. 물이 무척 차가웠을 것이다.

사람이 물속에 가라앉게 되면 얼마 후 수면 위로 올라온다고 하지 않던가. 나는 물속에서 떠올랐던지 물 위로 머리만 쳐들고 있었고, 양손으로 돌을 움켜쥐고 몸부림을 쳤을 것이다. 나는 죽기살기로 온 힘을 다해 돌을 움켜잡고 목만 위로 쳐들고 싸웠을 거란 생각이 든다.

우물 밖에서 사람들이 웅성거리는 소리가 들렸던 게 기억난다. 그 공포 속에서 얼마나 버텼을까. 깨어나 보니 날은 어두컴컴했고, 나는 우리 집 조그마한 뒷방에 드러누워 있었다. 머리맡에 가족들과 동네 사람들의 얼굴이 보였다. 동네 어르신이 신고하여 순경이 몰려와 나를 물에서 건져 올렸다는 걸 나중에서야 들었다.

정신을 차려 보니 다섯 살 많은 언니가 내게 수제비를 떠먹여 주고 있었다. 언니는 내가 죽을 줄 알고 수제비라도 먹고 가라고 정신없이 수제비를 끓여 먹였다고 했다. 그때 언니는 초등학교에 다닐 때였는데 내 소식을 듣고 바로 집으로 왔다고 한다.

엄마는 밤이 어둑어둑해서야 일터에서 돌아오셨는데 동네에 들어서자마자 사람들한테 내 사고 이야기를 들으시고 허겁지겁 정신없이 달려오셨다. 얼마나 놀라셨겠는가.

어느 해에는 동네 언니들과 오빠들을 따라 산에 올랐다가 산에서 개진달래를 먹고 밤새도록 배가 아파 죽을 뻔한 적도 있었다.

개진달래는 진짜 진달래가 아니라고 해서 붙여진 이름이다. 따뜻한 봄날, 산에 오르다 보면 울긋불긋 예쁜 꽃들이 만발해 있다. 그 중 개진달래꽃도 진달래꽃과 너무 흡사해서 헷갈릴 정도이다. 꽃을 따서 뒷부분을 만져보면 끈적끈적한 점액이 나오는데 뒤꽁무니 쪽을 입에 대 보면 달짝지근한 맛이 난다.

그때 나는 얼마나 배가 고팠던지 시간 가는 줄 모르고 산속에서 개진달래꽃의 단맛에 빠져 산에서 내려오기는커녕 하루 종일 꽃을 따 먹었다. 뒤늦게 알고 보니 개진달래꽃은 독성이 있어 먹을 수 없는 꽃이었다.

그날 나는 밤새도록 배앓이와 구토를 했다. 엄마는 막내딸이 죽어 간다며 동네 어르신을 모셔 왔다. 무엇을 먹고 나았는지는 알 수 없지만 어르신께서 단방약을 구해 오셔서 먹였다고 했다.

이 외에도 수많은 일들이 스쳐 간다. 국민학교 저학년 때 홍역을 앓아 학교에 가지도 못하고 뒷방에 갇혀 있었다. 심하게 열이 나고 피부가 빨갛게 되었던 기억이 난다. 나는 이유도 모르고 뒷방에 누워 있는데 동네 어르신과 엄마가 정신없이 왔다 갔다 하셨고, 집안이 시끌벅적했던 상황이 아직도 생생하다. 아마도 감염의 우려로 동네에서 긴장을 했던 모양이다.

시골에 가면 정자나무로 지은 팔각정이 있는데 그때는 모정이라고 불렀다. 나는 그곳에서 놀다가 아래로 떨어져 크게 다치기도 하고, 뛰어놀다가 넘어져 팔을 다쳐 오른쪽 팔을 끈으로 목에 걸고 다녔던 일도 있었다. 어르신들은 나를 볼 때마다 이구동성으로

"너 또 넘어졌냐!" 하시며 혀를 내두르시곤 했다. 참으로 어릴 때는 개구쟁이였던 게 분명하다.

아이는 삼신할머니가 구해 준다고 했던가. 엄마 속을 태우긴 했지만 여러 번의 사고를 당하면서도 언제나 아무 일도 없었던 것처럼 다시 살아나서 오래도록 엄마 곁을 지키며 함께했다.

3 나의 재능은 엄마의 끼

소매는 길어서 하늘은 넓고

돌아설 듯 날아가며 사뿐히 접어 올린 외씨버선이여.

청록파 조지훈의 시 〈승무〉라는 시를 읊으면 엄마가 한복을 곱게 입고 장구를 치면서 춤을 추었던 모습이 떠오른다.

엄마는 장구도 잘 치고, 노래도 잘하고, 춤도 잘 추었다. 잘록한 허리에 치마폭을 치마끈으로 질끈 동여매고 장구를 엇비슷하게 어깨에 멘 모습과 장구채로 울림통을 두드리며 춤을 추는 모습이 섬세하고 선하게 그려진다.

자세히 기억이 나지 않지만 동네에서 무슨 행사가 있었는지 엄마가 한복을 차려입고 장구를 치셨다. 그때 엄마의 모습은 정말 아름다웠다.

나는 시골에서 국민학교를 입학하기 전 유치원에 다녔다. 유치원이라고 해봐야 지금 동네에 있는 마을회관보다 못한 곳이었다. 어찌된 영문인지 내가 국민학교에 입학했는데 함께 유치원에 다녔던 친구들은 없었고 모르는 친구들만 있었다.

나중에서야 내가 동생들과 함께 유치원을 다녔다는 것을 알게 되었다. 같은 또래 친구들에게 내가 유치원에 다닌 사실을 이야기하면 깜짝 놀라곤 한다.

내가 유치원 다니던 때, 유치원에서 행사가 있었는데 나는 아무런 영문도 모른 채 엄마에게 집으로 끌려와 흠씬 두들겨 맞은 적이 있다.

엄마는 당신 딸의 춤 솜씨를 동네 분들에게 자랑하려고 하셨던 모양이었다. 그런데 내가 춤을 추지 않자 엄마는 내게 몹시 화를 내셨다. 그러곤 집에 돌아와 나를 방에 가두고 심하게 때리셨다. 생애 처음이자 마지막으로 엄마한테 맞았던 날이다. 그렇게 잘 추던 춤을 그날은 왜 하기 싫어했는지 모르겠다.

나는 엄마에게 어떻게 조그만 어린아이한테 매질을 할 수 있었느냐며 묻곤 했다. 그러나 내가 나이를 먹어 가면서 엄마의 마음을 헤아리게 되었다. 딸에게 새 옷까지 입히고 딸의 춤 솜씨를 자랑하고 싶으셨을 텐데 내가 춤을 추지 않아 얼마나 속상하셨을까. 엄마는 당신 욕심 때문에 어린 딸에게 매질을 하고 뒤돌아서서 더 많은 눈물을 흘렸으리라.

언제부터였는지는 모르겠지만 나는 어릴 때부터 춤을 잘 추었다. 가족들이 모이는 날이면 언제나 춤을 추며 어른들의 귀여움을 독차지했다.

지금은 세상을 떠나고 계시지 않지만 서울에 사셨던 이모는 우리 집에 오실 때마다 나에게 춤을 추게 했다. 꼭 내 춤을 보기 위해서 내려오시는 것만 같았다. 언니와 오빠 그리고 형부까지 우리 가족은 나에게 춤을 추게 하였다. 사람들은 나를 보고 전혀 그렇게 보이지 않는다고 말한다.

나의 책 『사랑이 나를 꿈꾸게 한다』의 내용 중에 '정말 중요한 건 눈으로 볼 수 없어'라는 글에서 내가 왜 춤을 멈추게 되었는지를 상세히 적어 놓았다. 그래서 보이는 것만으로 사람을 다 안다고 말할 수 없다는 것을 진작에 깨닫는 계기가 되었다. 아마 나는 엄마의 끼를 닮지 않았나 싶다.

나는 음치지만 노래를 좋아한다. 한 번만이라도 멋들어지게 불러 보고 싶다. 몇 년 전 주말 시간을 이용하여 기타를 배웠고, 보컬 트레이닝까지 받았다.

보컬 지도 선생님께서 김종환의 '사랑을 위하여' 노래를 불러 보게 했다. 내가 젊은 시절부터 좋아했던 노래였다. 노래를 부르고 나자 함께 배웠던 선생님들은 "이 노래가 선생님 노래인 것 같다"며 칭찬을 아끼지 않았다.

보컬 지도 선생님께서 이 노래를 가르칠 때 가사에 담겨 있는 의미를 생각하면서 부르면 훨씬 잘 부를 수 있다고 했다. 그래서 나는 이 노래를 부를 때마다 엄마를 생각하면서 부른다. 이 노래를 잘 부르게 된 이유이기도 하다. 내가 좋아하는 노래를 기타 치면서 맘껏 부를 수 있는 날이 오기를 기대해 본다. 기타를 치면서 보컬까지 잘할 수 있다면 얼마나 기쁜 일인가.

전에는 사람들이 내가 좋아하는 것이 무엇인지, 잘하는 것이 무엇인지 물을 때마다 춤이라고 했다. 그런데 나이를 먹어 가면서 정말 그런지 의문이 든다. 이제는 정말 좋아하는 것이 생겼으니 코로나19가 종식되면 열심히 배우고 연습하련다.

자꾸 연습하다 보면 잘하는 것도 생겼다고 분명히 말할 수 있을 것이다. 벌써부터 가슴이 설렌다. 이제 남은 시간에 내가 정말 좋아하는 것이 무엇인지 알고, 좋아하는 일을 하면서 산다면 가장 소중한 인생이라 믿는다.

내 어린 날을 회상해 보면 행복했던 시간들보다 온통 슬픔뿐이었다. 무엇을 하고 싶다, 무엇이 되어야겠다, 그 어떤 뚜렷한 목표도, 확실한 꿈도 없이 살아왔다. 진정으로 내가 되어야 할 그 무엇을, 젊음의 초입에서 정했더라면 그리고 그것을 소명이라 여기고 최선을 다해서 그 길로 매진했다면 지금과는 다른 내가 되어 있었을 것이다.

뭔가를 알고 그 일을 추진하는 것과 생각 없이 사는 것은 아주 큰 차이가 있다. 조금 늦지 않았나 하는 생각도 들지만 이제는 상관없다. 글을 쓸 수 있다는 것만으로도 충분히 행복하니까. 엄마에게 받은 끼를 잘 살려서 행복한 삶을 누려 보련다.

4

열무 삼십 단 이고 시장 가던 날

열무 삼십 단을 이고
시장에 간 우리 엄마
안 오시네, 해는 시든 지 오래

기형도의 <엄마 걱정>이라는 시 일부다. 이 시를 읽다 보면 나 어릴 적에 엄마가 열무를 시장에 내다 팔던 생각이 난다. 엄마는 오후에 밭에 나가 열무를 한아름 뽑아 와 저녁이 되면 가지런히 다듬은 후 지푸라기 끈으로 한 단 한 단 묶어 머리에 이고 갈 분량을 만들어 차곡차곡 늘어놓으셨다. 늘어놓지 않으면 열무는 금방 속이 상하기 때문이라고 했다.

그런 다음 저녁밥을 드신 후 잠을 자는 둥 마는 둥 살짝 눈을 붙이고는 어둑새벽에 일어나 전날 한 단씩 묶어 늘어놓았던 열무를 큰 보자기에 싸서 머리에 이고 버스 정류장으로 향하셨다.

엄마도 열무 삼십 단을 머리에 이고 새벽에 일찍 첫차를 타고 가야 한다며 동네에서 버스정류장까지 30분 정도 걸리는 거리를 걸어가셨다. 목이 아픈 줄도 모르고 그 무거운 짐을 머리에 이고서.

버스가 한가하면 엄마는 횡재했다며 좋아하셨다. 1970년대에는 버스가 그리 많지 않아 가끔 다니는 탓에 버스는 언제나 만원이었다. 사람도 간신히 태우는데 짐까지 있으면 버스 잡기가 너무 힘들고 어려웠던 때였다. 그래서 첫차를 놓치게 되는 날이면 버스 여러 대를 보내고 몇 시간을 기다렸다가 간신히 탈 수 있었다.

엄마는 정말 부지런하셨다. 집에서 전주까지 지금은 30분이면 오가는 거리를 옛날에는 새벽에 첫차를 타고서도 두 시간이 걸렸다. 이게 가장 빠른 시간이었다.

더더욱 첫차를 타고 가면 장사꾼들이 버스가 오기만을 기다리다 시골에서 올라오는 아줌마들의 보따리를 잡고 그 자리에서 흥정하여 바로 팔려 나가면 횡재하는 거였다. 가장 운이 좋은 날이었던 것이다. 엄마는 언제나 싱싱한 것들만 시장에 내다 팔았다. 그러다 보니 언제나 첫차를 타고 시장에 나가셨다.

엄마는 열무를 다 팔고 장에서 집으로 돌아오실 때에 항상 맛있는 풀빵을 사 오셨다. 그래서 나는 엄마가 장에 가는 날이면 벽돌담에 올라앉아 엄마를 기다리거나, 집에서 버스정류장 쪽을 100번도 넘게 넘나들며 목이 빠져라 엄마를 기다리곤 했다.

어쩌다 버스를 놓치거나 차가 만원이라 버스를 타지 못하게 되면 시장에 팔러 가는 시간이 당연히 지체되어 엄마는 한밤중이 되어서야 돌아오셨다. 그럴 때면 나는 엄마 걱정으로 한없이 울면서 엄마를 기다렸다.

잘 보이지도 않는 버스정류장 쪽을 바라보다 멀리 사람의 모습이 보이면 엄마인 줄 알고 좋아하다가 엄마가 아니면 허탈해져 다시 멀리서 사람이 오는 것을 보곤 했다. 그러다 또다시 사람의 모습이 나타나면 그때부터 가까이 다가올 때까지 또 기다렸다. 몇 번을 그렇게 하다가 결국 엄마를 발견하고는 날 듯이 기뻐 엄마가 오는 데까지 뛰어 달려갔다.

그렇게 엄마를 만나면 엄마는 봉투 속에서 맛있는 것들을 꺼내 주셨다. 지금 생각해 보면 아마 엄마보다도 맛있는 풀빵을 더 기다렸던 듯하다. 아니다, 나는 풀빵보다도 엄마가 너무나 보고 싶어서 기다렸던 것이다. 엄마를 만나면 기분이 너무 좋아서 세상에 있는 모든 것을 내가 다 가진 것처럼 행복했기 때문이다.

그런데 그런 시간도 잠시, 엄마는 밥을 먹는 둥 마는 둥 하시고는 다시 밭으로 내달리셨다. 다음 날 아침 또 첫차를 타고 팔러 갈 것들을 준비해야 하기 때문이었다.

열무는 금방 시들어지기 때문에 저녁에 준비해서 새벽에 바로 내다 팔아야 제값을 받을 수 있다. 엄마가 파는 열무가 하도 싱싱해서 장사꾼들은 열무를 보지도 않고 사 간다고 하셨다. 덕분에 엄마 파자마 속 주머니에는 언제나 돈이 많았다.

엄마는 비가 오는 날에도 시장에 나가셨다. 특히 밭농사가 많아 엄마는 채소를 가꾸어 시장에 내다 파셨다. 지금은 계약재배가 있어 밭에 심어 놓기만 하면 어렵지 않게 판로가 형성된다. 그러나 그 시절에는 주인들이 농사를 지으면 시장에 직접 내다 팔아야 했기 때문에 엄마는 채소가 다 팔릴 때까지 머리에 이고 시장에 나가셨다.

엄마는 가끔 나를 모래내시장에 데리고 나가셨다. 짐이 무거울 때 엄마의 짐을 거들어 줄 수 있어서였는지 아니면 옷을 사 입히거나 신발을 살 때 몸이나 발에 맞춰 봐야 하기 때문이었는지도 모른다. 엄마를 따라 전주 모래내시장을 다녀올 때마다 나는 친구들에게 자랑하곤 했다.

어려서부터 엄마의 일거수일투족을 보고 자랐고, 나의 인생은 8할이 엄마였다. 엄마가 시장에 가서 채소가 잘 팔려 기분이 좋다고 해도 나는 엄마의 고생을 알았기에 그리 기분이 좋지는 않았다. 언제나 난 엄마 걱정뿐이었다. 어떻게 하면 우리 엄마 고생시키지 않을까? 어떻게 하면 편하게 모실 수 있을까?

엄마는 그렇게 힘들게 사셨는데도 누구를 원망하거나 짜증 한 번 내지 않으셨다. 그저 버스를 태워 주는 차장이 고마웠다고 하셨고, 시장에 가지고 간 열무가 싱싱하다며 사 주는 보따리장수가 고맙다고 하셨으며, 엄마를 믿고 기다려 주는 아줌마들이 좋다고 하셨다. 또한 자식들에게 맛있는 것을 사줄 수 있으니 발걸음이 언제나 가볍다고 하셨다.

우리는 가끔 엄마를 잊고 산다. 엄마는 자식을 키우기 위해 그렇게 몸부림치며 살았음에도 짜증 내지 않고 즐기며 살았다는 것을 생각해 보니 이제야 깨닫는다. 일은 재미였다. 즐겨라.

5

무더운 여름날의 담배 농사

낮부터 내린 비는
이 저녁 유리창에 이슬만 뿌려 놓고서
밤이 되면 더욱 커지는 시계 소리처럼
내 마음을 흔들고 있네

비가 오면 고병희(햇빛촌)의 노래 '유리창엔 비'를 부르곤 했다. 지금도 엄마가 생쥐처럼 온몸이 비에 홀딱 젖은 채로 일하시던 모습이 생각난다.

"우르르 쾅쾅, 우르르 쾅쾅!"

나는 어린 시절 비가 내리는 날씨를 무척 좋아했다. 그것도 갑자기 날씨가 어두컴컴해지면서 무섭게 번개가 치고 천둥 소리를 내며 비가 내리는 날을 좋아했다. 왜냐하면 이렇게 비가 엄청나게 쏟아져야만 엄마가 일터에 나가지 않기 때문이었다.

비가 부슬부슬 내리거나 어정쩡하게 오다 말다 내리는 비는 내 마음을 더 아프게 했다. 그래서 조금씩 비가 오게 되면 '우리 엄마 일 못 하시게 많이 많이 퍼부어 달라'고 기도를 하곤 했다.

학교 수업시간에 창밖이 캄캄하고 천둥 소리가 들리면 기분이 너무 좋았다. '엄마가 일터에 나가지 않았겠구나. 오늘은 엄마가 집에서 쉴 수 있겠구나' 하는 생각으로 얼른 집에만 가고 싶어지고 공부는 머릿속으로 들어오지 않았다.

엄마는 일을 할 수 없는 아쉬움으로 비가 그치기를 애원했지만 나는 속으로 얼마나 쾌재를 불렀는지 모른다. 비가 억수같이 오는 날은 학교를 마치고 발걸음이 가벼워 한눈팔지 않고 뛰다시피 집으로 내달렸다. 하지만 나쁜 날씨임에도 엄마가 일터에서 돌아오지 않는 날이면 하늘을 쳐다보며 한없이 원망하기도 했다.

여름이면 엄마는 담배 농사를 지었다. 시골에서 농사짓는 일 중에 담배 농사가 제일 힘든 일이라 했다. 하지만 엄마는 다른 농사에 비해 돈을 많이 받기 때문에 담배 농사를 짓는다고 하셨다.

무더운 여름날, 뜨거운 태양 아래서 삐질삐질 땀을 흘리면서 담뱃잎을 땄다. 정말 숨이 확확 막힐 정도였다. 엄마는 땀이 비 오듯 쏟아지는데 머리에 쓴 수건으로 쓱 닦아내고 담뱃잎을 따셨다. 오빠도 목에 두른 수건으로 흐르는 땀을 닦아내며 하늘 한번 올려다보지 않고 다시 일을 하곤 했다.

그렇게 무더운 여름날, 담뱃잎을 손으로 따서 차곡차곡 마대에 담아 놓으면 입구를 묶고 엄마는 머리에 이고 오빠는 지게에 짊어지고 집으로 왔다. 그런 다음 저녁밥도 먹는 둥 마는 둥 하고는 다시 헛간으로 들어갔다.

우리 집은 안채 옆에 헛간이 있었다. 캄캄한 밤에 불을 켜고 엄마와 오빠는 헛간에서 밤새도록 밭에서 따 온 담뱃잎을 마대에서 꺼내어 부어 놓았다. 그렇게 부어 놓은 담뱃잎은 엄청나게 많아 산을 여러 개 만들곤 했다.

엄마와 나는 담뱃잎을 가지런하게 해서 오빠에게 건네거나 오빠가 편하게 엮을 수 있도록 놓아두었다. 그러면 오빠는 새끼줄을 말아 사이사이에 담뱃잎을 한 잎 한 잎 끼워 엮어서 천장에 매달았다. 그렇게 하면 천장에 매달려 있던 줄이 쭉쭉 출렁거리듯 담뱃잎이 줄줄이 늘어져 있었다. 아마도 담뱃잎을 말리는 작업이었던 듯하다.

이렇게 모두 일을 마치고 나면 밤 12시를 훌쩍 넘기고 새벽이 되었다. 그때야 엄마와 오빠는 크게 한숨을 쉬고 방에 들어가 다리를 쭉 펴고 누워 잠자리에 들었다.

무더운 여름날에 손으로 직접 담뱃잎을 따느라 얼마나 힘드셨을까. 엄마는 담배 농사를 징그러운 농사였다고 자주 말하셨는데 충분히 이해가 간다.

그렇게 일만 하다가 살아온 많은 나날들 속에서 늙어버린 엄마 모습이 눈앞에서 활동사진처럼 스치고 지나간다. 비가 와도, 눈이 와도, 바람이 불어도, 날이 맑아도 쉬지 않고 일만 했던 엄마. 그래서일까, 지금은 나에게 그 시절이 더 아름다운 추억으로 남아 있다.

청명한 가을 운동회

초등학교 다니던 시절, 해마다 가을이면 운동회가 있었다. 1970년대에 초등학교 운동회는 화려했고, 시골에서는 아주 큰 행사였다. 운동회 날이 되면 학부모뿐만 아니라 동네 사람들도 참여했는데 학교 운동장에 천막을 치고 잔치를 치르듯 모두 맛있는 음식을 가져왔다. 어릴 적 초등학교 운동장은 어찌나 넓어 보이든지 나는 운동장이 세상에서 가장 넓은 곳으로 알고 있었다.

달리기 시합을 할 때마다 나는 심장이 쿵쾅거려 달리지를 못했다. 달리기를 할 때는 학생들을 출발선에 서 있게 한 후 몇 미터 앞에서 선생님이 호루라기나 총소리로 신호를 보냈다.

학생들은 그 소리에 귀를 기울이고 있다가 '꽝' 하는 소리를 듣고 날렵하게 뛰어야 했다. 심장이 쿵쾅거리는 나는 총소리에 놀라 한 발자국도 나아가지 못했다.

어느 해 운동회 때 엄마와 함께 배턴(baton)을 받고 뛰는 이어달리기가 있었다. 나는 총소리를 듣고 달리긴 했지만 총소리가 무서워 다른 친구들보다 늦게 출발하고 말았다.

엄마는 늦게 뛰는 내가 마음에 들지 않았던지 미리 앞질러 뛰어 엄마랑 내가 일등을 한 적도 있었다. 엄마가 보기에 얼마나 답답하셨으면 당신이 배턴을 들고 뛰셨을까? 그런 걸 보면 우리 엄마는 정말 욕심도 많고 대단한 분이셨다.

언젠가 엄마에게 그때 이야기를 하며 왜 그러셨느냐고 물어보니 "지고는 못 사는 성격이라 그랬지."라고 말씀하셨다. 남의 집 아이들은 다 달리기 시작하는데 출발도 못 하고 있는 자식을 보면 어느 엄마라도 우리 엄마처럼 그랬을 거라는 생각이 든다.

그 후로 나는 달리기를 해본 적이 없다. 중학교에 들어가서도 달리기를 하지 않았다. 그런데 문제가 생겼다. 당시엔 고등학교를 가려면 연합고사를 치러야 했는데 연합고사 점수 200점 만점에 체력검사 20점이 포함되어 있었다.

공부가 조금 부족한 친구들은 체력검사 점수로 보강하면 되는데 나는 체력검사 점수가 낮아 손해를 볼 수밖에 없었다. 그런데도 나는 달리기를 포기했고, 윗몸 일으키기도 한 개도 하지 못해 체력검사 점수는 그야말로 꽝이었다.

체력을 검사하는데 고작 가만히 서서 검사하는 종목인 키와 몸무게만 검사하고 말았다. 결과는 20점 만점에 11점. 꼴찌가 10점이라 아프거나 결석한 학생들이 10점을 받았는데 나는 겨우 11점을 받은 것이다.

운동을 좋아하는데도 운동을 잘하지 못하는 이유는 무엇인지 지금도 알 수가 없다. 그때 기억을 떠올려보면 그리 오래되지 않은 것 같은데 벌써 몇십 년이 바람처럼 흘러갔다.

김제에선 가을에 빼놓을 수 없는 행사가 있다. '김제지평선마라톤대회'이다. 내가 활동하고 있는 독서 모임인 '리더스클럽' 운영진 회의에서 체육행사 겸 단합행사를 마라톤에 출전하는 걸로 하자는 제안이 있었다.

마라톤이라니…! 한 번도 달려보지 못한 나에게는 엄청한 도전장이었다. 남편과 딸은 안 된다며 나를 말렸다. 나는 며칠 동안 망설이다 혼자 참여하기엔 자신이 없어 남편과 함께 등록했다. 그러고는 큰 숨을 몇 번이나 들이마셨다. 과연 잘 뛸 수 있을까?

드디어 2013년 10월 3일. 하늘이 열렸다는 개천절에 김제지평선마라톤대회에 출전했다. 오랜만에 남편과 김제 공설운동장으로 출발했다. 오랜만의 외출이라 기분이 좋았다. 날씨도 아주 청명해 가을 분위기가 나를 더 설레게 했다.

드디어 개회식 행사를 마치고 10km 접수자들이 운동장 트랙으로 나갔다. 운동장은 탄성과 환호로 뜨거웠다. 들뜬 축제 분위기가 내 마음을 더욱 흐뭇하게 했다.

출발하기 전, 회원들과 크게 웃으며 기쁨을 만끽했지만 마음은 그다지 편하지 않았다. 분명 알량하게 뛰고 나서 몸이 많이 아플 거라는 생각이 들었기 때문이었다.

남편은 출발할 때부터 참가하는 데 의의가 있는 거니 너무 무리

하지 말라고 내게 당부했다. '그래, 여기까지 온 것만도 내겐 대단한 일이지. 무리하지 말고 가볍게 뛰자' 속으로 다짐하고 출발 신호를 기다렸다. 드디어 시작을 알리는 소리가 들렸다. 나는 남편과 함께 나란히 뛰었다.

아, 그런데 고작 1km밖에 달리지 않았는데 숨이 차기 시작했다. 어찌할까? 그만 뛸까? 잠시 갈등이 있었지만 이대로 포기할 순 없어 조금 천천히 걸으면서 숨을 고르고 다시 속도를 내어 달렸다.

그렇게 달리다 보니 2km 표지판이 나왔다. 여기까지 온 것만으로도 나 자신이 엄청 대단해 보였다. '조금만 더 가자' 하면서 계속 달리다 보니 2.5km 반환점이 보였다. 순간 '5km만 신청할걸!' 하고 후회가 됐다.

이런 내 마음도 모른 채 남편은 그냥 편하게 천천히 오라며 앞질러 가버렸다. 조금 가다 보니 3km 표지판이 보였다. 자신감이 생기기 시작했다. 뛰고 걷고 뛰고 걷고 어느새 반환점 5km에 있었다.

반환점에서 되돌아오다 보니 길가에 핀 코스모스가 보이기 시작했다. 어릴 적 함께했던 엄마 모습이 떠올랐다. 엄마는 힘든 가정 살림에도 화사한 꽃을 좋아하셨다. 내가 초등학교 다니던 시절, 엄마의 젊고 예뻤던 모습이 갑자기 그리워졌다.

엄마 생각도 잠시, 다시 몸과 마음을 추스르고 뛰었다. 조금만 가면 고지가 보이는 것을…. 지치고 힘들었지만 끝까지 포기하지 않고 결국 완주했다. 기적이었다. 나 자신이 이렇게 마음에 든 게 얼마 만인가. 나는 나를 꼭 껴안아 주었다.

청명한 가을날에 다시 생각해 본다. 인생은 가만히 있지 않는 경주의 연속이라는 것을! 이 짧은 가을날, 산이 붉게 물들듯 오늘은 내 마음도 아름답게 물들었다.

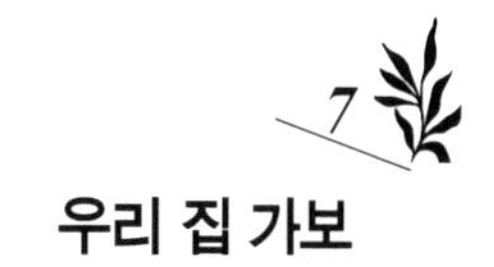
7

우리 집 가보

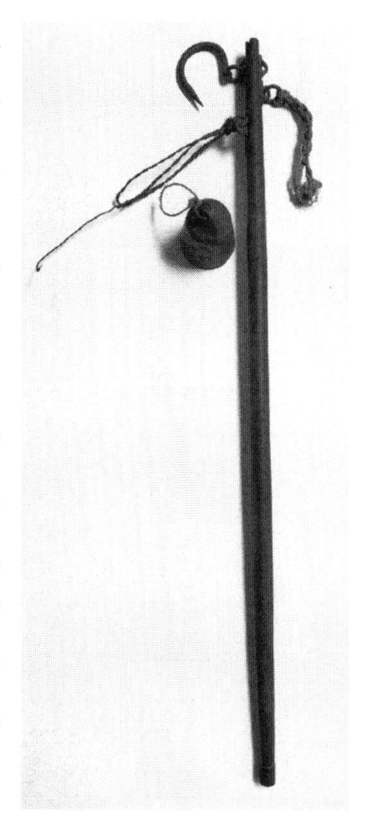

우리 집에는 엄마가 쓰시던 저울이 하나 있다. 정말 골동품으로서 가치가 있는 저울이다. 막대 길이는 57cm 정도 되고, 긴 막대에는 여러 가지 모양의 눈금이 새겨져 있는데 아마 한 근, 두 근, 근수(斤數)를 재는 눈금일 것이다. 1kg, 2kg, 3kg… 저울의 눈금도 그대로 살아 있다.

또한 손안에 쏙 들어가는 앙증맞은 추도 그대로 있다. 제법 무게가 있어 들어보면 묵직하다. 한쪽 끝은 물건을 걸 수 있는 쇠고리가 달려 있는데 바로 옆에 손잡이 2개가 그대로 썩지 않고 달려 있다. 반대쪽은 추를 올려 물건의 무게에 따라 추를 이리저리 움직여 평행을 이루었을 때

무게를 알아내는 저울이 있다.

창고를 정리하다가 저울을 발견하고 엄마에게 보여 드렸다. 처음에는 아주 오래전 일이라 기억이 나지 않는다고 하셨다. 그러더니 한참 저울을 보시다 "이 저울이 나를 이렇게 늙게 했다" 하시며 총기(聰氣)가 되살아나 저울에 대해 설명해 주셨다.

이 저울은 9kg짜리, 15근까지 재는 저울이고, 손잡이가 두 개였는데 쇠고리 가까이에 있는 고리는 무거운 쌀의 무게를 잴 때 잡는 손잡이고, 그다음에 있는 고리는 3kg짜리, 5근까지 재는 손잡이인데, 쉽게 말하면 고기나 생강, 깨, 콩, 팥 등 주로 가벼운 것을 잴 때 사용하는 손잡이라고 얘기해 주셨다. 고리가 왜 두 개인지 전혀 몰랐는데 엄마의 설명을 듣고서야 제대로 알게 되었다.

엄마는 젊은 시절에 장사를 하러 여기저기 돌아다니셨다. 설날과 보름날 그리고 추석 대목이 되면 김과 조기를 팔러 다니셨고, 곡식이 나올 때는 쌀, 보리, 팥, 깨, 콩을, 겨울이면 생강을 가지고 다니셨다. 그 외에도 바늘, 속옷, 비누, 그릇 장사까지 오만 가지 장사를 다 하고 멀리 있는 동네를 떠돌아다니셨다.

가장 힘들었던 장사는 무거운 물건을 이고 다닐 때였다고 하셨다. 동네에서 버스를 타러 나오기까지 한 시간가량 걸리는데 쌀을 보통 3말에서 5말까지도 머리에 이어 나르셨다고 한다. 쌀 5말을 머리에 올리다 보면 목뼈가 뚝딱뚝딱 소리가 나기도 했다고 한다. 5말이라면 40kg이다. 나는 20kg짜리 쌀 한 포대도 들지 못하는데 두 배가 넘는 쌀을 그것도 한 시간 넘게 머리에 이고 다니셨다니 그게 정말 가능한 일인가. 엄마 이야기를 듣는 순간 가슴이 찡했다. 가녀린 여자의 몸으로 얼마나 힘드셨을까.

엄마는 그렇게 힘든 일을 하시며 살아오신 것이다. 더욱이 이윤이 얼마나 되었는지 물어보니 당시 동네에서 쌀 한 말을 250원에 사들여 시장에 300원에 팔아 50원의 이윤을 남겼다고 한다. 그나마 곡물이 무겁긴 했지만 이윤이 많이 남아 할 만한 장사였다고 말씀하셨다.

엄마는 팔 물건을 저울로 잰 다음 조금 더 많이 주니 단골이 생기기 시작했다고 했다. 만약에 쌀 한 말이 8kg이라면 9kg을 주었다는 훈훈한 말씀도 아끼지 않으셨다. 엄마는 참으로 인정 많으신 분이었고, 장사에도 능통하셨던 듯하다.

바늘, 속옷, 비누, 그릇 들은 보자기에 싸면 덩치가 엄마 체구보다 더 컸다고 한다. 그걸 머리에 이고 이웃 동네까지 팔러 다니셨다니 엄마의 생활력은 정말 대단하신 듯하다.

빨랫비누와 사기그릇은 이윤도 없고 너무 무거워 힘들기만 했는데, 그중에서도 속옷이 제일 이윤이 남지 않았다고 한다. 양은그릇은 깨지거나 우그러진 그릇을 팔면 돈이 두둑이 생겨서 그릇이 가벼워 힘이 덜 들면서도 가장 많이 남는 장사였다고 하셨다.

가장 재미있었던 장사는 생강을 팔러 다니던 때였단다. 생강 또한 이윤이 많이 남는 장사였고, 구경도 못 해보는 멀리 있는 도시까지 유람할 수 있기 때문이라고….

엄마는 겨울이면 여수와 제주도로 생강을 팔러 다녔다. 미리 시골에서 생강 열 포대 정도를 제주도로 부치고 난 후 엄마는 열차를 타고 여수까지 갔다가 여수에서 제주도로 향하는 배를 탔다. 배를 타고 나면 시골에서 부쳤던 생강이 배에 실려 있었다.

몇 시간 동안 배를 타고 제주도에 도착하면 생강은 엄마보다 먼저 제주도 항구에 도착해 있었고, 제주도 사람들이 많이 나와 있었다. 그러면 엄마는 잠을 재워주고 생강을 맡아줄 주인을 찾아 흥정하는 것이다. 흥정이 이루어지면 항구에 놓여 있는 생강을 그 집으로 옮겨야 하는데 고생이 이만저만이 아니었다고 한다.

생강을 시골에서 부쳐 제주도 항구까지는 무사히 도착했는데, 생강을 맡아줄 주인집으로 옮겨야 하는 상황은 엄마의 가느다란 목뼈를 또 한번 부러뜨리는 일이었던 것이다. 생강을 한 포대씩 몇 번이나 머리에 이어 날라야 했으니 얼마나 힘들었을까.

그렇게 엄마는 그 집에서 묵으면서 한 포대씩 제주도 시장에 팔러 나가셨다. 생강 한 포대를 다 팔고 나면 다시 머물던 집으로 돌아와 다시 한 포대를 이고 또 시장에 나가 팔고, 이렇게 열 번을 왔다 갔다 하면서 생강을 팔았다. 그리고 밤이면 외상값도 있어 손가락과 입으로 돈을 계산하느라 제대로 잘 수 없었다고 한다.

엄마가 다니면서 먹고 자고 하는 거래는 모두 생강으로 이루어졌다. 엄마는 돈을 아끼기 위해서 밥을 사 먹지 않고 생강을 주인집에 주고 주인집 부뚜막에 앉아서 보리밥을 얻어먹었다.

몇 날 며칠 그렇게 해서 생강을 다 팔고 나면 얼마나 기분이 좋았던지 바로 집으로 오지 못했단다. 혼자 갔을 때는 집에 빨리 오고 싶어서 곧장 돌아왔지만 동네 아주머니와 함께 갔을 때는 비행장에 가서 하늘에 뜨는 비행기를 실컷 구경하고 뭐가 그리 좋았던지 서로 배를 움켜쥐고 웃고 떠들다 오셨다고 한다. 그러고는 비행기는 못 타고 다시 항구로 나와 배를 타고 제주도를 떠나 집으로 돌아오셨다고.

가장 횡재했던 날은 여수에 가서 좋은 분을 만나 홍어회를 얻어먹었던 일이고, 가장 놀라웠던 일은 여수에 있는 화장실에서 돼지를 보았던 일이라는 이야기도 들려주셨다.

처음엔 기억이 전혀 없다시더니 몇십 년의 생활을 따발총처럼 말해 주신 엄마. 힘든 시간이었음에도 오래전 일을 기억하면서 이야기해 주던 그때가 엄마에겐 가장 행복한 시간이었지 않았나 싶다.

내 기억 속의 엄마는 가을이면 붉게 익은 고추를 마대 자루에 가득 담아 늘 이 저울과 함께 시장으로 나가셨다. 엄마와 이야기를 나누면서 내가 기억하는 것보다 훨씬 더 많은 사연이 이 저울에 담겨 있음을 알게 되었다.

엄마는 시골에서 올라오실 때 이 저울을 챙겨 가지고 오셨다. 어려서부터 이 저울에 얽힌 사연을 많이 들었던지라 나는 엄마의 추억을 그대로 간직하고 싶어서 지금도 잘 보관하고 있다.

다른 사람들한테는 가치 없고 쓸모없는 것처럼 느껴질지 몰라도 엄마의 모진 세월의 희로애락의 향수가 그대로 살아 있는 저울이다. 그래서 저울은 그 자체로 우리 집 가보이다.

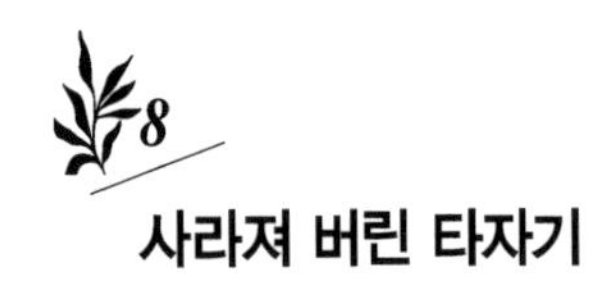

사라져 버린 타자기

오래전, 완주군 삼례읍에 있는 삼례문화예술촌을 다녀왔다. 그곳은 80여 년 전 일제강점기에 조선의 쌀을 수탈해 가려 일본인이 지었던 양곡 창고였는데 책 박물관으로 만든 곳이다. 건물에는 '불조심'이란 페인트 글씨가 그대로 남아 있다.

순간 잠시 '개조심'을 연상하기도 했다. 어릴 때 집집마다 대문 한쪽에는 '불조심', 다른 한쪽에는 '개조심'이 써져 있었던 게 떠올라서였을 것이다.

일본인이 쌀을 수탈해 가려면 당연히 불을 조심해야 했기에 저렇게 크게 선명하게 박히도록 했다는 것이었다. 처절하게 쌀을 빼앗기고 아무 힘도 없었던 우리에겐 너무나 아픈 역사의 흔적이다. 이 아픔의 흔적이 책 박물관과 공방, 목공소, 갤러리, 카페 등으로 변신한 것이다. 안으로 들어가 여기저기 둘러보는데 나의 눈길을 끈 것이 있었다. 오래된 타자기였다.

1980년도에 나는 전주에 있는 실업계 고등학교를 다녔다. 고교 1

학년 때, 우리 반 옆에 책상 위에 타자기가 한 대씩 진열된 별도의 타자기실이 있었다. 타자 수업이 있는 날이면 선배들의 타자 치는 소리가 얼마나 부러웠는지 모른다.

시골에서 중학교를 마치고 고등학교에 들어갔는데 실업계 고등학교여서 타자를 배우는 것은 기본이었다. 타자 수업시간에는 자판에 손가락이 올바르게 움직이고 있는지 연습을 했다. 타자 선생님께서 30cm 자를 들고 움직이는 손가락이 다른 자판으로 옮겨가면 손등을 때리곤 하셨다.

타자기는 둥근 손잡이를 돌려 종이를 끼우고 타닥타닥 자판을 누르면 철컥철컥 소리를 내면서 종이 위에 활자가 찍혀서 나온다. 첫줄 왼쪽부터 자판을 두드리고 오른쪽 끝까지 치고 나면 '땡' 하는 소리가 났다. 그때 바로 레버를 젖혀 움직이게 하면 다음 새로운 줄이 시작되었다. 참으로 신기한 기계였다.

실업계 고등학교에 들어온 이상 졸업하기 전에는 자격증을 취득해야만 했다. 그 시절에 타자기는 국가기술타자자격시험이 있어 젊은 여성들이 취직하는 데 필수 항목이었다. 당시 시내 한복판에는 타자기 학원이 즐비하게 있었고, 타자를 배우려는 학생들로 성행을 이루었다.

지금은 컴퓨터가 등장하여 사라진 타자기가 가끔은 그립기도 하다. 나의 어깨를 힘들게 하여 타자기를 다루는 일이 지겨웠던 적도 있었지만 나를 성장시킨 첫 번째 기계였기 때문이다. 나는 고교 시절 타자 자격증을 취득하여 손가락을 빠르게 움직일 수 있었다. 사회생활을 하면서 나를 가장 멋지게 보이는 일이기도 했다.

1980년도에는 사무실마다 타자기가 한 대 있었고, 타자를 치는 전담이 있어야만 했다. 일하시는 분이 종이에 연필이나 볼펜으로 내용을 적어서 주면 그대로 타자를 쳐서 문서를 만들어 냈다. 문서에서 가장 중요한 것은 오타가 생겨서는 안 되고, 속도가 빨라야 했다.

나에게 타자 치는 일이 떠밀려 오게 되더니 어느 순간 타자 치는 일이 점점 많아지게 되었다. 나는 거절하지 못하고 시키는 대로 열심히 문서를 작성했다. 어린 마음에 잘한다는 칭찬에 더욱더 열심히 했던 것 같다.

상사들은 언제나 나를 따뜻하게 대해 주었다. 함께 근무했던 선배도 여러 명 있었다. 결혼하지 않고 늦게까지 다니다 그만둔 선배도 있었고, 남편을 잘 만나서 잘 산다는 선배도 있었다. 외국에서 산다는 선배도 있었고, 아직까지 공직에 남아 있는 선배와 친구도 있다.

이제는 거의 많은 분들이 퇴직했지만 함께했던 분들의 얼굴이 스쳐 지나간다. 지금 어디에서 무엇을 하면서 살고 계실지 참으로 많이 궁금하고 보고 싶다.

책 박물관에 있는 타자기를 보면서 나의 고교 시절과 공무원 생활 중 가슴 벅찼던 일들이 함께 어우러져 떠올랐다. 그야말로 고스란히 나의 손길과 호흡했던 기쁨이 물밀듯이 몰려왔다.

새 학기가 시작된 따뜻한 봄날! 나의 여고 시절의 아련한 추억에 빠져드는 느낌을 떨칠 수가 없다. 어쩌면 휘황찬란한 금은보석보다 더 값지고 소중한 것은 사라진 타자기로 인한 나의 기억과 흔적이 아닐까 싶다.

아름다운 살구꽃 집

혼자 핀 살구나무 꽃그늘이 더 환하냐
눈 감고도 찾아드는 골목길이 더 환하냐
아니다 엄마 목소리 그 목소리 더 환하다

– 정완영 「엄마의 목소리」 중에서

오랜만에 내가 살았던 고향을 방문하고 보니 엄마 목소리가 여기저기서 들려왔다. 나는 시골에서 도시로 올라온 지 40년 가까이 되었다. 가끔 시골집이 그리워지는 날이 있다.

내가 살던 우리 동네는 굉장히 큰 동네였다. 윗동네, 아랫동네 그리고 우리 집은 가운데 정중앙에 있었다. 우리 집 뒤로는 방앗간을 운영하는 부잣집이 살았고, 앞쪽으로는 우리 집 대문을 중심으로 도로가 있었다. 그리고 양쪽으로 서너 집이 쭉 있었다.

그다음 마지막 앞에는 '또랑'이라는 냇물이 흐르는 냇가가 있었다. 냇가에서는 빨래를 했고, 아이들은 수영을 했다. 내가 수영을 할 수 있도록 만들어 주었던 곳이기도 하다. 밤이면 동네 어르신들은 저녁밥을 드시고 땀 냄새 풍기는 몸을 이끌고 나와 냇가에서 더위를 달래곤 했다.

우리 집은 상당히 큰 편이었다. 큰 집을 짓기 위해 엄마와 아버지가 무거운 나무들을 손수 이어 날랐다고 하셨다. 우리 집 마루 가운데에 아주 큰 기둥이 있었는데 그 기둥을 나르면서 엄마와 아버지가 얼마나 힘들었을까. 그런데도 엄마는 새 집을 짓는다는 즐거움에 전혀 힘든지를 몰랐다고 하셨다.

누구나 우리 집에 오면 꼭 기둥에 몸을 지탱하고 앉아 있던 모습이 아직도 눈에 선하다. 나 역시 어릴 때부터 나보다도 훨씬 크고 두꺼웠던 기둥 아래서 놀았던 기억이 난다.

기둥 하나만 생각해 봐도 우리 집이 얼마나 튼튼했고 큰 집이었나 상상이 간다. 나는 어린 마음에 아담한 친구 집이 부러워 엄마에게 투정을 부리기도 했다.

우리 집은 위, 아래, 앞, 뒤로 해서 중앙에 위치해 있어 골목의 여러 집을 지나야만 했다. 나는 골목길이 무서워 집에 들어가려면 언제나 심장이 멎는 듯했다. 그래서 늦게 귀가할 때면 엄마가 꼭 마중을 나와 밝은 호롱불이 되어 주곤 하셨다.

그런데 문제는 낮 시간이었다. 초등학교를 다닐 때는 일찍 귀가하기 때문에 텅 비어 있는 우리 집이 너무 싫었다. 엄마는 항상 들판에서 일을 하셨기 때문에 아무도 없는 집에 있다는 것은 생각하기도 싫은 무서움뿐이었다.

지금 나이가 들어 우리 집을 생각해 보니 그야말로 우리 집은 아름다움 그 자체였다. 대문 옆 담장 아래에 살구나무가 있었는데 꽃 피는 봄이면 살구꽃이 바람에 흩날렸다. 그 모습이 어찌나 아름답던지 어린 나이인데도 마음이 설렜다.

그 위쪽으로는 단감나무가 있었다. 단감나무를 떠올리니 에피소드가 생각난다. 나하고 5년 차이인 언니가 단감나무에 올라갔다가 떨어졌던 일이 있었다. 그때 시끌벅적했던 분위기를 생각해 보면 언니가 상당히 많이 다쳤던 듯하다.

단감나무에서 조금 떨어진 곳엔 대봉시가 열리는 감나무가 있었다. 대봉시 감나무는 뒷집과 연결되어 담장 아래에 있었다. 감나무 뿌리는 우리 집 쪽에 있었고, 나무는 뒷집으로 기울어져 있어 담장을 중심으로 서로 자기 집 쪽에 기울어진 감을 따 먹었다.

대봉시가 얼마나 탐스러웠던지 나는 시내에 나와 살면서 우리 집 대봉시만큼 좋은 감을 본 적이 없다. 그 맛에 길들여진 엄마와 나는 대봉시 외에 다른 감을 도시에 살면서 사 먹지 않았다. 엄마가 살아 계실 때까지 습관이 되어 겨울이면 대봉시를 구입하여 홍시로 만들어 겨울 내내 간식으로 먹곤 했다.

그리고 안채와 다른 사랑채가 있었다. 사랑채는 기역자로 된 건물이었다. 사랑채 건물이 있기 전에는 밭이었다. 기억이 가물가물하지만 내가 어렸을 때는 사랑채가 있던 자리에 온갖 채소들이 심어져 있었고, 수세미도 달려 있었다. 나는 그곳에서 나비와 꽃들과 함께했던 기억도 난다.

그 후 기역자로 지어진 집이 있었는데 그곳에서는 많은 일들이 있었다. 일찍 공장에 갔던 둘째 언니가 그 건물에서 눈썹 공장 비슷하게 운영하고 있었다.

우리 둘째 언니는 정말 대단한 사람이었다. 당시 언니 나이가 10대 후반쯤 된 듯한데 그 나이에 일찍 사장이 되었던 것이다. 엄마의 이야기를 들어보면 둘째 언니가 우리 집을 살려냈다.

둘째 언니가 일찍 공장에 들어가 돈을 벌어서 처음 사다 주었던 것이 송아지 한 마리였다고 한다. 그 송아지 한 마리로 시작해서 우리 집이 가난을 벗어날 수 있었다고 했다.

언니는 뭐든 손수 알아서 해결하는 부지런하고 책임이 강한 성격이다. 언니 덕분에 우리 집 사랑채에서는 눈썹을 짜는 동네 언니들로 가득했고, 늘 집 안이 북적댔다. 그후 언니는 40년 동안 식당을 운영하다가 몸 상태가 좋지 않아 골병이 들었고, 나이에 비해 너무 늙어 버렸다.

이제는 모든 것이 새롭게 변해 버린 곳이지만 아직도 내 귓가에는 엄마 목소리가 여기저기서 들려온다. 맑은 냇물 소리도, 눈 감고도 갈 수 있는 좁은 골목길도, 아름다운 살구꽃도 모두 그립지만 어찌 엄마 목소리와 비교하랴.

비록 이제는 사라져 버린 우리 집이지만 동네 한 바퀴를 돌면서 나는 가만히 가만히 엄마가 들려주는 이야기를 들었다.

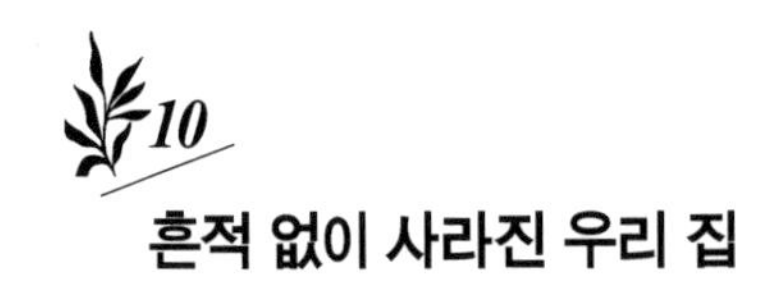

흔적 없이 사라진 우리 집

이틀간의 여정으로 오랜만에 시골 동네 친구들을 만났던 적이 있었다. 그동안 여자 친구들은 일 년에 한두 번 만나고 있었는데, 남자 친구들은 34년 만에 여자 친구들을 만나는 거였다.

우리는 만나자마자 우리가 태어나고 자랐던 시골 동네를 찾았다. 내가 살던 마을은 완주군 용진면 소재 지동리 마을이었다. 시골 동네를 찾아 가는 길이 얼마나 설렜는지 모른다.

마을 중앙에 있는 모정에 도착했다. 우리가 뛰어놀던 모정의 흔적은 사라졌지만 대신 그 자리에 새로 지은 모정이 있었다. 나는 이 모정에서 뛰어놀다가 땅에 떨어져 팔이 많이 다친 적이 있었다. 넘어질 때마다 내 팔이 자주 다쳤고, 그때부터 아팠던 것으로 기억된다.

우리는 모정에서 놀았던 기억을 뒤로하고 다시 마을 위쪽에 있는 방죽에 올랐다. 방죽에 다다르자 호수가 우리를 반겨 주었다. 우리 모두 환호성을 지르며 홍겨워했다. 근데 참 이상했다. 똑같은 장소라도 어릴 때 봤던 곳은 엄청 크고, 어른이 되어서는 작게 보이는 것인데 어른이 되어서도 방죽은 여전히 넓어 보였다.

어느 날 비가 엄청 내렸는데, 방죽이 터지면 마을이 모두 휩쓸려 간다며 동네 어르신들이 삼삼오오 짝을 지어 이구동성으로 걱정을 하셨다. 마을이 떠내려갈 정도라고 하였으니 방죽이 얼마나 컸는지 짐작할 수 있을 것이다. 그 방죽에 찰랑찰랑 물이 채워져 있는 모습이 우리를 더욱 기쁘게 했다.

친구들과 방죽 옆의 길을 따라 보리암이라는 암자가 있는 곳까지 걸어갔다. 암자로 들어가는데 도로 양쪽에 싸리나무와 조팝나무 그리고 진달래꽃과 벚꽃이 흐드러지게 피어 있어 정말 아름다웠다.

보리암 입구에는 동백꽃이 활짝 피어 우리의 마음을 더욱 붉게 만들었다. 우리 마을 근처에 이렇게 멋진 곳이 있었다는 것을 이날 처음 알았다. 우리는 탄성을 지르며 지난날의 아름다운 추억으로 빠져들었다.

보리암에서 시원한 물 한잔으로 마음을 달래고 동네로 내려왔다. 우리는 동네를 한 바퀴 돌면서 어렸을 때 추억을 그리워했다. 어르신을 만나기도 하고, 친척 집을 방문하기도 하고, 마을을 지키고 있는 친구 집도 방문했다.

아쉽게도 내가 살던 집은 아무 흔적이 없었다. 그나마 흔적이라곤 누군가 우리 집 터에 설치한 태양광 시설물만이 덩그러니 남아 있었다. 아직도 내 마음속 우리 집은 큰 양쪽 대문과 큰 기와집이 그대로인데 내 눈에 보이는 것은 시설물뿐이라 마음이 참으로 아파왔다. 어쩌다 우리 집이 흔적도 없이 사라져 버린 걸까.

엄마가 시집오던 날, 집이 쓰러질 정도로 낮아 머리를 숙여야만 집 안으로 들어갈 수 있었다고 하셨다. 얼마나 집이 낡고 작았는지 집 한 채 짓는 것이 엄마의 소원이었단다. 그 후 엄마는 집을 새로 짓기 위해 무거운 나무를 이어 나르고 피와 땀으로 험난한 일까지 해내며 집을 지으셨다.

몇 년 전, 큰오빠가 이 집을 팔았다는 소식을 전해 듣고 엄마는 당신 가슴을 주먹으로 치시면서 억장이 무너진다고 눈시울을 붉히셨던 일이 생각났다. 내 마음이 이리도 쓸쓸한데 엄마 마음은 오죽했을까.

새로 지은 집들과 그대로 남아 있는 친구 집을 보고 정말 부러웠다. 시골에 남아서 마을을 지키고 있는 친구가 한마디 했다. "친구들 집을 사진으로 찍어서 밴드에 올리고 싶었는데 집이 없어진 친구들 때문에 할 수 없었다"고. 그 말이 내 마음을 더욱 아프게 했다.

친구들은 나와 함께했던 기억도 있었지만 나와는 그리 많이 놀지 못했다고 했다. 친구들 말에 따르면, 나는 언제나 호미를 들고 있었고, 엄마를 따라나섰던 모습으로 기억이 난다고 했다.

정말 그랬다. 열 번 중에 친구들과는 한두 번밖에 놀지 못했고, 나머지는 늘 엄마와 함께했다. 그때는 친구들과 노는 것이 나에게는 정말 사치였다. 나는 어린 나이에도 엄마가 힘들게 일하는 모습에 항상 마음이 아팠다. 그래서 엄마를 돕는 일이 내겐 가장 보람 있고 행복한 일이었다.

지금 생각해 보면 나는 너무 일찍 철이 들었던 듯하다. 언제나 엄마가 중심이었고, 누구나 마찬가지겠지만 나는 특히 엄마 없는 세상은 생각만 해도 끔찍하게 싫었다.

동네 한 바퀴를 돌고 나니 엄마와 함께했던 시간이 스쳐 지나면서 짧은 시간 한없이 눈물이 흘렀다. 그동안 참으로 궁금했고 멀게만 느껴지던 고향을 이웃집 다녀오듯 다녀왔다.

이제는 제법 오랜 시간과 많은 나날이 지나갔다. 2015년도에 유행했던 TV 드라마 〈응답하라 1988〉에서 배경음악으로 나왔던 이적의 '걱정 말아요 그대' 노래 가사가 나의 마음을 위로해 준다.

> 지나간 것은 지나간 대로
> 그런 의미가 있죠
> 우리 다 함께 노래합시다
> 후회 없이 꿈을 꾸었다 말해요
> 새로운 꿈을 꾸겠다 말해요

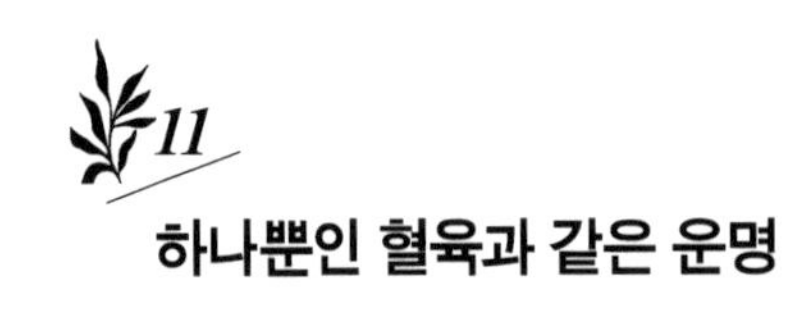

하나뿐인 혈육과 같은 운명

전북 완주군 용진면 운곡리 지암부락은 엄마의 고향이다. 그래서 사람들은 엄마를 '지암댁'이라 불렀다. 엄마는 산 좋고 물 좋은 산중에서 5남매 중 맏딸로 태어나 외할아버지의 사랑을 듬뿍 받고 성장했다.

내가 어렸을 때 외갓집은 엄마가 시집온 지암부락이 아닌 전주 근교에 있는 모악산 자락에 위치한 중인리였다. 외갓집을 가려면 지동부락에서 버스정류장까지 한참을 걸어 나와야 했고, 버스를 타고 1시간이 훌쩍 넘어야 시내에 도착했다. 지금은 환승도 하고 환경이 참 좋아졌지만 중인리까지 가려면 다시 차를 갈아타야 했다.

버스를 타고 정류장에서 내려 중인리까지 가려면 한나절이나 걸렸다. 외갓집에 이르면 반갑게 맞이해 주시던 외할머니의 모습이 아직도 눈에 어른거린다.

그리고 외갓집에 가면 언제나 외삼촌과 이모가 있었다. 철없던 나는 엄마를 종종 따라다녔는데 외갓집에 가면 사람들이 많았고, 맛있는 떡과 여러 가지 과일이 많았다.

뒤늦게야 내가 좋아했던 외할머니가 친외할머니가 아니란 걸 알고 깜짝 놀랐다. 친외할머니는 엄마와 이모를 낳으시고 젊은 나이에 일찍 세상을 떠나셨다고 했다. 그러고는 외할아버지가 곧장 새장가를 들어 중인리에 살림을 차리자, 엄마와 이모는 새엄마와 함께 살지 못하고 집을 떠나는 신세가 되었다.

엄마는 지암부락 근처 마을에 사는 가난한 농부를 만나 결혼을 했고, 이모는 여기저기 떠돌아다니다가 머나먼 경기도 파주까지 올라가 살림을 차리셨다.

엄마는 그나마 큰딸로 태어난 덕분이었던지 외할아버지에게 글을 배웠기 때문에 살아가시는 데는 어려움이 없으셨다. 그러나 이모는 글을 배우지 못했고, 배울 형편도 되지 않아 어려움이 많았다고 했다. 엄마와 이모 두 분은 말할 수 없이 고생만 하셨기에 엄마는 언제나 동생인 이모를 걱정하셨다. 이모 역시 항상 우리 엄마 걱정만 하셨다. 두 분의 애정은 말할 수 없이 끈끈하셨다.

어린 시절에 엄마와 함께 시골에서 시내버스를 타고 전주역에 도착하여 서울역으로, 그리고 불광역으로 갔고, 불광동에서 시외버스를 타고 금촌으로 한 시간 넘게 갔다. 그러고도 이모 집까지 가려면 또 택시를 타고 가야 했다.

이모 집에 갈 때 엄마는 시골에서 농사지은 곡식을 바리바리 싸 들고 갔다. 나에게 친척이라곤 이모밖에 없었고, 여행이라곤 이모

집을 방문하는 것이 전부였다. 그래서 이모 집에 가는 게 가장 기쁜 일이었고, 덕분에 서울이라는 곳도 알게 되었다.

나이가 들어 엄마는 늙으셨고 이모마저도 아프고 늙으시니 의지할 곳 없는 두 분은 참 파란만장한 삶을 살아내셨다. 두 분은 부모님을 일찍 여의고 똑같이 어려운 남편을 만나 결혼했지만 남편마저 젊은 나이에 떠나보내셨다. 그런 이유로 먹고사는 데 힘이 들어 갖은 고생을 하시며 자식을 키워 내셨다.

2014년 6월 17일, 이모가 돌아가셨다. 남편과 둘째 형부와 함께 움직였다. 자가용으로 경기도 파주시 금촌동 장례식장으로 가야 했기에 내비게이션이 안내하는 길을 따라나섰다. 오후 6시 15분에 출발하여 밤 10시가 되어 장례식장에 도착했다.

오래전 옛날에는 엄마와 함께 새벽에 출발하면 저녁에야 도착하던 곳이 지금은 세상이 좋아져서 저녁에 출발했는데도 몇 시간 후에 도착했다. 넉넉잡아 4시간도 채 걸리지 않았다.

이모는 오랫동안 병으로 고생하시다 엄마보다 훨씬 먼저 세상을 떠나셨고, 7년이 지난 후 엄마가 세상을 떠나셨다. 두 분 나이 차이는 다섯 살. 이모는 우리 엄마를 언니가 아닌 엄마처럼 의지했다. 우리 엄마 또한 하나뿐인 동생을 극진히 생각하며 살아오셨다.

가도 가도 끝이 없는 먼 거리. 두 분은 젊어서는 왕래가 있었지만 늙고 아프면서부터는 서로 연락조차 하지 못하고 살아오셨다. 그나마 너무 멀어 만나지는 못해도 통화하면서 목소리라도 듣고 안부를 묻곤 하셨으나 서로 나이가 들면서 두 분은 귀가 들리지 않아 통화조차 힘들게 되었다.

그렇게 10여 년을 서로 만나지 못하고 목소리마저도 듣지 못한 채 양쪽 조카들한테 가끔 안부만을 전해 듣고서야 한숨만 쉬시고 눈시울을 붉힐 뿐이었다. 누구를 원망하겠는가? 보고 싶어도 만날 수 없고 가고 싶어도 갈 수 없는 몸이 되어 가슴에 묻고 서로 떨어져 살면서 얼굴 한 번 못 보고 따로따로 세상을 떠나시고 말았다.

나는 엄마에게 이모가 세상을 떠났다는 말을 차마 하지 못하고 장례를 치르고 돌아와서도 전하지 못했다. 한참 지나고 나서야 용기를 내어 이모 소식을 전하자 엄마는 길게 한숨을 쉬셨다. 당신 자식이 세상을 떠났을 때보다도 더 깊은 한숨을 몰아쉬었던 것으로 느낄 정도였다.

이모는 살아 계실 때 아들에 대한 몇 가지 소원을 말씀하셨다고 했다. 아들과 살아 보고 싶다고, 아들과 병원 가고 싶다고. 내가 아끼는 이모 딸인 동생이 가슴이 아프다며 내게 말해 주었다. 이모도 우리 엄마처럼 사위와 함께 사셨다.

우리 엄마도 평소에 이모와 똑같은 생각을 하셨다. 사위와 살다 보니 항상 마음이 편치 않으셨다. 사위가 그렇게 병원에 데리고 다니는데도 만족하지 않으셨다.

내가 옆에 있는데도 엄마의 마음은 언제나 허전하신 듯했다. 엄마는 불효라고 생각하는 아들을 많이 기다렸다. 당신이 배가 아파서 낳은 아들이기에 아들이 엄마를 싫다고 하더라도 엄마는 아들을 잊을 수 없어 항상 아들을 기다리셨다. 내가 엄마와 함께 살면서 가장 어려웠던 일은 이런 엄마의 마음을 충족해 드릴 수 없다는 것이었다.

이모 또한 우리 엄마처럼 딸과 함께 살다 보니 아들을 몹시 그리워하며 사셨다. 엄마가 그리 보고 싶어 하는데 왜 아들은 아내 눈치를 보며 자기 부모님을 생각하는지 너무나 안타깝다. 두 분은 같은 운명 속에서 평생을 사셨던 것이다.

이모가 땅속에 묻힐 때 나는 이모의 명복을 빌며 당신이 그렇게 보고 싶어 했고 그리워했던 언니인 우리 엄마를 편안하게 잘 모시겠다고 약속했다. 그렇게 잘 모시다가 먼 훗날 이모 곁으로 가시게 하겠다고 기도했다.

불쌍하신 우리 엄마와 이모! 살아 계실 때 자주 만나지도 못하고 이제 두 분이 땅속에서 잠드셨으니 편히 잠드시고 외롭지 않게 두 손 꼭 잡고 의지하며 덩실덩실 춤추며 함께 지내시라고 빌어 드린다.

왜 두 분은 딸과 사위와 함께 살아야만 했는가? 어차피 가야 하는 인생, 누구나 두 번도 아니고 딱 한 번 삶을 마감한다지만 우리 엄마와 이모는 아들이 있었음에도 딸과 사위와 함께 살아야만 했던 분으로, 참으로 불쌍하신 분들이셨다.

12

엄마의 삶은 엑스트라

“이 세상은 하나의 무대, 남자나 여자나 인간은 모두가 연기자로다. 그들은 등장하고 퇴장한다. 한평생 동안 사람은 여러 가지 역할을 맡고 연령에 따라 막은 일곱 개, 제1막은 유년기, 유모 품에 안긴 아기는 울며 보챈다.

다음은 개구쟁이 아동, 아침 햇살도 찬란히 가방을 메고 달팽이처럼 걸어 억지로 학교에 간다. 다음은 여인들, 용광로처럼 한숨지으며 슬픈 노래로 애인을 찬양한다.

다음은 병사다. 이상한 맹세만을 늘어놓으며 표범 같은 수염을 기른다. 야심에 불타고 걸핏하면 성급한 싸움을 걸고 물거품 같은 명예 때문에 대포 아가리 속에 뛰어든다.

그리고 다음은 재판관. 푸짐한 뇌물 때문에 배는 기름지고 매서운 눈초리에 격식을 갖춘 수염, 그럴싸한 격언과 진부한 판례로 제구실을 하고 있다.

제6막으로 바뀌면 슬리퍼를 신은 여위고 얼빠진 늙은이 콧등에는 코안경, 허리에는 돈주머니, 젊을 때 아껴둔 바짓가랑이가 시든 정강이에 통이 커보이고 사내다운 우렁찬 목소리는 애들 목소리로 되돌아가서 삐삐 소리를 낸다.

마지막 장면은 파란만장한 인생살이를 끝맺은 장면으로 제2의 유년기요, 망각의 시간이다. 이는 빠지고 눈은 멀고 입맛도 떨어진다."

세익스피어의 4대 희극 중의 하나인 <당신 좋으실 대로> 제2막에 실린 글이다.

2020년도 엄마의 나이는 93세였다. 엄마 이름은 옥순이고, 성은 전주 이씨다. 엄마는 열여섯 살에 아버지(성은 전의 이씨, 이름은 순교)에게 시집와서 아들 넷, 딸 넷을 낳았지만 아들 하나는 서너 살이 되었을 때 잃었고, 아들 셋과 딸 넷을 두었다. 그러다가 엄마 생전에 큰아들, 둘째 아들 그리고 큰딸을 먼저 보내고 난 후 당신도 세상을 떠나셨다.

엄마는 완주군 용진면 운곡리 지암마을에서 태어나 이웃 동네 지동마을에 살고 있던 아버지를 만나 결혼하였다. 나이가 일곱 살 차이가 나는 아버지와 행복한 삶을 꿈꾸었을 테지만 엄마는 가난으로 인해 쓰라린 고생을 하셨다.

엄마의 삶은 고단함의 연속이었다. 자식들을 줄줄이 낳아 길렀으나 살림은 기울 대로 기울어져 결국 엄마는 돈을 벌기 위해 행상을 시작하셨다. 그런데도 모진 가난과 고통의 세월이 펴질 줄 모르고 어려움을 극복하지 못한 채 아버지는 40대 중반에 세상을 떠나시고 말았다. 그때 엄마 나이는 30대 후반이었다.

엄마는 큰아들과 함께 살림을 꾸려 나갔다. 큰아들은 엄마의 장남이자 남편 역까지 했고, 나에게는 큰오빠라기보다는 아버지와 같았다. 큰아들을 제외한 언니, 오빠들은 저마다 살길을 찾아 시골집을 떠났고 결혼까지 스스로 알아서 했다.

나는 막내로 태어나 언제나 엄마와 큰오빠와 함께했다. 참으로 행복했던 시간이었다. 일터에서 돌아온 저녁에는 고단한 몸이었는데도 웃음꽃이 피는 단란한 시간도 있었다.

내가 중학생이 되던 때, 큰오빠가 장가를 들었다. 나는 중학교를 졸업하고 시내로 나왔고, 엄마는 오빠 내외와 함께 생활하셨다. 그리고 큰조카가 태어났다. 엄마는 내가 질투할 정도로 큰조카를 사랑했고 예뻐하셨다. 큰조카는 거의 엄마가 업어서 키운 손자였다.

첫 손자는 엄마의 희망이었을 것이다. 엄마가 손자를 얼마나 예쁘게 키웠는지 지금도 생생하다. 그런데 집안의 상황은 어렵게 돌아가고 있었다. 우여곡절 끝에 엄마는 전주에서 생활하고 있는 내 곁으로 오시게 되었다.

엄마는 나와 함께 살면서 온갖 일을 하시며 어려움을 극복하셨다. 그때부터 나는 손에 물을 전혀 묻히지 않았고, 엄마의 사랑을 독차지했다. 그야말로 어렸을 때부터 했던 일들을 모두 마감했던 때이기도 했다. 또한 내가 가장 호강하며 지냈던 시절이기도 했다.

그 후 결혼 적령기가 되어 결혼을 하고도 엄마와 함께했다. 엄마는 내 살림을 도맡아 하셨고, 우리 딸과 아들을 키워 주셨다. 불면 날아갈까 쥐면 터질까 애지중지하며 손주들을 키우셨다. 자나 깨나 우리 가족 걱정, 우리 가족 자랑으로 사셨던 엄마였다.

엄마는 남편 없이 자식만을 위해서 살았고, 손주만을 위해 살다 보니 너무 빨리 늙어 버렸다. 엄마는 평생 동안 당신 삶의 주인공이 아닌 엑스트라였다. 자식들은 아무것도 모르고 각자 자기 바쁘다는 핑계로 엄마라는 존재를 잊고 산다.

우리 모두는 평생 셰익스피어의 일곱 개의 막을 겪어야만 하는 운명인 것 같다. 우리 엄마도 아무런 영문도 모른 채 세상에 태어나 마지막 장면까지 이어지지 않았던가. 망각의 시간, 이는 빠지고 눈은 멀고 입맛도 떨어지고….

문득 엄마가 그립다.

13

아버지가 있는 세상에서 살아 보고 싶다

가슴속 깊은 곳에 담아두기만 했던
그래 내가 사랑했었다
긴 시간이 지나도 말하지 못했었던
그래 내가 사랑했었다.

가수 인순이의 노래 <아버지>는 들으면 들을수록 눈물이 나오고 마음 찡하게 한다. 2014년 10월 11일, 가수 인순이는 '히든싱어'에 출연하여 아버지에 대한 이야기를 털어놓았다. 인순이는 "아버지에 대한 기억이 없다. 그럼에도 불구하고 이제는 사랑한다. 이 세상을 구경하게 해 주었기 때문에 감사하다"라고 말했다.

내가 아직 성숙하지 않아서일까. 나는 한 번도 아버지를 사랑한다거나 이해하려고 했던 적이 없었다. 더군다나 나를 태어나게 해주어서 고맙다는 생각조차 하지 못했다.

또한 아버지에 대한 추억이 아무것도 없기 때문에 보고 싶다거나 그리워해 본 적도 없다. 가끔 고생하시는 엄마를 홀로 남겨두고 일찍 세상을 떠난 아버지가 미웠고 원망스러웠을 뿐이다. 그런데 〈아버지〉라는 노래를 듣다 보면 왜 그렇게 슬퍼지고 아버지가 그리워지는지 모르겠다.

얼마 전, 시골 동네 친구들을 만났을 때의 일이다. 34년 만에 시골 동네 한 바퀴를 돌면서 이구동성(異口同聲)으로 어린 시절에 대한 이야기를 했다. 한 명 한 명 친구들과 추억 이야기를 주고받다가 친구 한 명이 나의 이야기를 해 주었다.

"영순아! 너는 우리랑 많이 놀지 않았었지. 항상 호미 들고 엄마 따라 일하러 가야 한다고 했어."

친구의 말을 듣고 보니 정말 그랬다. 나는 언제나 친구들하고 노는 것보다 조금이라도 엄마를 도와야 한다는 것이 먼저였다. 그래서 다른 친구들에 비해 함께 놀았던 추억담이 그리 많지 않았다.

친구들의 이야기에 나의 정곡을 찌르는 것이 있었다. 생각해 보니 모든 원인은 아버지의 부재였던 것이다.

시골 친구는 여자 친구 10명, 남자 친구 26명, 모두 36명이었다. 그중 어린 시절에 아버지가 없었던 아이는 나밖에 없었다는 사실을 깨달았다.

뒤늦게 중학교 3학년 때 아버지가 세상을 떠난 여자 친구가 한 명 있었다. "영순이와 내가 제일 많이 고생했었다"는 그 친구의 한마디에 가슴이 뭉클해지고, 지난 세월이 다시 떠올라 조금 슬퍼졌다.

아버지가 계시지 않아서 그동안 그렇게 힘들게 살았구나, 하는 생각이 드니 순간 서러움이 밀려왔다. 나는 지금까지 힘들게 살아오면서 그 이유가 아버지의 부재보다 그저 우리 집이 가난해서라고만 생각했다. 그런데 우리 집보다 더 가난했던 친구를 보고 알게 되었다. 그 친구는 나보다 더 가난했지만 아버지가 살아 계셔서인지 나보다 더 고생하지는 않았다는 생각이 든 것이다.

아버지의 부재가 얼마나 가족을 슬프게 하는지 중요한 사실을 깨닫는 순간, 아버지가 더욱 원망스럽게 느껴졌다. 나는 자라면서 아버지가 계시지 않음을 전혀 실감하지 못했다. 언제나 옆에 엄마가 계셔서 그리 불편함을 느끼지 못했기 때문이리라.

중학교 다닐 때의 일이다. 학급운영비를 걷는데 한 친구가 아버지가 돈을 주지 않아서 돈이 없다고 하는 것이었다. 철없던 나는 불쑥 "무슨 돈을 아버지가 주냐"고 했다. 나는 한 번도 아버지한테 돈을 받은 적이 없으니 그렇게 말했던 것이다.

내가 사회생활을 하면서부터 가장 그리운 사람이 있었다. 바로 아버지다. '나는 왜 아버지가 없을까' '나도 아버지가 있었으면 좋겠다'는 생각을 처음으로 했다. 편모의 쓰라림이 얼마나 결핍으로 다가왔는지 모른다. 어른들이 아버지 없는 나를 측은하게 생각했다는 것도 뒤늦게 깨달았다.

결혼 적령기가 되었을 무렵이었다. 나는 결혼해서도 엄마와 함께 살아야만 한다는 생각을 했다. 주위에서 엄마와 산다는 것은 매우 어려운 일이라 했지만 엄마를 혼자 남겨두고 결혼한다는 것은 상상할 수도 없었다. 엄마도 처음엔 함께 살려고 하지 않았다. 그래도 나는 무조건 엄마와 함께 살아야 한다고 고집을 피웠다.

결정적으로 엄마와 함께 살아야겠다는 생각을 했던 것은 아버지의 꿈을 꾸고 나서였다. 어떤 일로 고민할 때마다 꿈속에서 아버지라는 분이 나타났다. 정말 이상한 일이었다. 아버지의 얼굴을 잘 알지도 못하는데 꿈속에서 아버지는 엄마 곁에 앉아 계셨다.

나는 꿈속에서 아버지한테 '엄마 혼자 남겨두지 않고 함께 살겠다'는 약속을 했다. 아마도 엄마와 함께 살아야 한다는 고민을 많이 해서 그랬던 것 같다.

다행히 남편은 엄마와 함께 사는 것에 흔쾌히 승낙했다. 물론 사전에 남편에게 엄마와 함께 살아야 한다는 약속을 하고 결혼을 결정했다.

그래도 결혼식 날에는 아버지의 부재가 더욱 나를 가슴 아프게 했다. 그저 엄마와 함께 살 수 있다는 희망이 있었기에 행복했고, 감사하게 생각하자고 스스로 위로했지만 나도 결혼식장에 아버지 손을 잡고 당당하게 걸어 들어가고 싶었다.

그렇게 남편을 만났고 시부모님을 만나게 되었다. 시부모님은 인정이 많으셔서 살아 계셨을 때 나에게 사랑을 듬뿍 주셨다. 그런데 나에게는 아버지 복이 지지리도 없었던지 시아버님 또한 오래 살지 못하시고 병을 얻어 일찍 세상을 떠나시고 말았다.

아버지는 내가 아주 어릴 때 세상을 떠나셨다. 언니와 오빠에게 종종 들었던 이야기가 있다. 아버지가 술을 너무 좋아하셔서 엄마와 많은 다툼이 있었다고 한다. 언니와 오빠는 아버지가 술을 드시고 오시면 무서워서 숨었다고 했다. 뒤늦게 알았지만 아버지는 40대 초 젊은 나이에 알코올중독으로 힘겨운 시간을 보내시다 몇 년 지나 세상을 떠나셨다고 한다.

어쩌다 엄마가 아버지에 대해 잘해 주었다는 이야기를 할 때면 나는 엄마 고생만 시킨 사람 뭐가 그립냐고 말도 못 하게 화를 내며 엄마 입을 막곤 했다. 엄마 마음을 헤아리지 못하고 철없이 굴었던 게 자꾸만 미안해진다.

어렴풋이 아버지가 돌아가셨던 날이 기억난다. 그때 나는 엄마 무릎에 누워서 잠을 자고 있었다. 잠시 후 일어나 보니 엄마가 머리를 늘어뜨리고 통곡하고 계셨다. 그리고 아버지에 대한 기억은 아무것도 없다. 그날 이후 엄마는 평생 막내딸과 함께했다. 참으로 불쌍하신 우리 엄마.

가끔 나는 아버지를 원망하곤 했다. 왜 당신 몸 관리도 못 하시고 아내와 자식을 내팽개치고 그렇게 일찍 가신 것인지…. 그게 난 너무나 억울했다.

만약 지금이라도 아버지가 나타나신다면 '왜, 나에게 모든 것을 떠맡겼냐'고 따지고 싶다. 내게 아버지가 있었더라면 어떻게 살았을까? 아버지가 있었으면, 하는 그리움은 아직도 여전하다. 그래서 다시 태어난다면 꼭 아버지가 있는 세상에서 살아 보고 싶다.

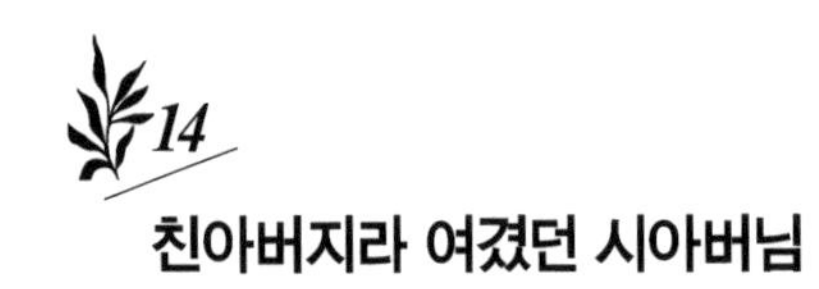

친아버지라 여겼던 시아버님

"매너 농장의 존스 씨는 밤이 되자 닭장에 열쇠를 채우긴 했지만 술에 너무 취해 있어서 출입구를 닫아 두는 것을 잊어버렸다. 둥그런 불빛이 이리저리 춤을 추는 등불을 들고, 그는 뜰을 가로질러 뒷문가에서 장화를 차 던져 벗은 후, 주방 술통에서 맥주 한 잔을 마지막으로 들이켜고, 존스 부인이 벌써 코를 골고 있는 침대로 기어 올라갔다."

조지 오웰의 『동물농장』에 나오는 첫 문장이다.

시아버님께서 세상을 떠나신 지 어느덧 20년이 흘렀다. 시아버님은 살아 계실 때 곡기를 술로 대신할 정도로 술을 굉장히 좋아하셨다. 내가 주말에 시댁에 들를 때면 아버님은 내 손에 술이 들려 있지 않으면 못마땅한 표정을 지으시며 짜증을 내셨다. 뒤늦게 그 사실을 알고 시댁에 갈 때면 언제나 내 손에는 술과 고기가 들려 있었다.

아버님은 종종 낮부터 술에 취해 있었고, 어머님과도 싸움이 잦았다. 술병은 집 안 곳곳에 숨겨져 있었는데 세탁기 안에서 발견되기도 했다.

가족들은 어떻게 해야 아버님이 술을 끊으실 수 있을까 논의했지만 뚜렷한 어떤 대안이 나오지 않았다. 가족들이 할 수 있는 거라곤 그저 아버님께 다짐만 받을 뿐이었다. 아버님 역시 술을 끊어야겠다고 결심은 하시지만 의지가 너무 약하셔서 옆에서 지켜보는 것조차도 답답하기만 했다.

어느 날, 아버님께서 몇 날 며칠 뭔가 고심하시는 듯싶더니 새로운 일을 해 보시겠다고 선포하셨다. 새로운 일이란 돈 한 푼 없는데도 정부에서 일부 보조금 지원을 받고 꽃 농장을 한번 해 보시겠다는 것이었다. 그러고는 우리에게 천만 원이라는 돈을 요구했다.

당시 우리는 결혼한 지 얼마 되지 않았는데 아버님의 요구를 당연한 것으로 받아들이고 덜컥 천만 원을 대출받아 아버님께 드렸다. 아무것도 없이 결혼했고, 살아가는 데 팍팍하면서도 망설임 없이 아버님의 결심에 박수를 보냈다.

그 후 아버님은 술을 드시지 않았고 꽃 재배에 성실하게 몰입하셨다. 그런데 생각만큼 돈벌이가 쉽지 않았다. 가족은 가족대로 고생했고, 그때 어머님은 너무 많이 늙어 버렸다.

처음부터 돈을 벌려고 하지는 않았지만 한 해, 두 해가 지나가는데 본전도 뽑지 못하고 빚은 계속 늘어만 갔다. 어머님은 허리가 굽어 반듯하게 펼 새도 없이 고생만 하셨다. 그러자 가족들은 어머님을 죽일 거냐며 당장 그만두어야 한다고 아버님을 설득하기에 이르렀다.

그런데도 아버님께서는 가족들의 성화에도 아랑곳하지 않고 꿋꿋하게 전년도보다 더 꼼꼼하고 열심히 일을 하셨다. 그런 아버님의 모습을 보고 우리 가족은 희망을 잃지 않고 세 번째 해를 기다렸다.

실제로 그해에는 아버님의 지극정성으로 꽃 농사가 잘되었다. 하우스 안에서는 프리지어, 안개꽃, 나리꽃 등이 머리를 내밀고 있었고, 며칠만 기다렸다 시장에 내다 팔기만 하면 돈을 벌 수 있는 상황이었다. 그런데 우리는 청천벽력 같은 새벽을 맞이하게 된다.

사연인즉, 그 전날 밤 날씨가 몹시 추웠다. 비닐하우스 안에서 꽃들을 길러 내려면 온도 조절이 가장 중요하다. 그런데 아버님께서 술을 드시고 너무 취하셨던지 하우스 문을 잠근다는 것을 깜박하셨던 것이다.

운이 나빠서였을까. 어머님께서도 방 안으로 들어오신 아버님을 보시고도 하우스 문을 잘 잠갔으리라 믿고 대수롭지 않게 생각하셨던 모양이었다. 지나간 일은 되돌릴 수 없는지라 이제 아무 소용없지만 그때 비닐하우스 문을 잘 잠갔는지 어머님이 아버님께 한 번만 여쭤보셨더라면….

다음 날, 아무 일도 없던 것처럼 숙면을 취하시고 아버님은 여느 때처럼 새벽에 일어나 비닐하우스 안을 둘러보셨다. 그러고는 그때야 어젯밤에 문을 잠그지 않았던 게 떠올랐다.

꽃들은 밤사이에 다 얼어 버리고 말았다. 아, 이 무슨 날벼락이란 말인가. 몇 년간 적자만 보다가 이번 해에는 수확을 앞두고 잔뜩 기대에 부풀어 있었는데 하룻밤 새에 또다시 빚더미에 앉다니…. 그렇게 아버님은 꽃 농장에 홀로 앉아 3년의 농사를 하룻밤 사이에 술이 꽃을 삼켜 버린 세상을 맛본 것이다.

아버님의 순간 실수로 꽃 농사는 허망하게 실패하고 말았다. 자식들은 이젠 더 이상 꽃 농사는 안 된다고, 꽃 농사는 어머니를 죽이는 일이라며 결사적으로 반대하기 시작했다. 아버님 또한 건강이 악화된 데다 가족들의 성화에 못 이겨 슬픔을 안고 결국 꽃 농사를 접게 되었다. 그 후 아버님은 간경화로 앓아 누우셔서 고생을 많이 하시다가 간암으로 세상을 떠나셨다.

우리 가족은 그날의 꽃 농장을 떠올리기 싫어한다. 이제는 지나간 시간이지만 아버님의 술로 인한 순간의 실수로 가족들에게 얼마나 많은 불행을 가져다주었던가.

어머님은 가끔 아버님이 꿈에 나타난다는 이야기를 하곤 하셨다. 언젠가는 꿈속에서 아버님이 어머님을 꼭 안아 주시더란다. 살아생전에 호강 한번 시켜 주지 못해 미안하셨던 모양이다. 비록 꿈속에서였지만 어머님도 그 순간은 행복하셨으리라.

지금은 두 분 모두 세상에 계시지 않지만 머나먼 곳에서 먼저 가신 아버님이 어머님을 잘 보살펴 드릴 거라고 믿는다.

엄마와 시부모님을 모시고 제주도 여행 중에…

2부

지혜로움

살아생전 아름다운 금강산 여행

골백번 이사하고 생긴 보금자리

누구에게나 보금자리가 있을 것이다. 당신의 보금자리는 어떠한가.

어려웠던 시절, 엄마와 나는 전셋집을 전전하며 살았다. 그 시절이 이제는 추억이 되었지만 내 집을 갖는 것이 얼마나 큰 행복이고 가슴 설레게 했는지 모른다.

나는 결혼하기 전까지 많은 이삿짐을 쌌다. 내가 처음 시골에서 올라와 살던 곳은 전주시 한옥마을 근처에 있는 산날맹이[1]였다. 지금은 관광지가 된 한옥마을 때문에 여행객들로 북적이고 멋진 마을로 거듭났지만, 내가 살았을 때에는 한참을 걸어 올라가야만 했고, 어두컴컴해서 무섭기까지 했던 곳이다.

그 후 엄마가 시골에서 올라와 함께 살게 되었던 곳은 지금 한옥마을에 있는 향교 앞 주택가의 어느 집이었다. 주인집은 연탄가게와 쌀가게를 하던 집이었고, 아이가 딸린 젊은 부부가 살고 있었다. 그 집에 진안에서 올라온 학생들과 우리 가족이 세를 들어 살

1) '산등성이'의 전북 방언.

았다. 아이가 딸린 젊은 부부는 남편이 기술자여서 벌어오는 돈이 꽤 괜찮다는 얘기를 엄마를 통해 들었다.

진안에서 올라온 학생 중에 나하고 동갑내기인 친구가 있었다. 그 친구는 대학에 다니고 있었고, 동생들과 함께 지냈다. 시골에서 얼마나 부자였는지 큰딸을 대학에 보내고 다른 자녀들까지 전주 시내에 있는 중학교, 고등학교를 보냈다. 그 친구 집에서는 언제나 고소한 기름 냄새로 매일매일 내 코를 자극했다.

나는 대학에 다니는 그 친구뿐만 아니라 동생들까지 얼마나 부러웠는지 모른다. 우리는 몇 년 동안 주인댁과 세 들어 사는 집들과 잘 어울리며 행복하게 지냈다.

가끔 한옥마을에 갈 때면 그 근처에 가서 내가 살았던 집을 찾아보지만 너무나 많이 변해서 찾을 수가 없어 안타까울 뿐이다. 함께 살았던 주인아주머니와 아저씨 그리고 젊은 부부는 지금 어디서 살고 있을까.

우리가 이사하고도 몇 번씩 서로 왕래하면서 지냈는데 진안에서 올라온 친구를 제외하고는 모두 잊히고 말았다. 그나마 대학생이었던 친구는 현재 서울에서 잘 살고 있어서 서울에 올라갈 때면 가끔 통화하면서 그날들을 회상하곤 한다.

시골에서 올라온 엄마와 나는 먹을 것이 없어 삶이 평탄하지 않았다. 아무것도 없이 뭘 하고 먹고살아야 할지 막막하기만 했다. 엄마는 시장에 나가 장사를 하기도 했고, 자투리 시간에 남의 집

빨래를 해 주며 돈벌이를 했다.

나중에는 지인의 아이를 돌보는 일이 생겨 교동에서 멀리 떨어진 인후동으로 이사하게 되었다. 살림이 얼마나 조촐했던지 이삿짐이라야 그릇 몇 개와 이부자리뿐이었다. 교동에서 인후동까지 엄마와 나는 조그만 트럭 운전석 옆에 타고 이사를 했다.

우리가 이사했던 곳은 커다란 기와집이었다. 햇빛도 들지 않는 어두침침한 곳이었고, 한쪽에 방 하나와 부엌이 있었다. 트럭에서 짐을 나르는데 나는 행여 누가 볼까 얼른 방 안으로 들어가 짐을 정리했다.

인후동은 내가 살던 시골에서는 가장 가까운 시내였고, 엄마가 많이 다니시던 곳이어서 낯설지는 않았다. 날이면 날마다 시골에서 모래내시장을 오가던 곳이었기 때문이다.

그 후에도 우리는 방을 얻기 위해 여러 복덕방을 헤매던 때가 한두 번이 아니었다. 가지고 있는 목돈이 없으니 보증금이 적고 돈에 맞게 사글세로 사는 집을 마련해야 했기 때문이다. 그때는 보증금을 은행에 맡기면 이자를 더 많이 받을 수 있었기 때문에 주인집들은 월세보다 보증금을 더 선호했다.

우리는 돈에 맞는 월세방을 찾아 집을 구하며 살았다. 그때 전세 계약 기간은 1년이었다. 그러다 보니 1년이 지나면 주인이 돈을 올려달라고 하기 때문에 돈을 더 내야 하는 상황이 벌어진다. 그러면 우리는 또 이사를 해야 했다. 그나마 1년이라도 살 수 있으면 다행이었다. 3개월, 6개월 살다 보면 주인은 더 많은 돈을 받기 위해 우리를 쫓아냈다.

엄마와 나는 이삿짐을 얼마나 많이 쌌는지 모른다. 하지만 가진 것도 없고 수없이 이사를 하다 보면 이삿짐이 적어 이사하는 데 편하고 좋은 점도 있었다. 지금은 웃으며 이야기하지만 없는 살림살이인데도 도둑이 든 적도 있었다.

신혼살림을 차렸던 집은 5층 건물 13평 주공아파트였다. 아파트는 방 2개, 거실 겸 부엌, 그리고 겨우 한 명만 들어가 볼일을 보고 세수만 할 정도인 화장실뿐이었다.

두 아이를 기를 때는 남편과 각자 아이 한 명씩을 데리고 지그재그로 칼잠을 잤다. 한곳으로 머리를 맞대고 잠을 자다 보면 내 얼굴에 누군가의 발이 올라오기도 했다. 그런데도 우리는 불편한지도 모르고 아이들과 함께 장난을 치며 행복한 시간을 보냈다.

내가 결혼할 때, 엄마와 함께 모은 돈 오백만 원과 남편의 대출금 천만 원을 합쳐 집을 구입했다. 처음으로 내 집이라는 곳에서 살게 되었으니 얼마나 가슴 설레고 기뻤겠는가.

남편의 대출금을 갚아가면서 힘이 들었지만 그래도 얼마나 행복했는지 모른다. 그때 엄마의 종잣돈이 아니었으면 과연 이 집에서 살 수 있었을까. 아마 오랫동안 떠돌이 생활을 했을 것이다. 엄마가 눈에 보이게 물려준 큰 유산은 없지만 지금 이렇게 잘 살 수 있게 원동력이 되었던 것은 분명하다.

문득 그날 이사하던 풍경이 흐르는 눈물 속에 아련하게 떠오른다. 하루하루를 헛되이 보내지 않고 최선을 다해 살아오신 엄마, 사랑하는 우리 엄마!

나의 열정은 엄마의 희생

"하면 할수록 하고 싶어진다. 포기만 하지 않으면 된다. 한번 할 때 끝을 보라. 중간에 포기는 없다. 하다 멈추면 억울하지 않은가."

젊은이들에게 꼭 들려주고 싶은 말이다.

나는 컴퓨터 관련 공부를 열심히 했다. 자격증 취득을 위해서 더욱 매진했다. 1990년대 초 사무실에 수동 타자기가 없어지고 전동 타자기가 들어오면서 컴퓨터가 보급되기 시작했다.

실업계 고등학교를 졸업한 나는 타자 치는 일에 익숙하다 보니 컴퓨터로 작업하는 일이 쉽게 다가왔다. 처음에는 수동 타자기를 다루다가 전동 타자기로 교체될 때 손가락이 어찌나 부드럽게 움직이던지 전혀 힘들지 않고 일하는 것도 훨씬 수월했다.

또한 전동 타자기에 수정테이프가 있어 오타가 발생해도 수정이 가능해 문서를 작성하는 불안을 없애 주기도 했다. 자판까지 두벌식이다 보니 그냥 손가락만 까닥하기만 하면 글씨가 만들어지는 타자기였다. 어깨 때문에 힘들었던 나는 얼마나 쾌재를 불렀는지 모른다.

그러다 전동 타자기가 사라지고 컴퓨터가 보급되기 시작했다. 지금은 각자 컴퓨터를 가지고 일을 하지만 그 당시는 각 사무실마다 컴퓨터가 한 대밖에 없어 인기가 하늘을 찌를 듯했다.

그러나 컴퓨터는 보급되었지만 문서를 작성하는 법을 모르니 쉽게 다가서는 직원이 없었다. 문서를 작성하는 하나워드 프로그램이 있었는데 쉽게 작성하는 사람이 없었기 때문이다. 나는 문서를 작성하는 데 누구보다 쉽게 작업을 할 수 있었고, 열심히 연습해서 자격증을 취득했다.

그러던 중에 한글워드가 새롭게 나왔다. 하나워드에 익숙했던 나는 새로움에 또 도전했다. 그야말로 하나워드에 비해 한글 문서가 훨씬 편리했음에도 쉽게 익혀지지 않아 많은 애로 사항이 있었다. 문서 작성 시 가장 중요한 것은 오타 없이 빠르게 작성해 주면 최고였다.

내가 가장 잘할 수 있었던 것 중 하나는 문서 작성이었다. 원고가 내 책상에 순서대로 차곡차곡 올려져도 눈 깜짝할 사이에 모든 문서를 후다닥 작성하곤 했다. 일하는 것이 가장 신났던 시절이었다.

또 컴퓨터활용능력 자격시험이 새롭게 등장했다. 쉽게 말하면 엑셀이라는 것인데 이것은 마이크로소프트사에서 개발한 표 계산 소프트웨어 프로그램으로, 숫자를 더하기, 빼기, 곱하기, 나누기뿐만 아니라 더 이상의 어려운 계산을 컴퓨터가 아주 쉽게 계산해 주는 것이었다. 전에 계산은 다섯 알짜리 주판으로 하다가 손쉽게 하는 계산기가 나와 불편함이 없었지만 이제는 컴퓨터에서 뭐든 해결해 주었다.

나는 컴퓨터활용능력 자격시험이 나오자마자 도전했다. 학교 다닐 때 가장 취약했던 과목이 수학이었는데 새롭게 도전하려니 이만저만 어려운 게 아니었다. 하지만 포기하지 않고 끝까지 열심히 도전했다. 그래서 첫 번째 시험에 합격하여 자격증을 취득하게 되었다.

그런데도 나의 도전은 여기서 끝나지 않았다. 하다 보니 자꾸 새로움에 눈을 뜨게 되었다. 나는 노는 것보다 컴퓨터 공부에 매진했다. 지금은 5일제 근무라서 자기 개발에 신경 쓰면 얼마든지 할 수 있는 일이지만 그 시절에는 토요일 1시까지 근무하던 때였다.

퇴근하면서 직원들과 함께 점심을 먹으러 나가는데 날씨가 따뜻한 날이면 시내에서 조금 떨어진 곳으로 나가 식당에 자리를 잡고 화투(민속놀이)를 치는 일이 빈번하던 때였다.

아니면 함께 근무했던 친구와 빵집에서 빵을 먹으며 이야기를 나누고, 음악감상실에 들어가 귀에 커다란 이어폰을 꽂고 노래를 감상하곤 했다. 나도 가끔 따라다니며 함께 행복한 시간을 보냈지만 배움에 대한 열망이 항상 마음 깊숙한 곳에서 꿈틀거려 구경이나 하면서 노는 것은 달가워하지 않았다.

나는 남들이 그렇게 쉴 때 다시 사무실로 들어와 컴퓨터 자격증

공부에 매달렸다. 다음은 정보처리기능사였다. 이것도 한 번에 자격증을 취득했고, 인터넷검색사, 정보처리사무자동화, 정보처리기사 역시 모두 한 번에 취득했다.

정보처리기사 자격증 시험공부를 할 때는 많이 힘들었다. 왜냐하면 필기시험은 독학으로 가능하지만, 실기시험은 프로그램을 짜야 했기 때문이었다. 프로그램을 짜는 거는 독학으로는 도저히 따라갈 수 없는 공부여서 학원에 다녀야만 했다. 더군다나 기사 자격증을 따려면 자격 요건이 학사 학위 이상이어야 하는 조건이다 보니 운영하는 학원이 대학교 앞 한 군데밖에 없었다.

나는 낮 시간이 어려워 새벽 아니면 저녁 시간을 활용해야만 했다. 더군다나 내가 살던 곳과 학원은 끝과 끝이었다. 그러나 나는 여기서 포기하지 않았다. 새벽 6시에 버스를 타고 학원을 다녔다.

학원에 들어서면 언제나 젊은 원장이 먼저 와 있었고, 몇몇 젊은 친구들이 있었던 기억이 난다. 학원생은 대부분 학생이거나 사회초년생으로, 나보다는 훨씬 젊었던 친구들이었다. 그 친구들 역시 나와 비슷한 상황이었을 거다. 나는 수업이 끝나기 무섭게 누구와 이야기 나눌 시간도 없이 사무실로 줄달음쳤다.

그렇게 몇 달을 새벽 시간을 이용해서 공부한 결과, 그 어려웠던 정보처리기사 자격을 취득하게 되었다. 지금은 그 자격증 취득으로 오만 원의 기술수당까지 받고 있다.

또한, 내 자녀가 어렸을 때 컴퓨터 공부를 내가 직접 가르쳤다. 학원에 보내지 않고 한글워드 자격증을 취득하게 하였고, 엑셀이나 파워포인트 작업에도 도움을 많이 주었다. 아이들이 어릴 때는 엄마가 컴퓨터를 제일 잘한다고 착각했을 정도였다.

지금은 시력이 약해져 아쉽기는 하지만 아직은 컴퓨터 자판을 내 손안에서 놀게 한다. 아이들과도 스마트폰으로 거침없이 메시지를 주고받으니 아이들 친구들도 깜짝 놀란다고 한다. 컴퓨터는 내 삶에서 많은 버팀목이 되어 주었고, 공무원 생활을 하면서도 많은 도움을 받고 있다.

잠시 잊었던 것이 있다. 나는 나만 부지런하면 되는 일이라 생각했다. 그러나 거기에는 엄마의 큰 희생이 한몫했다. 나는 때때로 엄마에게 나를 많이 가르치지 않은 것에 대해 원망하곤 했었다. 그럴 때마다 엄마는 나에 대한 미안함으로 눈시울을 붉히곤 하셨다. 그때 나는 얼마나 불효녀였던가.

엄마는 내가 결혼하고 난 후 배우고자 하는 일에는 모든 뒷바라지를 해 주셨다. 내가 열심히 공부해서 자격증 시험에 도전했지만 이 모든 것은 엄마가 계셨기에 가능했던 일이었다. 고마워요, 엄마.

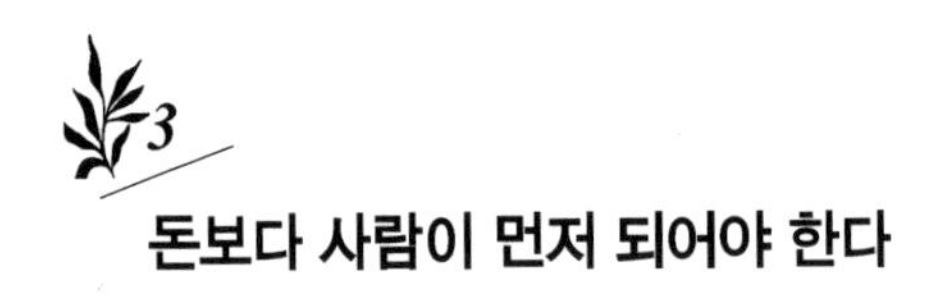

돈보다 사람이 먼저 되어야 한다

서머싯 몸의 『인생의 베일』을 읽었다. 1874년 1월 25일 영국에서 출생한 서머싯 몸은 『달과 6펜스』, 『인간의 굴레에서』, 『면도날』 등 많은 작품으로 사랑받는 작가이다.

장편소설 『인생의 베일』은 1925년 단테의 『신곡』에서 힌트를 얻고 홍콩 여행을 바탕으로 출판한 책이다. 두꺼운 책이지만 긴장하면서 쉽게 읽어 나갈 수 있는 내용이다. 딸을 둔 엄마이기에 더욱 인상 깊게 남은 책이다.

『인생의 베일』 줄거리를 정리해 본다.

1920년대 전통적 가치관 아래에서 성장한 키티는 화려하게 사교계에 뛰어든다. 여성의 사회적 지위는 남편의 직업에 따라 결정되기 때문에 키티의 어머니 가스틴 부인은 키티가 사회적 지위가 높은 남자를 만나 출세하기를 바란다. 그런 어머니 밑에서 키티는 눈부신 결혼을 꿈꾸고 사회적 지위가 낮은 남자는 쳐다보지 않는다.

키티는 어머니의 욕심 때문에 사교계에 등장하지만 결혼 적령기가 되어도 애인이 나타나지 않았다.

반면, 동생 도리스는 사교계에 등장하자마자 조프리 데니슨과 결혼하게 된다. 그러자 키티는 나이에 쫓겨 서둘러 세균학자 월터를 만나 결혼한다. 키티는 사랑하지도 않는 월터와의 결혼이 행복하지 않았다. 그러다 우연히 남편과 함께 찰스 부부와 만찬을 즐기면서 키티는 찰스의 매력에 빠지게 되고, 그를 사랑하게 된다.

남편 월터는 아내 키티와 찰스가 불륜 관계임을 알고 분노한다. 그러고는 아내에게 복수하기 위해 키티를 데리고 콜레라 발생지이자 중국의 오지인 홍콩의 메이탄푸로 떠나게 된다.

키티는 메이탄푸에서 죽어가는 시체를 보고 수녀원에서 봉사하는 일을 하면서 삶을 깨닫게 되고, 이 일은 키티로 하여금 영혼을 재충전하는 계기가 된다. 키티는 비로소 사랑의 굴레에서 벗어나고 스스로 치유하며 정신적인 성장을 하게 된다. 그러나 월터는 세균 실험을 하다가 과로와 콜레라 전염병으로 죽음에 이르게 된다.

이렇게 키티는 사랑하지도 않는 남자를 만나 결혼하게 되고, 다른 남자와 사랑에 빠지게 되는 불운한 인생을 살아간다.

키티는 어머니의 욕심 때문에 불행했던 자신의 어리석음을 발견하게 되고, "앞으로 태어날 딸을 어떤 남자와 잠자리를 갖기 위한 여자로 키우기 위해 평생토록 입히고 먹일 생각은 없어요."라며 태어날 딸은 자신처럼 살지 않고 당당하게 살아갈 수 있도록 키울 거라고 다짐하며 마무리되는 소설이다.

내가 결혼할 무렵에 우리 집은 형편없이 가난했다. 얼마나 가난이 싫었던지 언니와 나는 "우리는 꼭 부잣집으로 시집가자"고 굳게 다짐까지 했다. 그런데 언니와 나는 약속이나 한 듯 우리 집보다 더 가난한 집으로 시집을 가게 되었다.

당시 엄마는 '결혼은 살림이 비슷한 사람끼리 해야 하는 것'이라고 하셨다. 엄마는 딸들이 부잣집으로 시집가면 정신적으로 힘들 것이고, 우리 집과 비슷해야 마음 편하게 살 거라는 판단을 하신 것이다.

그래도 부잣집으로 시집가야 한다고 딸들이 우길 때면 엄마는 살림이 그렇게 어려운데도 '돈이 중요한 것이 아니라 사람이 먼저 되어야 한다'고 매번 강조하셨다.

엄마는 소원대로 성품이 온화하고 따뜻한 사위를 네 명이나 얻는 행운을 얻게 되었다. 사위들을 볼 때면 돈이 없어도 착한 사람이니 그만하면 되었다고 칭찬을 아끼지 않으셨다. 그렇게 우리 엄마는 언제나 돈보다 사람이 먼저라는 것을 강조하셨다.

엄마도 속으로는 딸들이 부잣집에 시집가기를 원했을 것이다. 하지만 부잣집보다 돈이 조금 부족해도 사람이 우선이어야 한다는 뜻을 굽히지 않으셨다. 엄마는 가난하게 사셨음에도 언제나 사람에 대한 도리를 먼저 생각하고 계셨던 것이다.

얼마 전, 딸 유나와 결혼에 대해 이야기하다가 큰소리를 냈다. 딸이 성인이 되었음에도 살아온 경험이 많다는 이유로 자꾸 간섭을 하게 되는 건 사실이다. 결혼이란 것이 해보지 않고는 절대 알 수 없다고, 엄마도 살다 보니 알게 되었다고, 살아본 다음에야 깨닫는 게 결혼이라는 것이라고, 그래서 잔소리인 줄 알면서도 자꾸 간섭을 하는 거라고….

그러자 유나가 말했다. 이제 성인이 되었으니 알아서 하겠다고, 지켜보고 믿어주고 기다려 달라고, 삶의 대한 가치관, 인생의 선택은 본인이 하겠다고, 책 읽는 사람으로서 고리타분한 생각은 모두 비워 내시라고, 이만큼 나를 키워 냈으니 이제는 앞가림 잘할 거라 믿어 주시라고, 선택한 것에 책임질 수 있게 하라고…. 이런 말을 듣고 보니 딸이 어른스럽고 똑부러지게 보였다.

이제 딸과 아들이 결혼 적령기 나이가 되었다. 자식을 좋은 데로 시집보내고 싶은 엄마의 마음은 예나 지금이나 똑같을 것이다. 요즘 나의 모습이 우리 아이들에게 너무나 부족한 모습이어서 걱정이 이만저만이 아니다.

엄마로서 자녀에게 어떠한 영향을 미치고 있는가, 깊게 생각해 보지만 해답이 없어 안타깝다. 다른 것은 교과서가 있어서 따라하면 되는데 결혼에 대한 교과서가 있다면 얼마나 좋을까. 나도 모르게 결혼은 현실이라고 엄마가 하는 말 꼭 들어야 한다며 자꾸만 속물 인간이 되고 만다.

사랑하는 나의 딸 유나에게 스페인 작가 카밀로 호세 셀라(Camilo Jose Cela)[2]가 지은 『벌집』에 나오는 구절을 남긴다.

2) 1916.5.11.~2002.1.17. 1942년 소설 『파스쿠알 두아르테 가족』으로 데뷔했으며, 세르반테스상(1995년)과 노벨문학상(1989년)을 수상했다.

“결혼이란 멜론과 같아서 구멍을 뚫고 맛을 보아야 한다.”

“결혼을 했는데도 가난에서 벗어나지 못하다면 결혼은 안 한 것만 못하다.”

탈무드에서는 “인생에서 늦어도 상관없는 두 가지는 결혼과 죽음이다.”라고 했다. 100세 시대인만큼 ‘그래, 인생에서 결혼과 죽음은 늦어도 상관없는 거였구나’ 탈무드의 명언 속에서 삶의 지혜를 배운다.

결혼이라는 것이 현실이기에 나는 내 딸 유나가 일시적인 감정으로 배우자를 선택하지 않기를 바란다. 그리고 나 또한 유나의 결혼을 서두르지 않겠다고 다짐하며 딸의 선택을 믿고 응원하련다.

소방관이 된 유나

4 푸새로 고실고실했던 교복

나는 중·고등학교 때 교복을 입고 다녔다. 당시 여학생 복장은 하얀 블라우스에 검정색 치마였다. 머리는 단발머리이거나 긴 머리였는데 긴 머리는 꼭 묶어야 했다. 남학생은 검정색 교복에 빡빡 깎은 머리였고, 검정색 모자를 쓰고 다녔다.

대부분의 학생들은 교복 한 벌과 체육복 한 벌밖에 없었다. 그러다 보니 교복이 더러워져도 매일 빨지 않으면 더러운 교복을 입고 다녀야만 했다.

지금 중·고생 교복은 예쁘기도 하지만 천도 좋아서 아무리 주물러 빨아도 구김도 잘 가지 않는다. 다림질을 하지 않아도 되니 오래전 우리와는 다르게 얼마나 편한지 모른다. 그런데도 나는 아이들의 교복을 두세 벌씩 구입해서 입혔다. 엄마로부터 배운 그대로 교복만큼은 항상 깨끗해야 한다는 강박관념에서 벗어나지 못했던 것이다.

“어찌나 반듯하고 깔끔하게 입고 다니던지 잘사는 집 딸인 줄 알았네." 언젠가 지인이 내게 했던 말이다. 정말 그랬다. 나의 교복은 언제나 다림질로 구김 없이 반듯했고, 얼룩 하나 없었다. 심지어 교복 상의는 풀까지 먹여 칼날처럼 바스락거렸다.

나는 교복에 얼룩이 있거나 구겨진 교복을 입고 다니는 친구를 볼 때면 지저분하다고 느꼈다. 구겨진 것은 그런대로 봐줄 만했으나 교복에 음식물이 그대로 묻어 있는 경우는 얼굴이 찡그려지기도 했다.

사회생활을 하던 초년생 때는 여름에 입는 상의에 세탁과 동시에 푸새[3]를 했다. 푸새를 한 옷은 무더운 여름철 날씨에 제격이다. 시원하게 입을 수 있는 최고의 옷이기 때문이다.

한번은 퇴근해서 보니 엄마가 실크 블라우스에도 풀을 먹여 놓은 것이 아닌가. 옷을 입지 못하게 되어 얼마나 속상하던지 엄마에게 그만 화를 내고 말았다. 그날은 엄마가 잘못했다고 생각하셨는지 아무 말씀도 안 하시더니 며칠 후 "그렇다고 엄마를 죽일 듯이 화를 내냐!" 하시며 내가 엄마한테 했던 말을 몇 번이나 흉내 내셨다. 엄마한테 화냈던 게 미안해졌다.

엄마는 평생 동안 여름이면 당신 옷과 내 옷에 푸새를 했고, 손으로 매만지고 다림질까지 해 놓으셨다. 여름이면 엄마는 늘 직접 만든 모시옷을 입으셨다. 백옥처럼 곱고 깨끗한 예쁜 엄마 모습이 새삼 그리워진다.

---

3) 옷 따위에 풀을 먹이는 일.

아직도 우리 집 장롱에는 엄마가 직접 짠 삼베가 고스란히 보자기에 싸여 있다. 엄마는 살아생전에 사위들에게 여름옷을 지어 선물하고 싶다 하셨는데 옷을 만들지 못하고 삼베 그대로 가지런히 포개져 있어 너무나 아쉽다.

내가 살던 시골집 담장은 풀 한 포기 없이 깨끗했다. 신발을 신고 벗는 토방에도 먼지 하나 없었다. 엄마는 일이 많아 밥 드실 시간이 없었음에도 틈만 나면 쉬지 않고 빗자루로 싹싹 쓸어 내곤 하셨다. 마당이나 담장에도 풀이 있으면 가만히 있지 못하고 깔끔하게 뽑아 내셨다. 그래서 우리 집은 시골이어도 언제나 윤기가 났다.

도시로 올라와 아파트에서 살 때에도 엄마의 정갈함은 여전했다. 소독하러 오신 아주머니께서 집 안으로 들어오시더니 무슨 집이 이렇게 반질반질하냐며 놀라워했다.

내가 아가씨 때 머리를 길었던 적이 있었다. 엄마는 내 머리를 매일 아침 디스코 머리로 따서 묶어 주는 일을 한 번도 거른 적이 없었다. 어느 날, 긴 머리가 너무 질려서 엄마에게 "엄마! 귀찮으니까 그냥 잘라 버리자"고 했다. 그러자 엄마는 "뭐가 이것이 귀찮냐"며 머리 자르는 것을 결사 반대하셨다. 결국 나는 엄마 때문에 긴 머리를 자르지 못했다.

그 후, 엄마에게 손녀가 생겨 일감을 안겨 주긴 했는데 엄마가 머리를 너무 심하게 묶다 보니 내 딸아이의 눈꼬리가 위로 올라가기도 했다.

엄마는 매일 아침이면 세수를 시키고 손녀 유나의 머리부터 빗기는 일로 하루를 시작하셨다. 손녀의 머리를 가늘게 생긴 실빗으로 빗어 올린 후 여러 가지 형태로 따 주기도 하고, 언제나 묶음 머리를 해 주셨다. 가늘게 내려오는 머리는 실핀으로 꽂아 올려 머리카락 한 올도 빠져나오지 않게 한 후, 꽃핀으로 장식을 해 주셨다. 그러고는 머리를 묶은 고무줄이 보이지 않도록 예쁜 핀을 꽂아 마무리하고 흐뭇해하셨다. 엄마는 손녀의 머리에 울긋불긋 언제나 꽃이 피게 했고, 아름다운 정원을 만들어 놓았다.

엄마는 거리를 다니면서도 머리를 치렁치렁 늘어뜨리고 있는 아이들의 모습을 보면, 젊은 엄마들이 칠칠맞지 못하게 자식 건사도 제대로 못 한다며 못마땅해하셨다. 내가 출근할 때면 입고 나가는 옷차림이 단정한지 단정하지 못한지를 꼭 확인하면서 배웅을 하셨다. 쓰레기 버리러 잠깐 나갔다 올 때도 슬리퍼를 신으면 혼이 났다.

오랫동안 엄마를 알고 계신 지인들은 엄마를 이야기할 때면 제일 먼저 '정갈함'으로 기억하고 계셨다. 내가 생각해도 엄마는 정말 청결하고 깔끔하셨다.

엄마가 살아왔던 삶이 너무나 단정했고 정갈하셨음을 결벽증이라며 심하게 짜증 냈던 적이 있었다. 엄마 덕분에 살림이 언제나 가지런했음에도 예민하고 날카로움에 민감하게 반응했던 일들이 후회스럽다. 미안해, 엄마.

물김치 담그는 법

엄마는 젊어서부터 위궤양으로 식사를 잘 못 하셔서 60세도 넘기지 못하신다고 했었다. 내가 어렸을 때는 엄마가 아프다고 하시면 바로 죽는 줄 알고 "엄마 살려 달라"며 울기만 했다. 고등학교를 마치고 돈벌이를 하면서부터는 엄마를 모시고 여기저기 병원을 쫓아다녔다.

나는 엄마 배가 볼록하게 나온 걸 한 번도 본 적이 없었다. 시골에서 전주 시내로 올라오셨을 때도 엄마 배는 등가죽에 붙어 있었다. 밥 한 그릇을 제대로 드셔 본 적이 없을 정도였으니 당연히 배가 등에 붙을 수밖에 없었던 것이다.

도시로 올라와 살면서도 엄마는 계속 배앓이로 고생하셨다. 나는 큰맘 먹고 엄마를 병원으로 모셨다. 의사 선생님께서는 엄마를 보자마자 당장 위내시경과 장내시경을 하자고 했다. 아마도 무슨 불치병이라도 걸렸는지 알아보기 위해서 검사하자는 듯했다.

검사 결과, 위궤양이 심한 것으로 진단이 나왔다. 의사 선생님은 약을 처방해 주었고, 나는 엄마를 곧장 집으로 모셨다. 집이라고 해야 사글세로 사는 단칸방이었지만 방을 따뜻하게 해 드리고 엄마를 쉬게 했다.

엄마는 위내시경과 장내시경을 받고 난 후 몸이 더 좋지 않으셨다. 생각해 보면 정말 아무것도 몰라서 엄마를 더욱 아프게 했던 것 같다. 엄마는 계속 죽을 것 같다며 배앓이 통증을 호소하셨다. 아마도 엄마는 아무것도 먹지 못해서 위가 깎이고 깎여 위궤양이 된 듯했다. 그러니 뭐든 입 안으로 넣으면 속이 더 쓰리고 아팠던 것이다.

그때 나는 이십 대 초반이었고, 나 역시 세상 물정 모르던 때였다. 검사 한 번 받아본 적이 없었으니 무조건 엄마를 병원만 모시고 가면 살 수 있을 거란 희망을 갖고 있었다. 평소 엄마가 곡기를 못 드셨고, 검사를 받기 전에도 물 한 모금 드시지 않았으니 얼마나 많은 고통이 따랐겠는가 싶다.

검사가 끝나고 엄마는 "죽었으면 죽었지 다시는 이런 검사 안 헐란다." 하시며 계속 아프다고 몸부림치셨다. 지금 같으면 시원한 콩나물국밥을 사 드리고 속을 좀 달래 드렸을 텐데 그냥 집으로 모셔 온 것이다.

내가 해 드릴 수 있는 것은 흰죽을 끓여 드리는 것밖에 없었다. 엄마는 항상 아무것도 넣지 않는 흰죽을 드셔야만 배앓이가 낫는다고 생각하셨다. 쌀 한 줌이 못 되게 해서 끓이면 한 솥이 된다. 그리고 간장과 함께 끓여 낸 흰죽만을 드시게 했다. 그러니 엄마가 기력을 회복하는 데는 오랜 시간이 걸렸다는 것을 뒤늦게야 알게 되었다.

엄마는 평생 동안 주기적으로 배앓이를 하셨다. 그럴 때마다 배 속을 잠재우기까지는 상당한 시간이 걸렸다. 젊어서 남편을 여의고 일찍 홀로 되었으니 얼마나 힘이 드셨겠는가.

자식은 줄줄이 7남매였고, 할머니와 할아버지까지 모시고 살아야 할 형편이었으니 엄마는 밥 한 술 입에 넣을 수조차 없었다고 하셨다. 아버지가 오래 살아 계셨더라면 좋았으련만 일찍 돌아가셨으니 그 후 상황은 어땠을지 짐작하고도 남을 일이다.

아들 진영이는 "친구 할머니는 우리 할머니와 나이가 비슷한데도 건강하시고 음식도 잘 드신다"며 할머니의 배앓이에 언제나 가슴 아파했다. 친구 할머니네는 원래 잘살았던 집안이어서 배를 굶지 않아서인지 식사도 잘하시는 모습을 보면 가장 부럽다며 할머니가 너무 불쌍하다는 말을 종종 하곤 했다. "우리 할머니가 젊은 시절에 너무 못 드셔서 더 심한 것 같다"며 많이 속상해했다.

정말 젊어서 잘 먹어야 건강하다는 건 맞는 말인 것 같다. "고기도 먹어 본 사람이 잘 먹는다"는 말이 있듯이 너무 먹지 못하고 배를 곯아가며 참았으니 속이 오죽하겠는가 싶다.

엄마는 병원에서도 아무거나 드실 수 없는 안타까운 상황이 있었다. 김치가 먹고 싶다고 하시는 날이 종종 있었지만 참아야 한다고 드시지 못하게 해 놓고 아주 가끔 고춧가루를 살짝 버무려 드시게 하기도 했다. 그러나 그렇게 드신 날에는 어김없이 배앓이가 시작되었다.

엄마가 드시는 음식은 고작해야 하얗게 담근 물김치였다. 유일하게 하얗게 담근 물김치만 배앓이를 하지 않아 물김치로 속을 달래곤 하셨다.

어떻게 하면 맛있는 물김치가 되는지 엄마 덕분에 내 솜씨도 늘었다. 내가 담근 물김치를 드시고 엄마가 맛있다고 하면 정말 기분이 좋았다. 우리를 키우느라 고생만 하신 우리 엄마! 이제는 엄마 입맛에 맞는 음식을 만들어 드릴 수 있는 날이 없어 아쉽기만 하다.

엄마에게서 배운 물김치 담그는 방법을 간단하게 소개한다.

재료: 배추, 무, 대파, 마늘, 생강, 배, 찹쌀가루 등

<만드는 법>

1. 배추, 무를 적당한 크기로 썰어 김치통에 담아 굵은 소금을 뿌린다.
2. 큰 냄비에 찹쌀가루를 조금 풀어 물을 붓고 끓인 후 식힌다.
3. 배를 강판에 갈아 찹쌀가루 끓인 물에서 보자기에 걸러낸다.
4. 김치통에 배즙으로 걸러낸 찹쌀가루 물을 넣는다.
5. 생강, 마늘, 대파를 넣어 소금으로 간을 맞춘다.

물김치는 우리 딸 복덩이 유나가 가장 좋아하는 음식이다. 엄마는 김치 담그는 날이면 손녀딸을 옆에서 지켜보게 했다. "네 어미

는 직장 다니느라 바쁘니까 니가 배워서 시집가서도 잘 담가 먹으라"고 하시면서 말이다. 엄마는 손녀딸에게 음식의 간이 짠지 싱거운지 맛을 보게 했다.

유나는 할머니 옆에서 항상 잔심부름을 했고, 손가락으로 한 접시가량을 먹어 치웠다. 마지막으로 "할머니 음식이 최고!"라는 찬사도 아끼지 않았다.

엄마는 물김치 담그는 일이 가장 쉽다고 하셨다. 대신 모든 음식은 정성이 들어가야 한다며, 당신이 세상에 없더라도 맛있는 물김치를 담가 먹을 수 있도록 가르쳐 주셨다. 엄마가 담가 주신 물김치 생각이 간절하다.

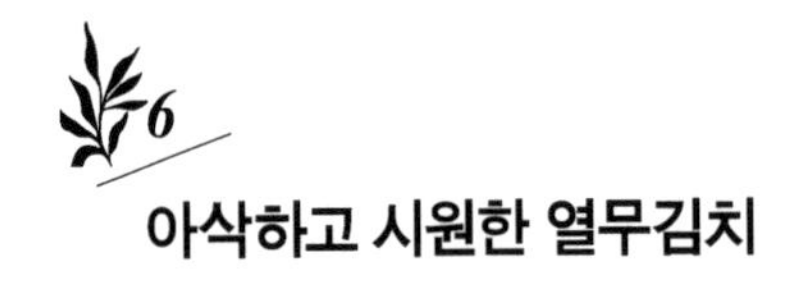

아삭하고 시원한 열무김치

"열무는 너무 손이 많이 가면 풋내가 나니 조심해야 한다. 그리고 열무 절이는 일은 가장 중요한데 살짝만 절이면 된다. 열무김치 담그기가 배추김치 담그는 것보다 훨씬 수월하니 내가 죽더라도 꼭 담가 먹도록 해라." "배추 같은 경우, 잘못 절이게 되면 김치를 담가 놓았을 때 배추가 펄펄 살아 움직이기 때문에 신경을 많이 써야 한다. 그러면서 꼭 적당한 시간에 맞춰 중간에 한번 뒤집어 주어야 하는 것도 잊지 말아라"

김치 담그는 법을 가르쳐 주시며 엄마는 몇 번이나 강조하셨다.

8월 여름이면 엄마가 담가 주시던 열무김치가 생각난다. 한여름에 열무김치는 찬밥에 물을 말아 먹어도 맛있고, 열무국수를 만들어 먹거나 밥에 비벼 먹어도 좋다.

특이하게도 딸 유나는 배추김치는 잘 먹지 않고 물김치와 열무김치를 좋아한다. 이런 손녀딸을 위해 엄마는 언제나 물김치와 열무김치가 떨어지지 않도록 담가 놓으셨고, 매번 김치 담글 때마다 손자 손녀와 함께 하셨다.

아이들은 옆에서 양념을 가져다 주고 뿌려 주는 등 잔심부름을 신나게 했다. 엄마는 김치를 담그고 난 후에는 꼭 아이들에게 간을 보도록 했다.

우리 아이들은 할머니 김치가 우리나라에서 최고의 김치라며 칭찬을 아끼지 않았고, 간을 본다는 핑계로 김치 한 접시를 뚝딱 비워 냈다. 가끔 우리 아이들은 할머니가 해준 음식이 먹고 싶어서 매일매일 할머니의 요리를 기다렸다. 다음엔 무슨 요리일까 궁금해 미리부터 묻고 했다.

어느 날, 엄마는 나에게 열무김치 담그는 법을 가르쳐 주시겠다고 했다. 그러면서 다가오는 주말에 다른 일정을 모두 비워 두라고 하셨다. 엄마가 나이가 들어감에 따라 당신 딸의 요리가 걱정되셨던 모양이다.

사실 나는 엄마만을 의지하며 살아왔기에 김치 한번 담가 본 적이 없었다. 엄마가 김치 담글 때마다 매번 배워야겠다는 생각을 하곤 했지만 때가 되면 엄마는 당신 딸이 힘들까 봐 주말을 피해 내가 없는 평일에 담그셨다. 그러다 보니 나는 김치 담그는 법을 배우지 못했다. 그러나 이번에는 엄마가 많이 걱정이 되셨던 것이다. 나 또한 하루빨리 한 번이라도 김치를 담가 보고 배워야겠다는 생각에 주말에 함께 김치를 담그기로 약속했다.

주말이 되어 엄마와 함께 집 근처에 있는 재래시장을 찾았다. 내가 다녀온 재래시장의 규모는 그렇게 크지 않지만 각종 잡화까지 다양해서 시장은 크게 형성되어 있었다.

나는 엄마를 따라 골목을 다니며 엄마가 물건을 고르면 돈을 지불한 후 쇼핑백에 담고, 아주머니와 할머니께서 건네주는 거스름돈 받는 일을 도왔다. 역시 재래시장에서 장을 보는 것이 재료가 훨씬 신선했고 값도 저렴했다.

엄마는 열무와 갖은양념을 설명해 주시면서 싱싱한 것을 고르는 것부터 가르쳐 주셨다. 또한 엄마에게는 빠지지 않는 가르침이 하나 있었다. 엄마는 한 푼이라도 깎으려 했고, 아니면 한 줌이라도 더 받아냈다. 나는 엄마의 행동에 절대 깎지 말라며 뭐라 했지만 뒤늦게 이것 또한 물건을 사고파는 데 필요한 것이라는 걸 깨닫게 되었다.

시장 골목을 이리저리 왔다 갔다 하면서 조금씩 구입하다 보면 어느새 바구니가 가득 찼다. 역시 재래시장에서는 싱싱함뿐만 아니라 풍성해서 좋았다. 구입한 재료들만 보아도 열무김치는 맛이 없을 수가 없을 정도다.

벌써 오래전 일이지만 열무김치 담그기 전부터 얼마나 설렜는지 모른다. 엄마와 함께 서너 번 김치 담그는 연습을 하고, 엄마가 담그지 못하게 되었을 때 엄마의 훈수를 들으며 혼자서 담갔다.

엄마와 함께 김치를 담글 때마다 나는 잊지 않으려고 내 블로그에 꼼꼼히 김치 담그는 법을 기록해 놓았다. 어느 집이나 담그는 방법이 다르고 입맛도 다르겠지만, 누구라도 쉽게 열무김치를 담글 수 있도록 엄마의 손맛을 그대로 전하고 싶다.

<준비물>

열무 1단, 쪽파, 부추, 양파, 생강,

새우젓, 마늘, 쌀죽, 굵은 소금, 통깨

<담그는 법>

1. 굵은 소금을 물에 녹여 놓는다.
2. 열무는 잘 다듬어서 적당한 크기로 잘라 두세 번 씻어 물에 녹인 소금물로 절인다. 그리고 20분 정도 지나면 중간에 뒤집어 준다. 적당히 절인 다음 소쿠리에 건져 물기가 빠지도록 한다. 이때 물기가 너무 빠지도록 않도록 주의해야 한다.
3. 멸치, 양파, 다시마, 버섯 등을 넣고 육수를 우려낸다.
4. 쌀죽은 찹쌀을 미리 불려 놓고 몽글게 갈아 육수를 넣어 걸쭉하게 끓인다.
5. 고추, 마늘, 생강, 양파 등을 갈아 놓고 부추, 쪽파, 대파, 양파는 적당한 크기로 썰어 놓는다.
6. 갈아 놓은 양념과 썰어 놓은 양념을 모두 섞은 후 새우젓, 까나리액젓, 멸치액젓으로 간을 본다. 여기서 참기름을 조금 넣어 주면 양념 맛이 더 좋아진다.
7. 물기가 적당히 빠진 열무를 준비해 놓은 양념으로 골고루 잘 버무린다.
8. 마지막 김치통에 담을 때도 다독다독 정갈하게 담아 놓는다.

엄마는 마지막 김치통에 담을 때에도 열무김치가 흐트러지지 않게 가지런하게 담도록 하셨다. 그리고 열무김치는 냉장고에 바로 들어가서는 안 되고, 밖에서 하루 정도 놓아 두었다가 냉장고에 넣어야 한다고 하셨다. 그렇게 며칠이 지나 숙성되어 먹게 되면 얼마나 맛있었던지….

내가 열무김치를 준비할 때마다 엄마가 만든 음식 냄새와 맛이 너무나도 그립다. 음식을 만들면서 엄마와 나누었던 이야기와 엄마가 담가 주셨던 열무김치가 생각난다.

내가 만든 열무김치는 왜 엄마가 담근 맛이 나지 않는지 정말 모르겠다. 정말이지 열무김치를 담글 때는 마음이 찡하게 울림을 준다. 어쩌면 엄마와 함께한 시간이 너무나 길고 깊어서 그럴 것이다.

엄마는 전에 살았던 아파트 젊은 엄마들에게도 많은 요리 비법을 전수해 주었다. 지금도 그 젊은 엄마들이 요리를 하는 동안 엄마의 요리는 영원히 살아 있을 것이라 믿는다.

7

가족 식사는 지적 훈련장

“어머니는 식탁을 아이들이 자신의 의견을 발표하는 장소로 지식을 높이는 지적 훈련장으로 삼았다. 그것은 그녀가 조기 교육을 믿었기 때문이다. 늦어도 4, 5세 내지 6세부터 의견을 발표 토론하도록 한 것은 지식 획득의 훈련을 하지 않다가 14~16세에 가서 별안간 그러한 능력을 몸에 지니려 든다면 이미 늦다는 생각에서였다. 아이들을 훌륭한 인간으로 만들려면 어려서부터 지적 훈련을 시작하지 않으면 안 된다는 것이 어머니의 가정교육이었다.”

문지사에서 출판한 홍석연의 『케네디가의 가정교육』에 나와 있는 내용이다. 미국 역사상 최연소자 존 F. 케네디 제35대 대통령의 어머니 로즈는 가족과 함께하는 식사 시간을 매우 중요하게 생각했다. 매일 식사를 하면서 뉴욕 타임스 기사를 놓고 토론을 시켰다고 한다.

우리 가족은 가급적 외식을 하지 않고 집에서 함께 밥을 먹는다.

그동안 우리 가족은 엄마가 해 주시는 음식으로 아침과 저녁식사를 함께했기 때문에 언제나 식탁에 앉아 하루 일과를 이야기했다. 쉽게 말하면 미주알고주알 마음속에 있는 모든 것들을 토해내는 시간이기도 했다.

가끔 늦게 귀가하여 가족과 함께 식사를 하지 못하고 혼자서 먹게 되는 날에는 누구라도 옆에 앉아서 이야기를 들어준다. 혼자서는 거의 식탁에 앉아 음식을 먹지 않는다. 그래서인지 혼자서 먹어야 하는 경우는 심심하기도 하고 외롭게 느껴지기도 한다.

이런 좋은 습관을 만들어 주셨던 분은 엄마였다. 그러다 보니 자연스럽게 우리 가족은 의사소통이 너무 잘되고 있다.

엄마는 언제나 감격스러울 정도로 맛있는 음식을 아침, 저녁으로 준비해 놓고 기다리고 계셨다. 심지어 내가 퇴근하여 식탁에 앉을 때까지 엄마는 따뜻한 밥과 국을 주려고 기다리셨다.

내가 일찍 퇴근하는 날에는 함께 밥을 먹지만 늦게 퇴근하는 날에는 혼자서 밥을 먹게 되는데 그럴 때마다 엄마는 내가 밥을 다 먹을 때까지 꼭 식탁에 함께 앉아 계셨다. 그리고 우리는 서로 하루 종일 있었던 이야기를 모두 풀어 놓았다. 엄마는 동네 아주머니들 이야기부터 웃겼던 이야기며 속상했던 이야기를 내게 모두 털어내셨다.

그중 가장 속상했던 이야기가 있었다. 엄마와 함께 지냈던 어르신 중에 꼭 엄마에게 "어떻게 딸과 함께 사느냐, 사위와는 껄끄러워서 한시도 함께하지 못하겠더라, 딸하고도 싸움을 해서 함께는 못 살겠더라"라는 이야기를 할 때였다.

나는 엄마가 속상하지 않도록 어르신들이 엄마에게 질투하는 거라며 엄마 편을 들어주었다. 그러면 엄마는 낮에 있었던 속상했던 마음은 어디로 사라지고 금방 흐뭇해하셨다.

엄마는 하루 종일 집안일을 하셨고, 맛있는 음식을 만들어 놓으시고 내가 오기만을 기다리셨다. 나는 엄마의 마음을 충분히 헤아리고 조금이라도 누가 되지 않도록 이야기를 해 드린다. 엄마는 종종 나에게 모든 이야기를 털어내면서 위로받고 싶으셨던 것이다.

식탁에 앉아 함께 먹는 식사시간의 습관은 내가 결혼 후에도 계속되었다. 어느 날, 함께 밥을 먹다가 한바탕 웃었던 일이 있었다. 우리 가족은 언제나 한 그릇에 그치지 않고 서로 더 먹겠다며 아우성을 치기도 한다. 엄마는 밥을 더 많이 담아 주기도 하고, 만들어 놓았던 음식을 더 담아 내놓으셨다.

그날도 우리가 한 그릇을 다 비우고 나자 옆에 계셨던 엄마가 갑자기 "더 먹을 사람 손들어!"라고 말씀하셔서 우리 가족이 폭소를 터트린 것이다.

지금도 우리 가족은 종종 그날을 떠올리며 한바탕 웃는다. 엄마는 언제나 손수 만드신 음식을 아무런 타박도 하지 않고 맛있게 먹어 주어 감사하다고 하셨다. 그렇게 우리 가족은 언제나 식탁에서 함께했고 꿈을 키워 나갔다.

최근 아들 찰떡이 면접시험을 치르면서 당황하지 않고 편하게 이야기했다고 한다. 면접관이 찰떡에게 편하게 이야기를 잘한다며 칭찬을 했단다. 가족끼리 소통을 잘하다 보니 어디서든 누구를 만나든 이야기를 잘 풀어 가는 듯하다.

딸 복덩이가 의젓한 사회인으로 새로운 출발을 일찍 시작할 수 있었던 것도 전적으로 할머니 덕분이다. 대학교 졸업 후 2019년까지 다녔던 직장에 들어가기까지 면접 이야기를 들어보면 가족의 소통이 얼마나 중요한지 깨닫는다.

평소 복덩이는 조리 있게 말을 잘하는 편이다. 두려움이 없는 듯하다. 그동안 한두 번 면접을 봤지만 질문에 맞게 대답하니 설득력 있게 말을 잘한다는 이야기도 들었다 한다. 아마 어렸을 때부터 식탁에서 함께 많은 이야기를 나누다 보니 내면에서 무럭무럭 성장하고 있었던 모양이다.

최근에는 지인의 소개로 대학교에 들어가기 위한 학생 면접 준비를 해 주었다. 자기소개서에 있는 지원 동기 등 자기소개서를 만들어 주고, 말을 잘할 수 있도록 정리해 주면서 쉬는 시간도 주지 않고 연습을 시켰다고 한다.

처음에는 한두 번 도와주기로 했는데 학생과 부모님께서 마음에 드셨는지 더 많은 시간을 요구했다. 복덩이는 어른들의 소개로 어쩔 수 없이 하게 되었는데 거절할 수 없는 상황이 되었다. 알바를 하는 도중이어서 시간이 그리 많지 않았음에도 최선을 다해 도와주었다.

코로나19로 지원했던 대학 중 어느 대학에서는 영상으로 찍어서 파일을 보내도록 했다. 다 끝났다고 생각했는데 영상까지 봐 달라고 했기에 복덩이는 영상까지 몇 번을 수정해 가면서 도와주었다.

결과는 학생이 지원했던 대학 모두 합격했다는 소식을 들었다. 물론 학생이 똑똑했고 잘하는 친구였지만 면접 준비를 해 주었던 복덩이 덕분에 대학을 골라서 갈 수 있게 된 것이다.

지인의 요청으로 복덩이에게 재능 기부를 해 달라고 부탁했던 일이 너무 잘되어 학생뿐만 아니라 부모님 그리고 부탁했던 지인까지 모두 흐뭇했던 시간이었다.

요즘 같은 사회에서는 온 가족이 한자리에 모여 밥을 먹는다는 것이 정말 어려운 일이다. 하지만 가족 식사가 자녀교육에 얼마나 중요한지 알 수 있다.

어려움이 있을 때마다 가족 모두가 모이는 식사시간을 잘 활용한다면 가족의 행복과 아이들의 성장에 큰 도움이 될 것이다. 오죽하면 함께 밥을 먹는 '식구(食口)'라는 말이 나왔겠는가.

연구에 따르면 가족 식사는 청소년의 흡연, 음주, 우울증, 자살률을 낮추는 효과가 있다고 한다. 가족 간의 대화가 얼마나 중요한지 존 F. 케네디 대통령의 어머니 로즈 여사도 아들을 훌륭한 대통령으로 키워 내지 않았던가.

가족 식사의 강력한 힘은 올바른 생활 습관을 갖게 할 뿐 아니라 자녀들과 의사소통을 할 수 있는 좋은 기회라 생각한다. 요즘 현실에서 힘들다는 것은 알지만 가족의 의미를 잘 되새겨 보면 힘든 일도 잘 극복하리라 믿는다.

집에서 먹는 음식이 보약

우리 아이들이 네댓 살 때의 일이다. 서울에 사는 언니가 조카들을 데리고 우리 집에 놀러 왔다. 조카들은 집에 오자마자 우리 아이들을 데리고 동네 슈퍼로 달려갔다. 한참 후에 돌아온 조카 손에는 초콜릿이 들려 있었고, 우리 아이들은 막대 사탕을 들고 있었다.

그 모습을 본 엄마는 서울에서 내려온 조카들에게 "동생들은 싸디싼 것 사 주고 너희들만 비싼 것 샀냐?"며 호통을 치셨다. 엄마는 당신이 키운 손자 손녀가 사탕을 입에 물고 오자 화가 나셨던 것이다.

어린 조카들은 갑작스러운 할머니의 노여움에 당황해 동생들에게 맛있는 것 고르라고 했는데 사탕을 골랐다며 해명했다. 그때까지만 해도 우리 아이들은 밖에서 사서 먹는 거라곤 고작 막대 사탕이 최고였다. 그러니 과자 하나 고를 줄 몰랐고 사탕을 고집했던 것이다.

우리 아이들이 초등학교 다니던 시절에는 교문 앞 문구점이나 구멍가게에서 과자, 사탕, 초콜릿 등이나 성분이 제대로 표기되지 않은 불량식품 그리고 떡볶이, 닭꼬치 등을 팔았다. 또 먼지가 가득 쌓여 있는 기계에 돈을 넣으면 나오는 과자도 있었고, 게임을 할 수 있는 기계도 있었다.

내가 퇴근하여 학교 앞을 지나다 보면 그 시간까지도 게임에 몰두하고 있는 아이도 있었다. 가끔 그 게임기 앞에서 아들 진영이가 정신없이 놀고 있는 모습이 포착되기도 했다. 진영이는 엄마를 기다리기 위한 거라고 핑계를 댔다.

특히 아이들에게 '띠기'는 옛날 군것질로 가장 인기있던 최고의 놀이였다. 국자에 설탕을 넣고 약한 불에 올려 젓가락으로 휘휘 돌리면 설탕이 골고루 녹으면서 여러 가지 모양으로 만들어진다. 모양에 맞게 잘 떼어내면 한 번 더 할 수 있는 기회를 주는데 거의 실패하고 만다.

나 역시 어릴 때 많이 해본 놀이이기도 하다. 지금은 학교 근처에 불량식품이 거의 사라졌지만 옛날 학교 앞은 그야말로 난장판이었다. 그렇게 수업이 끝나면 너 나 할 것 없이 한 가지씩 입에 물고 다녔다.

그러나 우리 아이들은 즐비하게 진열되어 있던 먹거리의 유혹을 물리치고 곧장 집으로 귀가했다. 왜냐하면 엄마가 매일 음식을 만들어 놓고 기다리고 계셨기 때문이었다. 또 다른 이유는 학교 앞에서 파는 것은 지저분하고 모두 불량식품이라고 절대 사 먹지 못하게 했기 때문이다.

엄마는 거의 매일 오늘은 무엇이 먹고 싶냐고 물어서 아이들에게 맞는 음식을 만들어 주곤 하셨다. 그러다 보니 아이들도 학교에 가기 전에 먹고 싶은 음식을 주문하고 등교를 했다.

그러던 어느 날, 우리 아이들도 다른 아이들처럼 학교 앞 음식이 먹고 싶었는지 할머니에게 "할머니, 우리도 학교 앞에서 파는 떡볶이 사 먹고 싶어요."라고 말했다. 그러나 엄마는 "할머니가 이렇게 깨끗하게 해서 음식을 만드는데 길거리에서 더러운 먼지가 들어간 음식을 먹고 싶냐"며 일언지하에 거절하셨다.

나는 내가 학교 다닐 때 친구들과 함께 먹었던 풀빵이 생각났다. 어찌나 맛있었던지 시간이 지나고 나서야 그 시절이 얼마나 아름다운 추억이었는지 알게 되었다.

나는 아이들에게도 멋진 추억을 만들어 주고 싶어 엄마 몰래 아이들을 데리고 늦게까지 남아 있던 '띠기'를 하러 갔다. '띠기'를 하기 위해 앞에 앉아 아이들에게 해 보라고 했다. 그런데 그만 아이들이 손가락에 화상을 입고 말았다. 그래도 우리에게는 신나고 즐거운 시간이었다.

아이들은 할머니께 너무 미안하다며 나에게 살짝 귀띔해 주었다. 사실 그 시절에는 상표도 없고 길거리에서 파는 것은 지저분한 음식이었고, 유통기한까지 넘긴 음식들이 즐비했다.

아이들이 떡볶이를 사 먹고 싶다고 했던 적이 있었다. 엄마 역시 아이들 모두가 입에 물고 집에 가는데 너희들이라고 먹고 싶지 않겠느냐며 한번 사 먹어 보고 비교해 보라고 하셨다. 그러자 아이들은 떡볶이를 종이컵에 담아 들고 왔다.

아이들은 떡볶이를 먹고 나더니 할머니 음식이 최고라며 다시는 사 먹지 않겠다고 했다. 엄마는 아이들이 가지고 온 떡볶이를 보더니 먼지 뒤집어쓴 떡볶이가 그리 먹고 싶었느냐며 앞으로는 절대 사서 먹어서는 안 된다며 아이들을 달랬다. 그러고는 아이들에게 깨끗하고 몸에 좋은 양념으로 만들어 주는 음식을 먹어야 한다고 강조하셨다.

엄마는 대신 더 맛있는 음식을 해 주겠다며 아이들이 끝나는 시간에 맞춰 매일 아이들이 좋아하는 떡볶이뿐만 아니라 칼국수, 김치전, 팥칼국수, 식혜 등을 번갈아가며 간식까지 만들어 주셨다.

엄마는 음식 솜씨가 정말 뛰어났다. 우리 가족은 30년 가까이 엄마 음식으로 몸보신을 했다. 지금도 습관이 되어 특별한 음식이 아니면 거의 외식을 하지 않는다.

엄마는 집에서 먹는 음식이 보약이라며 밖에서 먹는 음식을 싫어하셨다. 나에게도 집에서 음식을 깨끗하게 해서 만들어 먹을 수 있도록 당부하셨다. 그리고 가족의 건강을 위해서 온종일 음식에 매달리셨다. 해마다 제철에 나오는 음식도 빠지지 않고 꼭 해 주셨다.

엄마 덕분에 우리 아이들은 건강하게 무럭무럭 잘 자라 주었다. 이제는 엄마가 만들어 주시는 음식을 먹을 수 없어 너무 아쉽기만 하다.

9

보는 것만으로도 교육이 된다

나는 평소 엄마가 만들어 주셨던 기억을 되살려 엄마표 요리를 흉내 내며 만들어 먹는다. 무를 바닥에 깔고 고등어를 얹은 다음 갖은양념을 넣어 고등어 조림을 했다. 찰떡이 음식점 개업하면 대박 나겠다며 지금까지 먹어 본 음식 중에서 제일 맛있게 만든 음식이라고 찬사를 보냈다.

우리 아이들은 자라면서 할머니가 요리를 할 때마다 "우리 할머니 요리가 최고!"라며 칭찬을 아끼지 않았다. 엄마는 손주들의 칭찬에 언제나 싱글벙글하셨고, 말이 떨어지기가 무섭게 요리를 뚝딱 만들어 내곤 하셨다.

엄마는 칼국수 요리도 번개처럼 빨리 끓여 가족들 밥상을 금방 차려 주셨다. 엄마는 미리 밀가루 반죽을 해 놓고 냉장고에 넣어 숙성시켜 놓는다. 냉장고 안에는 밀가루를 반죽한 덩어리가 항상 쌓여 있었다.

찰떡이 칼국수를 너무 좋아하기 때문에 엄마는 아이들이 집으로 들어오는 시간에 맞춰 끓여 주셨다. 그러면 손주들은 할머니가 가장 예쁘다며 신나게 춤을 추며 먹곤 했다.

김치전을 할 때에도 돼지고기나 오징어를 꼭 넣어서 부쳐 주셨다. 생각만 해도 군침이 돈는다. 우리 아이들은 할머니 요리에 반해서 누가 아무리 음식을 잘해도 맛있다는 말을 거의 하지 않는다.

나는 팥칼국수를 참 좋아한다. 어느 휴일에 뒹굴뒹굴 누워 있다가 엄마에게 팥칼국수가 먹고 싶다고 하니 엄마는 소리 없이 뚝딱 팥칼국수를 만들어 주셨다.

나는 엄마에게 너무 미안해서 “엄마! 엄마는 정말 귀찮지 않아?” 그러자 엄마는 “뭐가 이런 것이 귀찮냐”고 하셨다. 나는 다시 또 묻는다. “엄마도 솔직히 힘들잖아.” 그러면 엄마는 “자식들 생각해서 먹이는 음식인데 뭐가 귀찮아. 이런 것은 아무것도 아니다.” 하셨다.

엄마는 단 한 번도 음식 만드는 일을 번거로워 하시거나 힘들다고 하신 적이 없었다. 그때 나는 ‘엄마가 정말 힘들지 않은가 보다’고 생각했던 적이 있었다. 참 철없는 딸이었다.

엄마는 동네 아파트에서 요리 솜씨로 인기가 많았다. 집에서 살림하는 젊은 주부들이 엄마한테 많은 요리를 배웠다. 엄마의 요리 솜씨가 소문이 나자 이웃집에서 엄마를 자기들 집으로 부르곤 했다.

엄마는 가가호호 요리를 가르치면서 정말 바쁘게 생활하셨다.

젊은 엄마들이 김치 담그는 것은 물론이고, 멸치볶음조차 제대로 할 줄 모른다며 신나게 가르치셨다.

엄마는 내 딸은 가르치지 못하고 남의 딸들에게 음식을 가르친다며 안타까워하셨다.

콩나물무침 요리를 하려는데 딸아이가 초무침으로 해 달라고 한다. 콩나물초무침은 엄마의 특별 요리 중 하나이다. 아이들의 요구에 할머니표 요리를 해 보았다. 처음에는 콩나물무침이나 콩나물볶음도 어떻게 할지 몰라 친언니에게 물어보곤 했다. 여러 번 하다 보니 이제 제법 콩나물무침 요리를 할 수 있다.

콩나물무침 요리는 물이 많이 생겨나기 때문에 삶은 콩나물을 한참 동안 물을 받쳐 놓곤 한다. 그런 다음 어느 정도 물이 마를 때까지 기다렸다가 무침을 한다. 그런데도 시간이 지나면 그릇 바닥에 물이 고여 있다. 아직까지 터득하지 못한 음식이다.

그런데 딸이 콩나물무침에 초를 많이 넣어 달라고 한다. "그럼 물이 더 많이 고일 텐데…." 하니 할머니가 할 때도 그렇게 물이 생긴다고 했다. 아, 그렇구나. 우리 엄마가 요리할 때에도 물이 생겼었구나.

초를 많이 넣어 달라는 딸의 부탁으로 초를 듬뿍 넣어 초무침을 하고 먹어 보니 새콤달콤한 맛을 낼 수 있었다. 요리 한번 하지 않고 엄마가 만든 음식을 먹기만 하고 눈으로 본 것밖에 없지만 보는 것이야말로 얼마나 큰 효과가 있는지 알 수 있다.

특히, 복덩이는 할머니가 담근 무김치를 아주 좋아했다. 엄마는

"손녀딸이 시집가더라도 그때까지 살랑가 모르겠다" 하시며 당신이 꼭 담가 주고 싶다고 하셨다.

복덩이 유나와 찰떡 진영이가 어린 나이여서 할머니가 항상 건강하게 계실 줄 알았겠지만 엄마는 언제까지 당신이 해줄 수 없기에 요리를 할 때면 항상 아이들을 옆에 끼고 눈으로 지켜보게 하셨던 것이다.

엄마는 큰며느리로 시집와서 아랫 동서(작은엄마)를 많이 부러워했다고 했다. 그 동서는 친정어머니가 살아 계셔서 동서 옆에서 많이 챙겨주셨는데 당시 엄마는 친정어머니가 일찍 돌아가셨기 때문에 많이 외로웠다고 했다. 그게 너무나 한이 맺혀 엄마는 "다음에 내 딸 낳으면 오래오래 살아서 딸에게 좋은 것 많이 해주면서 살겠다"고 다짐하셨다고 한다.

엄마는 나와 함께 살면서 혼신의 힘을 다하셨다. 손주들을 키우시면서 손자가 좋아하는 칼국수와 김치전, 손녀가 좋아하는 무김치 그리고 당신 딸이 말만 하면 어떤 요리든 뚝딱 만들어 주셨다. 우리 가족은 어쩔 수 없이 밖에서 먹는 일이 생겨도 집에 와서 다시 엄마 음식을 먹기도 했다.

엄마에게 특별한 음식을 사 드리고 싶을 때는 엄마가 흡족해하는 음식을 찾느라 한참 고민한다.

손자가 군에 입대한 지 8개월 정도 되었을 때 일이다. 포상 휴가를 온다는 말을 듣고 엄마는 손자를 몹시 기다리셨다. 손자 역시 할머니를 가장 좋아했다.

엄마에게 고기를 사 드리고 싶어서 특수 부위를 파는 고깃집을 찾아갔다. 엄마는 "이렇게 맛있는 고기는 처음 먹어 본다"며 감동하셨다.

우리 가족은 엄마 기분을 만족시켜야 하는 의무를 가지고 있었다. 엄마한테 받은 은혜가 너무 크기 때문이었다. 우리 복덩이와 찰떡이를 잘 키워낸 것은 엄마가 손수 만들어 주신 맛있는 음식 덕분이리라.

아무리 어려워도 사람답게 살아야 한다

사람은 세상에 태어나 많은 사람을 만나고 헤어지면서 살아간다. 그 많은 사람들 가운데 좋은 사람도 있고 나쁜 사람도 있다. 누구나 좋은 사람만 만나고 살면 좋을 테지만 살다 보면 알 수 없는 게 사람이다.

나는 생각하고 싶지 않은 사람을 만나 사기를 당한 경험이 있다. 사는 동안 누구를 만나는 것이 얼마나 중요한지 깨닫게 되는 시절이었다.

1995년도 전후의 일이다. 어느 날 남편이 아파트를 구입하자고 했다. 집이 너무 좁아 지금보다 조금 평수가 넓은 집이라고 했다. 살고 있던 집이 엄마와 함께 우리 가족이 살기에는 여간 불편한 게 아니었다. 그런데도 바로 이사하기에는 턱없이 돈이 부족했다. 그래서 2년 전세를 안고 아파트를 구입하게 되었다.

우리는 조금만 참고 돈을 모아 이사를 가기로 결심했다. 그때 우리도 집이 있다는 설렘으로 얼마나 행복했는지 모른다.

그렇게 아파트 매매 계약을 끝내고 한참 지났을 때였다. 남편이 통장 하나를 들고 오더니 이것은 우리가 갚는 거라면서 내게 내밀었다. 나는 한 번도 보지 못했던 것이라 '도대체 이게 뭐지?' 하고 이상하다는 생각은 했지만 남편이 알아서 했던 일이라 전혀 의심하지 않았다. 남편에게 통장을 건네받고 매월 주택은행에 돈을 갚으러 갔다.

그 후 오랜 세월이 흐른 다음에야 그것이 대출통장임을 알았고 사기를 당했다는 것을 알았다. 아파트를 소개해 준 사람은 남편 회사에서 함께 근무하는 직원이었다. 그 직원은 지인의 아파트를 소개했던 것으로 남편은 아는 사람이라 믿고 따랐던 것이다.

그뿐만이 아니다. 그렇게 아파트를 구입했을 때 전세를 안고 구입하면서 별도로 대출금을 받았다. 그러다 보니 건네받은 대출금과 별도의 대출금을 매월 갚아야 하는 일이 너무 힘들었다. 당시 대출금은 원금보다 이자가 비쌌던 때라 원금은 조금씩 갚게 되고 이자만 내는 상황이었다.

그때부터 나는 짜증이 나기 시작했고, 남편과 나는 서로 말다툼을 하기 시작했다. 결국 이사도 가지 못하고 다시 아파트를 팔자는 의견으로 입을 모았다.

2년 만에 다시 팔다 보니 아파트는 우리가 샀던 가격보다 낮게 팔렸다. 그동안 우리가 냈던 대출금은 헛고생으로 돌아갔고 너무 억울했지만 어쩔 수 없는 상황이었다. 그런데도 나는 매월 내는 대출금 이자를 갚지 않아도 되었기에 팔렸다는 것에 너무 홀가분했다. 우리는 마음 편한 게 최고라며 다시 시작하자는 결론을 내렸다.

그런데 이게 어찌된 일인가. 기억하고 싶지도 않은 그 아파트를 깨끗이 잊고 살고 있는데 세무서에서 편지 한 통이 집으로 날아왔다. 양도소득세 납부고지서였다. 하루도 살지 못하고 빚만 고스란히 남은 아파트였는데 이제는 세금을 내야 한다는 것이었다. 도대체 이게 무슨 일인지….

아무것도 몰랐던 나는 고지서를 사무실로 들고 갔다. 당시 함께 근무했던 부서는 10명이었는데 분위기가 너무 좋아 가족과 다름없는 상사였고 동료였다. 모두 고지서를 보더니 깜짝 놀라면서 이구동성으로 우리가 해결해 주어야 한다며 적극적으로 나섰다.

그중 한분이 직접 세무서에 쫓아가서 해명을 했고, 50% 삭감해 준 고지서를 가져왔다. 아무리 설득해도 이 이상은 안 된다며 이만큼의 금액은 내야 한다고 했다. 덕분에 모두 납부해야 하는 고지서 대신 50% 절감된 고지서로 세금을 납부하고 끝이 났다.

얼마나 고마운 사람들인가. 그때에도 도와주지 않았더라면 세금을 모두 고스란히 내야 했을 것이다. 지금은 퇴직했던 분도 계시고, 현직에 남아 있는 분도 계시지만 참으로 따뜻했던 분들이시다. 이 글을 통해 다시 그분들께 고마움을 전하고 싶다.

그렇게 상처를 입고 분노로 억울했던 일을 당하고 나서야 우리 부부가 얼마나 무지했던가를 알게 되었다. 남편과 나는 시골에서 자랐고, 세상물정 아무것도 몰랐던 것이다. 창피한 일이지만 우리 부부는 세상을 너무도 모르고 살았다.

그 후 우리 부부는 "자라 보고 놀란 가슴 솥뚜껑 보고도 놀란다."는 속담처럼 우리는 재테크에는 전혀 귀를 기울이지 않고 살고 있다. 찰떡과 복덩이가 부자로 살지 못한다고 채찍질을 해도 지금은 전혀 흔들리지 않는다.

나는 어렸을 때부터 엄마에게 "사람이 아무리 어려워도 사람답게 살아야 한다"는 말을 종종 듣고 자랐다. 그리고 엄마는 "아무리 어려워도 돈을 좇아가서는 안 된다"는 말씀도 하셨다.

엄마는 살림이 그렇게 어려웠는데도 일확천금을 꿈꾸지 않았고, "내 눈에 흙이 들어와도 열심히 일해서 벌어야 한다"고 하셨다. 또한 나 자신이 떳떳하려면 열심히 일해서 남에게 피해를 끼쳐서는 절대 안 된다는 신념을 가지고 사셨던 분이다. 엄마는 살아생전에 선하게 살아야 한다는 것을 강조하신 분이다.

엄마는 "죄는 지은 대로 가고, 덕은 닦은 대로 간다."는 속담이 있다며 나에게 "사람 마음 아프게 하면 죄를 받는다."며 우리 부부를 위로해 주셨다.

가끔 우리를 속였던 그분은 어떻게 살고 있는지 궁금하다.

가끔 이런 사람들이 잘사는 모습을 보게 되는 경우가 있다. 세상은 공평하지 않다는 생각을 하기도 하지만 그분이 세상을 살아가면서 떳떳하지 못하고 스스로 괴로워서 자멸해 가지 않을까 싶다.

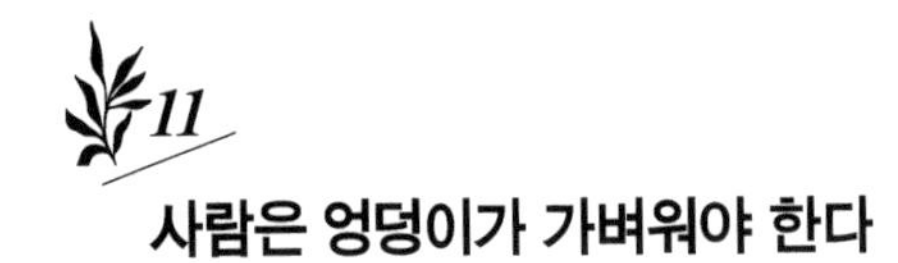

11 사람은 엉덩이가 가벼워야 한다

어느 화창한 겨울날이었습니다. 몇 마리 개미들이 저장했던 곡식을 말리고 있었습니다. 곡식이 긴 장마 동안에 좀 축축해졌기 때문이었습니다. 이윽고 한 베짱이가 나타나 곡식 몇 개를 나누어 달라고 개미들에게 간청했습니다. 베짱이가 말했습니다.

"난 다른 말 할 것 없이 굶어 죽을 지경이에요."

개미들은 자기들의 생활 원칙에 위배되는 일이었지만 잠시 일손을 멈추고 베짱이에게 말했습니다.

"댁은 지난여름 내내 무엇을 했느냐고 물어봐도 되나요? 왜 겨울에 먹을 양식을 비축하지 않았지요?"

"실은 노래하느라 어찌나 바쁜지 시간이 없었습니다."

"댁이 노래하고 여름을 보냈다면 춤추면서 겨울을 보내는 게 더없이 좋겠네요."

개미들은 킬킬 웃으며 일을 계속했습니다.

이솝 우화에 나오는 개미와 베짱이의 이야기이다. 요즘은 베짱이가 여름 내내 노래만 연습해서 가수로 성공한다는 이야기도 있지만, 나는 베짱이를 보고 게으름은 빈곤을 가져온다는 교훈으로 따르고 싶다.

엄마는 게으름을 가장 싫어하셨다. 특히 일하지 않고 놀거나 낮에 잠을 자는 일은 더욱 더 용서하지 않으셨다. 엄마는 종갓집 장남한테 시집왔고, 당연히 시부모님과 시동생들과 함께 사셨다.

옛날에는 모두 사는 대가족으로 쌀 한 톨 없는 살림살이로 죽을 둥 살 둥 살았다고 했다. 그런데 할아버지는 곰방대 담뱃불만 지피고 '양반입네' 하고 밤낮으로 주무시고 빈둥빈둥 놀기만 하셨다고 한다.

어렴풋이 할아버지의 하얀 수염과 곰방대로 담배 피우는 모습만 기억이 난다. 엄마는 천불이 나서 미치고 환장할 정도였다고 한다. 할아버지는 베짱이처럼 그야말로 한량이셨던 것이다.

우리 엄마는 그야말로 개미였다. 아마 개미라는 별명으로 한평생을 사셨다고 해도 과언이 아니다. 내가 초등학교에 다닐 때 학교에 가려고 새벽에 일어나 보면 엄마는 이미 일터에 나가시고 보이지 않았다.

나는 아무도 오지 않은 학교에 등교해서 교실 문을 열었고, 건물 중앙 계단 양쪽에 화분이 있었는데 물을 주는 일을 도맡아서 했다. 초등학교가 우리 집에서 가장 먼 동네였음에도 엄마의 부지런함 덕분에 나는 학교에 일찍 등교를 했던 것이다. 그 덕분인지 지금도 화초를 죽이지 않고 잘 키우는 편이다.

11년 전, 엄마와 함께 집에서 지내고 있을 때였다. 나는 오른쪽 어깨 수술로 6주간 보조기를 착용했기 때문에 집안일을 할 수 없는 상태였다. 엄마는 날마다 맛있는 요리를 해 주셨고, 함께 식사를 한 후 산책을 하기도 했다.

엄마는 속이 불편하다며 흰죽으로 당신 배 속을 달래면서도 딸을 위해서 음식을 만들어 주셨다. 엄마는 나와 함께 지내면서 잘 챙겨 드시니 엄마의 등에 붙어 있던 배가 볼록하게 나오고 건강도 좋아져서 행복한 시간을 보냈다. 항상 직장 일이 바쁘다는 핑계로 엄마와 함께하는 시간이 그리 많지 않았기에 얼마나 금쪽같은 시간이었는지 모른다.

그날도 엄마의 하루는 다른 날과 마찬가지로 바쁘게 돌아가고 있었다. 내가 오른팔을 움직일 수 없게 되자 엄마 고생이 이만저만이 아니었다. 엄마는 새벽에 일어나 아침을 준비하여 사위와 외손주들을 챙겨 먹이셨다. 그리고 나와 함께 아침을 먹은 후 설거지를 마치고 집 안 청소를 시작하셨다. 먼저 당신 방을 닦고 정리하신 후 안방으로 들어가 화장실까지 청소를 하셨다.

나는 엄마에게 미안해서 왼손으로 거실을 닦고 테이프로 머리카락을 집어내면서 엄마를 도와드린다고는 했지만 어설프기만 했다. 엄마는 날이면 날마다 집 안을 반질반질하게 해 놓으셨다. 그런 다음 손수 빨래를 빨아 널고 난 후 당신 단장에 들어가셨다.

엄마는 집에서 가까운 재래시장에 다녀오시기 위해 드라이로 머리를 예쁘게 손질하시고 단정하게 차려입으셨다. 한 시간 정도 지난 후 엄마는 까만 비닐봉투 안에서 콩나물과 냉이 등 이것저것 음식물 재료를 꺼내 놓으셨다. 내가 전날 콩나물밥을 먹고 싶다 하니 다음 점심에 먹자고 하시더니 콩나물을 사 오신 것이었다.

엄마는 뚝딱 콩나물 비빔밥을 지어 식탁에 올려놓으셨다. 그날 엄마와 나는 배가 터지도록 맛있게 먹었다. 아침에도 돼지고기와 깻잎을 차려 주셨는데 점심도 진수성찬이었다. 점심을 드시고 난 후 조금 쉬시는가 싶더니 저녁에는 냉잇국 끓여 먹자며 냉이를 다듬으셨다.

저녁 식사 전 복덩이와 찰떡이 일찍 귀가를 했다. 엄마는 아이들이 교복을 벗자마자 곧장 손빨래를 하셨다. 엄마는 매일 손주들의 교복을 빨아 말리고 아침이면 이불 속에 넣어 따뜻하게 해서 아이들에게 입혀주곤 하셨다. 엄마뿐만 아니라 복덩이와 찰떡도 항상 할머니뿐이었다. 엄마는 외손자와 외손녀 덕분에 건강을 유지하기도 했다.

저녁 시간이 되자 엄마는 냉잇국을 번개처럼 끓이셨다. 나는 집에 있는 동안 요리를 배워야겠다며 엄마 곁에서 구경하니 엄마는 냉잇국은 아무것도 아니라며 맛있는 저녁을 차려 주셨다.

아이들과 함께 저녁을 먹으면서 우리는 맨날 배가 터진다며 함박웃음을 짓자 찰떡이 한마디 했던 기억이 난다. "엄마! 내 멘토는 할머니예요." 엄마의 생활에서 손에 물이 마를 틈이 없는 것을 보고 할머니의 부지런함을 본받아야 한다며 찰떡은 할머니를 멘토라고 여겼다.

냉이가 나오는 이른 봄이면 우리 가족은 냉잇국을 끓여 먹으면서 냉잇국이 가장 맛있는 음식이라며 할머니와 함께했던 날을 기억하고 이야기하며 웃음 짓는다.

찰떡과 복덩이는 "우리가 정말 사랑하는 여인 이옥순 여사님! 제발 일 좀 적당히 하시고 자주 쉬세요. 할머니도 이제 늙었다니깐요. 어려운 일 있으면 저희 시키세요."라며 이구동성으로 말하곤 했다.

나는 엄마와 함께하면서 엄마의 부지런함에 자주 놀라곤 했다. 쉬지 않고 일하는 엄마의 모습을 보면서 혹시라도 쓰러질까 염려스러웠던 적이 한두 번이 아니었다. 엄마를 쉬게 하려고 화를 여러 번 내기도 했지만 엄마는 쉬기는커녕 "죽으면 썩어 문들어질 육신 아껴서 뭐 한다냐."라는 명언으로 나의 말문을 막곤 했다.

우리 아이들도 할머니의 부지런함에 한두 번 놀란 것이 아니다. 그래서 아이들에게 할머니에 대해 말하라고 하면 "가장 기억에 남는 것은 할머니가 한시도 일을 손에서 놓은 적이 없으셨다"며 할머니의 부지런함은 평생 잊지 못할 거라고 한다.

나는 휴일이면 집 근처에 있는 조그마한 동산을 오른다. 엄마가 젊었을 때 함께 올랐던 곳이기도 하다. 종종 산책을 하면서 "사람은 엉덩이가 가벼워야 한다"고 하셨던 엄마의 말을 상기하곤 한다.

출근 시에도 엘리베이터를 탈까 아니면 계단을 오를까 잠시 고민에 빠지기도 하지만 굳게 마음먹고 계단으로 걸어간다. 몇 년 전, 허리를 다친 후 치료와 함께 가볍게 산책하는 것이 정말 중요하다는 걸 느꼈기 때문이다.

게으름 때문에 뒤로 미루게 될 때면 늦장을 부리다가 허리 통증이 심하게 되어서야 후회를 하곤 한다. '엄마였으면 절대 미루지 않았을 텐데…' 하는 생각을 하면서 억지로 운동을 하기도 한다.

사람은 엉덩이가 가벼워야 건강도 유지할 수 있다. 부지런한 사람은 절대 오랫동안 앉아 있지 않고 몸을 움직이기 때문에 건강할 수 밖에 없다는 것을 깨달았다.

엄마는 별도로 다이어트를 할 필요가 없었다. 나이가 먹어 갈수록 몸이 가벼워야 한다는 것을, 그래야 성인병에도 걸리지 않고 다리에 무리가 가지 않기 때문에 건강할 수가 있다는 것을 엄마를 보고 알게 되었다.

엄마는 건강관리를 참 잘하셨다. 아침저녁으로 운동을 하셨는데 팔십 세까지 뒷동산을 오르내리셨다. 산에 오르지 못하는 날은 하루도 빠짐없이 학교 운동장을 걸으셨다. 새벽에 일어나 학교 운동장을 걸으시고, 저녁이 되면 주무시기 전에 꼭 학교 운동장을 걷고 오셨다.

엄마는 몸매가 좋았고 정말 날렵하셨다. 달리 말하면 너무 말라서 바람 불면 날아갈 정도였는데 동네에서는 엄마 몸매를 보고 모두 부러워할 정도였다.

엄마 걸음걸이가 나에게는 달리기였다. 엄마와 함께 걸을 때면 뒤에서 엄마를 따라잡기가 무척이나 힘들었던 적도 있었다. 엄마는 앞에서 "젊은것이 그것도 따라오지 못하냐"며 어서 따라오라고 손짓하며 재빠르게 걸으셨다.

엄마는 큰병은 없으셨지만 잔병치레는 끊임없이 하셨기에 돈 들이지 않고 할 수 있는 운동이라고는 걷는 것만이 능사라고 알고 계셨다. 개미처럼 부지런하셨기에 최고의 운동을 하셨던 것이다. 엄마는 정말 훌륭하셨다.

구약성서 잠언에 "게으른 자여! 개미에게 가서 그가 하는 것을 보고 지혜를 얻으라."라는 말이 있다. 엄마는 평생 동안 밤낮으로 쉬지 않고 일을 하셨고, 몸이 천근만근이 되어서야 잠자리에 들었다.

엄마의 부지런한 행동으로 우리 가족을 먹여 살려냈고, 손주들한테까지도 커다란 영향을 미쳤다. 덕분에 우리 가족은 엄마의 책임감과 성실함을 그대로 물려받아 각자 위치에서 열심히 살고 있는 것이다.

12
사람은 선하게 살아야 한다

『안나 카레니나』의 저자 레프 톨스토이(1828년~1910년)는 러시아의 대문호이고, 야스나야 폴라냐의 톨스토이 백작 가문의 4남으로 태어났다. 어머니는 1830년 톨스토이가 세 살 때 세상을 떠났고, 아버지는 아홉 살 때 세상을 떠났다. 이 때문에 톨스토이는 성장기 대부분을 친척 집에서 보냈고, 어머니의 부재에 영향을 받아 여성 심리의 대가로 발돋움하게 된다.

젊은 시절엔 방탕한 생활을 했고, 34세에 18세의 소피야 안드레예브나 이슬레네프와 결혼했다. 톨스토이는 일기에 "나는 구제 불능이다"라고 써 놓을 정도로 외모에 콤플렉스가 있어 결혼도 일부러 늦게 했다.

두 사람은 60년 동안 거의 평생에 걸쳐 일기를 썼다. 덕분에 이 자료는 부부간의 불화와 전쟁에 대한 인류학적 자료로 남게 되었다. 또한 19세기 러시아 상류 귀족 사회에서 부부간의 갈등과 불화의 문제는 물론 남녀 간의 오해와 불화가 어떻게 빚어지는지를 살펴보는 중요한 자료가 되었다.

톨스토이는 자녀를 13명이나 낳았다. 결혼 후에는 방탕한 생활에서 벗어나 정서적으로 안정된 생활을 하면서 『전쟁과 평화』, 『안나 카레니나』 등 대작을 쓰게 되었다. 『전쟁과 평화』는 톨스토이가 갈겨 써 놓은 것을 아내 소피아가 여러 번 정서했다고 한다.

톨스토이는 무정부주의자로서 사유재산에 대해 반대했다. 그래서 사회에 환원하고자 하는 저작권 때문에 아내와 치열하게 다투었다. 정부에서는 톨스토이가 사망한 지 5년 후에 부인에게 저작권을 반환했다.

아내의 내조는 헌신적이었으나 남편에 대한 독점욕과 소유욕이 강해 결국 톨스토이는 가출해서 열흘도 못 버티고 82세 나이로 세상을 마감했다.

『안나 카레니나』는 모두 3권 8부로 책이 두껍고 분량이 방대해서 접근하기가 꺼려지는 책이다. 하지만 소설을 읽다 보면 설레는 장면이 있어 막힘없이 술술 읽힌다. 그중 깜짝 놀라게 하는 무섭고 섬뜩하게 다가오는 구절이 있다.

"살인자는 살해한 시체에 대해서 공포를 느낄지언정 그 시체를 은닉하기 위해서는 난도질하지 않으면 안 된다. 살인에 의해서 손에 넣은 것을 억척스럽게 이용하지 않으면 안 된다."

브론스키와 안나의 사랑에 대해 표현했던 부분이다.

또한, 톨스토이가 아내와 일기를 주고받는 내용과 외모 콤플렉스 부분 그리고 자녀의 다출산 등으로 인해 톨스토이 일가의 실제 모습이 소설 속에 그대로 표출되고 있어 한껏 흥미를 유발한다. 톨스토이 일가는 레빈의 일가로 보여지고, 아내 소피아의 이야기는 키티를 통해서 표현되고 있다.

특히, 이 작품에서 안나와 카레닌, 안나와 브론스키, 레빈과 키티, 돌리와 오블론스키 부부의 이야기는 소설의 첫 문장을 그대로 대변하고 있다. 그 첫 문장은 "행복한 가정은 모두 고만고만하지만 무릇 불행한 가정은 나름 나름으로 불행하다."로 전체적인 내용을 함축하고 있고, 우리가 살아가면서 지니고 있는 가정생활의 진면목을 보여 주고 있다.

책 내용을 살펴보면, 7부에서는 안나의 죽음으로 영화에서도 종결되는 부분이다. 사실 영화는 안나의 이야기를 중점적으로 다루고 있어 흥미진진하게 볼 수 있기는 하다. 안타까운 것은 책에서 많은 부분을 차지하는 레빈의 이야기가 영화에서 찾아보기가 어려워 아쉬움이 남는다.

마지막 8부에서 레빈이 형의 죽음과 아들의 출생을 통해서 전하고자 하는 내용이 담겨 있다.

"나는 도대체 무엇인가? 나는 어디에 있는 것인가? 무엇 때문에 나는 여기에 있는 것인가?" 계속 질문하면서 해답을 찾을 수 없어 절망에 빠지곤 한다. 레빈은 농부의 이야기를 들으면서 하느님의 진리를 깨닫게 되고 선의 의미를 느끼게 된다. 톨스토이는 '선하게 살아야 한다'는 말을 전하고 싶었던 것이라는 생각이 든다.

나는 이 글을 읽으면서 머릿속에서 계속 맴돌았던 말이 있다. 내가 어릴 적부터 엄마에게 많이 들어 왔던 명언이기도 하다. 엄마는 언제나 자식들에게 "사람은 선하게 살아야 한다. 악하면 절대로 못 쓴다."라는 말을 입에 담고 사셨다.

나는 어려서부터 어렵고 힘든 상황에도 엄마의 말을 거역해 본 적이 없었고, 엄마와 언니, 오빠들의 사랑을 독차지하기도 했다. 때로는 바보스러운 행동을 할 때도 있었다.

어느 날 집 근처 가게에 들러 물건을 하나 샀다. 수중에 10,000원밖에 없었는데 다행히도 사고자 하는 물건이 9,500원이었다. 나는 거스름돈 500원을 받기 위해 기다렸는데 아주머니께서 착각하시고 돈을 내주지 않았다.

나는 한참 기다리다가 거스름돈을 주라고 아주머니에게 말했다. 그러자 아주머니는 분명히 주었는데 받지 않았다고 한다며 도리어 벌컥 화를 냈다. 나는 너무 당황스러워서 어찌할 바를 모르는데 아주머니는 받아 놓고서 받지 않았다고 한다며 큰 소리로 계속 우겼다. 나는 아무 말도 못하고 집으로 돌아왔다.

그런데 가만히 참고 있으려니 내가 바보스러운 방안퉁수 같아 화가 났다. 바보처럼 말도 못 하고 아주머니의 큰 목소리에 주눅이 들었던 게 너무 억울했다.

저녁이 되어 가족들에게 사연을 털어놓자 듣고 있던 남편이 곧장 가게를 다녀왔다. 가게 아저씨가 정말 미안하다며 사과했다고 전했다.

옆에서 듣고 있던 엄마는 억울하지만 나를 달래 주었다. 그럴 때에도 엄마는 그래도 사람은 선해야 한다며 나를 달래 주었고 용기를 주셨다. 또한, "마음을 곱게 쓰고 편하게 사는 것이 훨씬 행복한 일이고, 사람은 언제나 선하게 살아야 하는 것"이라고 강조하셨다.

가끔 나는 바보 같은 생각을 할 때도 있지만 타고난 성품인지 아니면 몸에 밴 습관 때문인지 좋은 습관이라 생각할 때도 있다. 이런 좋은 습관 때문에 어려서부터 칭찬을 많이 받으면서 자라 왔고, 사회생활을 하면서도 어려움 없이 잘 극복하고 있다. 엄마에게 듣고 배운 대로 선하게 사는 것이야말로 진정한 진리이고 아름다움이지 않을까 싶다.

13 손주들을 돋보이게 하기 위해 돋보기로 사셨다

엄마는 일찍 남편을 여의었다. 3남 4녀를 낳아 남편 없이 어려운 집안을 지키려고 얼마나 힘들었겠는가. 엄마의 큰딸과 큰아들 그리고 둘째 아들은 엄마보다 훨씬 먼저 어둠 속으로 물러났고, 하늘의 뜻이니 어쩔 수 없는 일이지만 남아 있는 자식들마저도 그리 건강하지 못해 안타까운 마음뿐이다.

엄마가 90세가 되었던 해였다. 그런대로 장수하신 편이었지만 늙어가면서 당신 나이가 몇 살인지 까먹을 정도로 엄마는 점점 쇠약해져 갔다. 조금만 넘어져도 발을 헛디뎌 많이 다치곤 했다. 그런데도 엄마는 조금이라도 기운이 생기면 운동을 하셨다. "죽지 않는다면 운동해야지." 엄마가 평생 실천하셨던 명언이다.

병원에서는 넘어질까 무서워 침상에서 내려오시려고 하면 큰일 난다며 침대에서 절대 내려오지 못하게 하셨다. 그런데도 엄마는 식사를 하고 난 후 간호사가 보이지 않는 시간에 로비로 나와 한 바퀴 돌고 들어오신다고 했다.

엄마는 내게 살짝 귀띔을 하곤 했다. "침대에서 못 내려가게 하고 여기서는 못 나가게 하는데 밤에 몰래 살살 나갔다가 들어온다"고. 엄마는 정말 부지런하셨다. 노령의 헤아릴 수 없는 고독 속에서도 엄마는 살아 있는 한 운동을 해야 한다고 하셨다.

엄마에게는 엄마가 가장 의지하고 가장 불쌍하게 여겼던 딸이 있었다. 바로 큰언니다. 큰언니는 72세로 생을 마감했다. 언니는 내가 두어 살 때 시집을 갔다. 큰조카와 나이를 비교해 보면 네 살밖에 차이가 나지 않아서 신기하게 생각하기도 했었다.

나는 살아오면서 큰언니가 우리 언니인 줄도 모르고 지내다가 조금 나이를 먹어 가면서 이해가 되지 않아 의문을 품고 엄마에게 물었던 적이 있었다. 그러자 엄마한테서 여러 번 들은 이야기가 있었다.

살림이 넉넉하지 못하고 너무 어려워지자 아버지가 외출하고 오시더니 큰언니를 멀리 있는 마을 어느 집으로 시집보내기로 동네 어르신과 협상을 했다고 했다. 엄마는 너무나 원통하고 억울해서 아버지와 많이 다투셨다고 했다.

하지만 엄마 역시도 입에 풀칠도 못 하는 살림살이라 아버지의 마음을 꺾지 못하고 큰언니는 엄마의 맏이로 태어나 어려움을 견디지 못하고 동네에서 멀리 떨어진 마을로 시집보내게 되었다고 했다.

엄마는 큰딸을 시집보내고서도 한숨도 잠을 자지 못하고 있는데 큰언니가 엄마에게 "엄마, 내 걱정은 하지 마. 나 이제 쌀밥도 먹고 잘 사니까" 하고 소식을 주었단다. 엄마는 큰딸에게서 쌀밥 먹는다는 소식을 듣고서야 답답하고 화가 났던 심정이 가라앉았다고 했다.

그런데 딸은 엄마를 닮는다고 했던가. 큰언니는 엄마의 삶을 고스란히 닮은 생을 살았다. 남편을 일찍 여의고 어린 아들과 딸을 키우면서 홀로 살았던 큰언니는 시골에서 아무것도 모른 채 농사일에만 열중했다.

아들이 성공해서 돈을 많이 벌게 되어 용돈을 주어도 쓸 줄도 모르고 차곡차곡 모아 두기만 했다. 살아가면서 큰언니의 몸은 조금씩 조금씩 줄어들어 태아처럼, 미라처럼 되어 갔다.

큰언니는 생애 마지막 몇 달 동안 병원에 누워 있었는데 마치 말려 놓은 작은 살구씨 같은 모습이 되어 버렸다. 내가 병원에 찾았을 때는 언니 모습을 알아볼 수 없을 정도로 비쩍 말라 있었다. 물 한 모금 넘기지 않아서였던지 입에서는 하얗고 누렇게 생긴, 밀가루가 말라 버린 듯한 딱딱한 껍질 같은 것이 나오고 있었다. 살아 있어도 살아 있는 것이 아니었다.

그런 상태에도 큰언니는 죽어 간다는 생각은 하지 못하고 조금만 지나면 집에 갈 수 있다는 말을 하고 있었다. 큰언니가 그렇게 말한 이유는 병원에 가기 전에는 말도 못한 상태로 거의 죽은 몸을 이끌고 병원을 찾았기 때문이었던 것 같다.

입원을 하고 나니 그나마 말도 못 하다가 말을 하게 되니 몸이 좋아져서 곧장 집으로 갈 수 있다는 희망을 가졌던 것이다. 순간 나도 모르게 언니가 정말 죽지 않고 살 수 있을까 하는 착각을 했다. 그러나 언니는 오래 버티지 못하고 오고 싶다던 집에도 오지 못하고 결국 병원에서 세상을 떠나고 말았다.

우리 집 가장인 큰오빠는 엄마가 남편처럼 의지했던 아들이었다. 그런데 큰오빠는 혼자만 잘살 것처럼 욕심을 부리더니 가족에게 상처만 남겨 두고 훨씬 먼저 세상을 떠나고 말았다. 이어서 둘째 오빠까지 먼 세상으로 가 버리고 말았다. 남은 막내 오빠는 착한 성품이지만 소아마비로 고생하다 보니 엄마는 항상 막내아들 걱정뿐이었다.

엄마는 아무것도 바라지 않았다. 남은 자식이라도 건강하기만을 바랄 뿐이었다. 결국 엄마 역시 늙음에 대해 저항하지 못하고 집으로 오고 싶다 했는데 끝내 일어나지 못하시고 어둠 속으로 물러나고 말았다.

그렇지만 엄마 덕분에 우리 아이들은 큰 꿈을 이루어 냈다. 엄마의 소원대로 손녀 복덩이는 사람의 생명과 안전을 지키는 소방관이 되었고, 손자 찰떡은 고진감래 끝에 어렵고도 어려운 세무사가 되었다. 복덩이와 찰떡은 말한다. 이 모든 것은 할머니 덕분이라고. 나도 정말 그렇다고 생각한다. 우리 아이들이 할머니 덕분에 큰 꿈을 이루어 냈음은 분명하다.

엄마가 손주들을 키우면서 자주 했던 말이 있었다. “우리 새끼들은 공부 잘해서 시커먼 양복 입어야 하고, 멋진 넥꼬타이도 매고, 번쩍번쩍 빤딱빤딱한 구두 신고 멋들어지게 살아야 한다"고 말이다. 우리 엄마는 먹고살기 힘들어 당신 자식들을 가르치지는 못했지만 손주들만큼은 혼신을 다해 사랑으로 키워 주셨다.

14

기요보다 더 훌륭하셨던 큰형부

나쓰메 소세키는 일본의 셰익스피어라 불릴 정도로 확고한 문학적 위치에 있는 작가로, 일본 전 국민의 사랑을 받는 인물이라고 한다. 1867년 도쿄 신주쿠 출생으로 5남 3녀 중 막내로 태어난 그는 태어나자마자 고물상에 수양아들로 보내졌다가 생가로 돌아왔다.

1893년 26세에 도쿄대학 영문학과 졸업 후 동대학원에 입학하였고, 도쿄고등사범학교의 영어 교사로 부임하였다. 그러나 극심한 신경쇠약에 폐결핵까지 겹치는 바람에 사표를 내고 1895년 28세에 시코쿠에 있는 마쓰야마 중학교로 가게 된다. 『도련님』은 이때 마쓰야마 중학교에서 교사로 재직하며 보냈던 일 년간의 경험을 바탕으로 쓴 소설이다.

1896년 29세에 나카네 교코와 결혼한 후 2남 4녀를 두게 된다. 1900년 33세에 3년간 영국으로 유학을 떠나고 이듬해에 신경쇠약에 시달리게 된다. 1903년 36세에 귀국 후 제1고등학교 강사와 도쿄제국대학의 영문과 강사를 겸임하게 된다.

1907년 40세에 교직을 떠나 아사히신문에 입사하고, 1906년에 『도련님』, 『풀베개』, 『산시로』 등을 발표하였고, 1910년 43세에 이즈의 슈젠지에서 요양 중 갑작스러운 위독 상태에서 회복되었다. 그 이후 『피안 지날 때까지』, 『마음』, 『유리문 안에서』 등을 발표하였고, 1916년 49세에 장편소설 『명암』을 집필하던 중 12월 9일 위궤양 악화로 사망하게 된다.

『도련님』 책 속에 나오는 인상 깊은 구절을 옮겨 놓는다.

"기요 같은 사람은 정말 훌륭하다. 못 배우고 신분도 낮은 할멈이지만 한 인간으로서는 존경할 만하다. 그렇게 신세를 지고도 고마움을 많이 못 느꼈는데 이렇게 혼자 먼 곳에 떨어져 있어 보니, 처음으로 그 마음 씀씀이를 알겠다. 에치고의 댓잎 엿이 먹고 싶다면 일부러 에치고까지 가서 사다 줘도 아깝지 않다. 기요는 늘 나에게 욕심이 없고 올곧은 성품을 가졌다고 칭찬했지만 칭찬받는 나보다 칭찬하는 본인이 훨씬 훌륭한 사람이다. 왠지 기요가 보고 싶어졌다."

"같이 살 때는 몰랐는데 이렇게 멀리 떨어져 있어 보니 역시 기요는 좋은 사람이다. 온 나라를 뒤진다고 해도 기요는 심성이 좋은 사람이다. 온 나라를 뒤진다고 해도 기요처럼 심성이 좋은 여자는 찾기 힘들 것이다. 내가 도쿄를 떠날 때 감기 기운이 조금 있었는데 지금쯤 좋아졌으려나. 지난번에 보낸 편지를 받아봤다면

꽤나 좋아했겠지. 그렇다면 지금쯤 답장이 왔을 텐데, 나는 이런 생각을 하며 이삼 일을 보냈다."

이 책은 한 청년의 사회 초년생의 성장소설이다. 주인공 도련님은 천방지축으로 자라서 부모님한테 야단맞고 형과도 자주 다투게 된다. 유일하게 하녀 기요만이 "도련님은 반듯하고 선량한 분이세요", "도련님은 분명 개인 소유의 인력거를 타고 다니며 으리으리한 대문이 있는 집에서 살게 되실 거예요."라며 입만 열었다 하면 칭찬을 해 주었다. 또한 맛있는 것을 사 주고 용돈을 주는 등 사랑을 베풀어 주었던 사람도 기요뿐이었다.

도련님은 시골 중학교에 부임하면서 다양한 인물들을 만나고 생활하면서도 기요를 생각했다. 학교생활의 군상들을 보면서 결국 사표를 내고 다시 도쿄에 도착하여 먼저 기요를 찾아간 모습과, 마지막까지 기요와 함께 지냈던 부분이 매우 흡족했다.

나는 이 책의 기요를 만나면서 오래전에 세상을 떠난 큰형부 생각을 떨쳐 버릴 수가 없었다. 내가 두 살 때에 큰언니가 시집갔으니 그날부터 큰형부는 우리 집의 아버지이자 가장 역할을 하셨던 분이다. 큰형부는 언제나 엄마를 극진히 모시려 했고, 막내인 나에게 엄마를 맡겨서 미안하다는 말을 자주 하곤 했다.

우리 형제들은 큰형부를 아버지처럼 여겼다. 무슨 일이 생길 때면 큰형부는 7남매의 맏이로 가난한 처갓집의 모든 일들을 해결해 주었다. 당신 살림도 어려운데 처갓집의 어린 동생들까지 챙기려니 얼마나 힘이 드셨을까. 하지만 큰형부는 한 번도 짜증을 내거나 찡그린 얼굴을 하지 않았다. 당시 우리는 "형부는 배우지 못했어도 배운 사람보다 더 훌륭한 사람이다"라고 말했다.

형부의 인품은 어느 누구보다도 정말 훌륭했고 존경할 만한 분이었다. 그렇게 가난했음에도 부모님을 생각했고 따뜻한 사랑으로 보살펴 주었다. 큰형부는 우리 형제자매 결혼까지 신경을 써 주었다. 남편 없이 살아온 엄마도 큰언니보다는 큰사위를 더 의지하면서 사셨다.

그러나 안타깝게도 큰형부는 몸이 많이 아프셨고 일찍 세상을 떠나셨다. 아무리 약을 먹어도 나아지지 않으니 얼마나 힘이 드셨을까. 지금은 아버지처럼 따랐던 큰형부가 보고 싶다. 어떠한 투정을 부려도 다 들어주었던 형부가 정말 보고 싶다.

3부

아름다움

엄마의 한복

할머니 젖은 포근하고 편안했다

"엄마! 우리는 누구 젖 먹고 자랐어요?"

"할머니 젖!"

"할머니가 늙었는데 어떻게 젖이 나와?"

"응, 처음에는 나오지 않지만 계속 아이가 보채면 나오는 거야."

"그렇구나."

"할머니 젖을 먹어서 너희들이 온순하게 자랐던 거야."[4)]

우리 아이가 어렸을 때 내게 물었던 질문에 대답했던 대화 내용이다.

복덩이와 찰떡은 내가 직장생활을 하기 때문에 할머니 젖을 먹고 자랐다고 믿고 있었다. 약간 의심을 하는 듯하면서도 소젖을 먹지 않았다는 것에 의기양양했고 안도했던 모습이 스치고 지나간다. 할머니 젖이라도 먹어서 온순할 수밖에 없었다고 하니 아이들

4) 당시 요즘 아이들이 옛날과 달리 너무 오만하고 난폭하다며 난폭한 이유는 엄마 젖을 먹이지 않고 소젖을 먹이고 키워서 그런 것 같다는 말들이 있었다.

스스로도 믿는 눈치였다.

우리 아이들은 배 속에 있을 때부터 할머니의 따뜻한 사랑을 받았다. 엄마와 함께 살았기 때문에 아이를 가졌음에도 힘든 입덧을 어려움 없이 잘 넘길 수 있었다.

엄마는 내가 입덧으로 고생할 때에도 상황에 맞게 음식을 만들어 주셨다. 가끔 속이 메쓰꺼워 아무것도 먹지 못하는 날에도 엄마는 귀신같이 알아서 음식을 만들어 주셨다.

어느 날은 초등학교 시절에 학교 입구 가게에서 만들어 팔았던 풀빵이 먹고 싶었다. 엄마는 먹고 싶은 것은 꼭 먹어야 한다며 그런 풀빵은 시장에 가면 있을 거라면서 다른 일을 제쳐두고 시장으로 달려가셨다. 그러고는 한참 후에 돌아오시더니 시장 안을 샅샅이 뒤졌는데 풀빵 장수가 사라진 지 오래되었다고 한다며 빈손으로 오셨다.

나는 괜찮다고 했는데, 엄마는 "하필이면 맛있는 음식도 많은데 배 속에 아이는 그런 보잘것없는 것이 먹고 싶다냐" 하시며 안타까워하셨다. 풀빵 대신 엄마는 속이 개운한 고추전을 만들어 주셔서 맛있게 먹었던 기억이 난다. 미식거리는 속을 달래주기에는 고추전이 최고였다.

우리 아이들은 세상에 나오자마자 할머니 손에 있었다. 할머니가 손주들에게 분유를 먹이고. 학교 보내고, 불평 들어주고, 보호해 주고, 아프면 병원 데려가고 온갖 정성을 다 쏟아 키우셨다. 그래서 아이들은 할머니 젖을 먹고 자랐다는 내 말을 믿었던 것이다.

1990년 초, 그 시절에는 지금과 달리 육아휴직도 없었고, 출산휴가도 법적으로 두 달이었지만 두 달을 쉰다는 것은 상상할 수도 없었다. 아이에게 모유를 먹인다는 것은 다른 세상에서나 가능했던 일이었다.

여직원들은 모유를 먹이거나 키우는 일 때문에 아이를 출산하고 직장을 그만두기도 했다. 맞벌이 여자들에게는 아이에게 젖을 물리는 일은 생각조차 할 수 없었고 당연히 분유를 먹여야만 했다.

엄마는 당신 자식보다도 더 우리 아이들을 사랑으로 키웠고, 엄마 또한 행복했다고 하셨다.

엄마의 젖! 나는 어릴 적 두 살 위인 오빠와 엄마 곁에서 서로 자려고 싸웠다. 그러자 엄마가 생각했던 것인지 우리는 엄마를 사이에 두고 공평하게 양쪽에 누웠다. 특히 나는 엄마의 젖을 만져야만 잠이 들었다. 조금 크고 난 다음에도 엄마의 젖을 끊기란 매우 어려웠다. 그 시절 엄마 젖을 만지는 일이 나에게는 세상에서 가장 행복한 시간이었다.

우리 아이들도 할머니 냄새에 중독되어 할머니 냄새를 맡아야만 잠이 들었다. 할머니가 계시지 않을 때면 할머니 옷이나 할머니가 덮는 이불을 만져야만 잠이 들곤 했다.

아이들은 중학생이 되어서야 습관을 고칠 수 있었는데 얼마나 어려웠는지 모른다. 두 아이가 할머니를 좋아하는 이유는 할머니 냄새를 좋아하기 때문이라고 했다.

우리 아이들은 할머니의 사랑을 독차지하며 자랐다. 그래서였을까. 아이들은 할머니의 사랑과 따뜻함 그리고 포근하고 편안함까지 물려받아 참으로 온순하고 따뜻한 아이로 자라 주었다.

엄마만 생각하면 코끝이 찡해진다. 당신 자식뿐만 아니라 우리 아이들까지 어른으로 만들어 준 엄마는 정말 아름다운 분이셨다.

"삼가 어머니에게 머리를 숙여라. 어머니는 모세를 낳았고, 마호멧을 낳았으며, 예수를 낳았다. 지칠 줄 모르고 우리를 위해 연이어 위대한 인물을 이 세상에 낳아주신 어머니에게 고개를 숙여라. 위대한 인물은 모 어머니의 자식이며, 그 젖으로 자라났다." - 골키

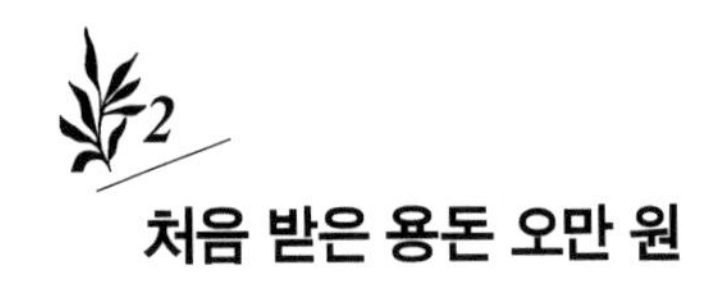

처음 받은 용돈 오만 원

어린 시절을 보내고 사춘기가 시작될 무렵부터 나는 엄마에게 용돈을 받은 기억이 전혀 없다. 그래서 엄마에게 효도하는 길은 얼른 커서 돈을 버는 일이라고 생각했다. 그러다 보니 한시도 한눈팔 여유가 없었다.

나는 어린 마음에도 엄마를 내가 책임져야 한다는 생각으로 살았다. 한 번도 엄마가 너무한다는 생각을 해본 적도 없었다.

철부지였던 어린 시절은 가난이 무엇인지 몰랐다.

중학교에 들어가면서부터 우리 집이 가난하다는 것을 알았다. 엄마는 자식들과 먹고살기 위해 언제나 일터에서 일을 하셨다. 그러나 어찌된 일인지 집안 살림은 자꾸 기울어져 갔고, 어려움이 찾아왔다. 용돈이 무엇인지조차 몰랐다. 엄마에게 용돈를 받기는커녕 그때부터 나는 엄마를 책임지기 시작했다.

엄마가 시골에서 도시로 올라왔을 때의 일이다. 주인집 아주머니께서 했던 말이 생각난다. "처음 들어오는데 사람 몰골이 말할 수 없을 정도였다"고…. 그랬다. 농사일만 하셨으니 오죽했을까.

엄마는 시골에서 오로지 일만 하셨고 먹는 것조차 제대로 드시지 못했다. 그러니 엄마 몸집은 말할 수 없이 삐쩍 말라 있었고, 피부는 그야말로 껍둥이 그대로였던 것이다. 엄마가 아무리 깔끔을 떨어도 그야말로 아무것도 모르는 시골 촌뜨기 아낙네였다. 시골에서 순수하게 일만 하다 오신 분에게 뭐라고 설명할 수 있을까.

누가 뭐래도 나는 엄마가 시골 일을 하지 않아도 된다는 생각 때문에 좋았다. 우리는 창피하다는 생각은 하지 못했고, 먹고살기 위해 많은 일을 했다. 엄마는 남의 집 빨래도 해 주면서 돈을 벌었고, 남는 시간에는 박스와 봉투도 만들어 팔았다.

처음에 엄마와 함께 살던 집은 말하기조차 창피할 정도로 아주 변두리였다. 지금 그곳은 한옥마을 건너편 자만동 벽화마을로 변했다. 그다음엔 한옥마을에 있는 향교 앞에서 살았다. 며칠 전 우리가 살던 그 집을 찾으려 하니 도저히 찾을 수가 없어 안타까웠다.

그 집에서 엄마와 셋째 언니 그리고 셋째 오빠까지 함께 지냈던 때가 있었다. 오빠는 군복무를 마치고 난 후 서울로 상경했고 언니는 함께 살다가 결혼까지 마치고 집을 떠났다. 정말 가장 힘들고 어려운 시절이었다. 그 이후에도 계속 엄마와 나는 함께했다.

그 당시 우리 집 형편을 설명해 주지 않아도 너무나 어려워 엄마와 나는 열심히 돈을 벌었다. 언제까지 셋방살이를 하며 살 수는 없는 일이었다. 그러다 보니 한 푼이라도 아껴 돈을 모아야 했다.

엄마는 돈을 벌 수 있는 일이면 몸을 아끼지 않고 일했고, 일하는 것이 있으면 저절로 신이 난다고 했다. 그러니 어떻게 맛있는 음식을 사 먹고 예쁜 옷을 사서 입을 수 있겠는가 말이다.

나는 맛있는 음식을 먹을 기회가 있어도 밖에서 먹지 못했다. 누군가와 함께 맛있는 음식을 먹는 날이면 목에 넘어가지 않았다. 아무리 맛있는 음식도 엄마 생각 때문에 맛있는 줄 모르고 먹었다.

월급을 받을 때마다 나는 시장에 가서 엄마 옷을 샀다. 그렇게 몇 년 동안 엄마에게 새 옷을 입혔더니 어느 날부터 우리 엄마는 멋진 아낙네로 변해 있었다.

시내에서 살다 보니 피부도 뽀얘지고 엄마 몸집이 작다 보니 새 옷을 입히면 자태가 있어 예쁘고 아름다웠다. 엄마에게 가끔 예쁘다고 하면 엄마는 "젊어서는 동네에서 색시 예쁘다고 말하지 않는 사람이 없을 정도였다"고 뽐내기도 하셨다.

그러나 가끔 철없던 생각이 드는 날도 있었다. 가까이에 있는 친구들이 부모님과 밥도 먹고 용돈도 받았다고 말하거나 새 옷을 입고 와서 부모님이 사 주었다고 자랑을 하면 왠지 마음이 서글퍼졌다. 나도 우리 엄마가 돈이 많았으면 좋겠다는 생각이 든 것이다.

엄마가 옷도 사 주고 용돈도 주고 밥도 사 주었으면 하는 바람이 있었다. 그러다 보면 어느새 엄마가 옆에 있는 것만으로 행복하다고 생각했던 마음은 사라지고 그런 날이면 정말 슬프고 속상했다. 지금 생각해 보면 내가 참 철이 없었다 싶다.

어느 날, 엄마는 당신 때문에 딸이 고생한다며 파자마에 넣어 두었던 오만 원권 지폐 한 장을 내게 건넸다. 나는 받지 않으려다가 엄마에게 용돈 한번 받아 보고 싶어서 기쁘게 받았다. 내 나이 오십이 넘어서야 엄마에게 용돈을 받은 것이다. 어렴풋이 용돈을 받아 보고 싶었던 소원을 풀게 되었다.

나는 그 돈이 너무나 소중해서 내가 활동했던 페이스북 프로필에 지폐 사진을 올렸다. 모르는 사람들은 무슨 프로필에 돈을 올렸는지 궁금했을 것이다.

대부분의 부모는 자식들 용돈도 주고 학비를 줄 때가 가장 행복하고 재미있었다고 말한다. 그런데 우리 엄마는 자식들 용돈도 주지 못했고, 자식들 학비조차도 줄 수 없었으니 얼마나 가슴이 아팠겠는가 하는 생각이 든다. 주는 것이 재미였다는 다른 엄마들과는 달리 엄마는 항상 자식들에게 미안하다고 하셨다.

나는 엄마에게 용돈을 받고 어린아이처럼 흐뭇해했다. 엄마 역시 딸에게 늦게나마 용돈을 줄 수 있어서 행복하다고 말씀하셨다.

어느 부모든 자식에게 하나라도 더 주고 싶어 할 것이다. 자식은 도둑이라 하지 않던가. 부모는 자식에게 하나라도 더 주고 싶어 안달하는데 먹고사느라 힘들어서 자식에게 용돈 한번 제대로 주지 못한 것에 엄마는 얼마나 가슴 아파하셨을까 이제야 깨닫는다.

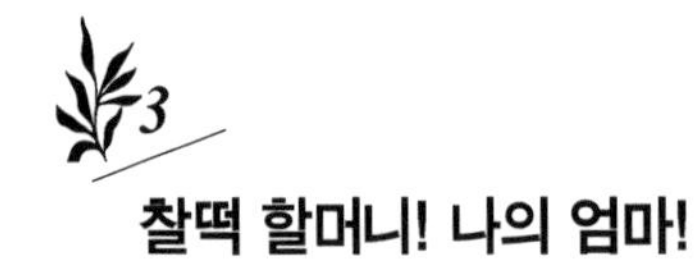

찰떡 할머니! 나의 엄마!

찰떡 진영이는 군 생활을 하면서 수시로 할머니에게 전화를 했다.

"할머니! 오늘은 무슨 맛있는 거 먹었어?"

"뭔 맛있는 것이 있어."

"할머니! 조금만 기다려 봐. 엄마가 맛있는 것 사다 줄 거여."

엄마는 내가 퇴근하면 가장 먼저 손주 이야기부터 꺼낸다. "야야, 노인정에서도 진영이 칭찬이 자자하다. 그런 손자가 어디 있냐고."

엄마의 손자 자랑은 끝이 없으셨다. 엄마는 항상 찰떡 안부부터 묻는다. 가족 중에 엄마에게 가장 살갑게 대하는 한 사람을 뽑으라면 단연코 찰떡이라고 말할 수 있다.

찰떡이 군 입대를 할 때쯤 엄마가 많이 아프셨다. 찰떡은 군 입대를 하면서 할머니를 매우 걱정했다. 집을 떠나면서도 남은 가족들에게 가장 먼저 했던 말이 "할머니 잘 부탁해"라는 말이었다. 특히, 집에 있는 누나에게 아파트 문을 닫을 때까지 "나 대신 누나가 할머니를 꼭 잘 보살펴야 한다"며 집을 나섰다.

찰떡이 너무 지나치다 싶을 정도로 할머니를 챙기다 보니 우리는 엄마에게 하는 행동이 무관심으로 보이기까지 했다. 찰떡이 워낙 할머니를 잘 챙기니 우리는 찰떡에게 미루는 때도 있었고 많은 부탁을 하기도 했다.

찰떡이 신신당부하고 군 입대를 했는데 엄마의 건강은 자꾸만 악화되어 갔다. 찰떡은 훈련 중에도 제일 먼저 "할머니가 보고 싶다"는 글귀를 가슴에 달고 사진을 찍어 인터넷에 올렸고, 편지를 보낼 때에도 할머니의 안부를 물었다.

우리 가족은 찰떡이 걱정할까 봐 할머니의 건강 상태를 알릴 수가 없어 다른 내용으로 가득 채워 편지를 보내곤 했다.

찰떡은 한 달 동안의 훈련 수료식이 있던 날에도 할머니 안부를 물었다. 처음에 우리는 찰떡에게 할머니가 많이 아프시다는 이야기를 차마 할 수 없어 건강하시다고 거짓말을 했다.

세월이 흐르자 찰떡은 "이제 할머니도 많이 늙으셨고, 엄마도 할머니한테 할 만큼 했다"며 오히려 나를 위로해 준다. 찰떡은 정이 많고 마음이 참 따뜻한 아이로 성장했는데 찰떡의 따뜻함은 우리 엄마 덕분이다.

찰떡은 휴가 중에도 매일 할머니와 놀아주곤 했다. 전방이다 보니 오는 날 하루, 가는 날이 하루였다. 짧은 휴가를 나올 때면 친구 만나기 바쁜데도 틈을 이용해서 꼭 할머니와 함께했다. 낮에는 할머니와 놀고, 밤에는 친구들을 만나고 그렇게 정신없이 휴가를 마치고 돌아가곤 했다.

어느날 찰떡이 휴가 중에 가슴 아픈 사연이 있었다. 엄마를 자가용으로 모시고 병원에 가다가 병원 건물 지하 주차장에서 일어난 일이다.

찰떡은 주차장에서 할머니가 최대한 편안하게 내릴 수 있도록 주차하다가 다른 차와 살짝 부딪혔다고 했다. 내려서 확인해 보니 잘 보이지는 않았지만 자세히 보면 살짝 긁힌 자국이 있었다고 했다. 찰떡은 양심이 찔려 승용차 주인에게 전화를 했단다.

승용차 주인이 나와 차에 긁힌 흔적을 확인하더니 30만 원을 요구했다고 했다. 찰떡은 죄송하다며 "지금 10만 원밖에 없으니 먼저 드리고 나머지는 부대 복귀하면 봉급이 나오니 바로 입금해 드리겠다"며 사정했단다. 그런데 승용차 주인은 "일주일 안으로 입금해 달라"고 한 것이다.

일주일 휴가를 마치고 돌아갈 즈음 아들은 풀이 죽어 죄송하다며 말을 했다. 혼자서 해결해 보려고 했는데 어쩔 수 없었다며 겁을 먹고 말을 건넸다.

나는 그 말을 듣고 할머니 잘 모시려다가 그런 것이었는데 괜찮다며 찰떡을 위로했다. 혼자서 끙끙 앓았을 아들을 생각하니 정말 마음이 아팠다.

그런데 화가 났던 것은 승용차 주인이었다. 승용차 주인의 인상을 물어보니 50대 전후 된 것 같다고 했다. 분명 본인도 군대를 갔다 왔을 것이고, 부모도 있고 자식도 키울 텐데 어쩜 이리도 야박하단 말인가. 나는 찰떡에게 바로 입금해 줄 테니 걱정하지 말라며 다독여 주고 출근했다.

출근해서 입금해 주려고 하자 찰떡의 전화가 왔다. 승용차 주인도 양심이 찔렸던지 20만 원만 입금해 달라고 전화가 왔단다. 20만 원도 아까웠지만 찰떡이 사고를 냈으니 어쩔 수 없는 일이라 바로 입금했다.

몇 시간을 기다렸다가 십만 원 이득을 보는 일이긴 했지만 씁쓸한 기분은 여전히 남아 있다. 그 후에 다시 병원을 찾을 때도 상가 주차장에 그 승용차가 있는데 잘 보이지 않던 긁힌 흔적은 그대로 있었다고 찰떡이 전했다.

엄마 몸이 불편해지자 엄마를 병원을 모시고 다니는 일은 남편과 찰떡 담당이었다. 엄마는 일주일 또는 이주일에 한 번씩 다니는 병원이 있었다. 집 근처에 있는 안과, 이비인후과, 내과 그리고 치과까지 가는 일이다.

엄마가 건강하실 때는 스스로 다니셨지만 걷기가 불편하면서부터 처음에는 복덩이가 모시고 다녔다. 그러다가 연세가 더 드시고 노환으로 건강이 악화되자 남편이 모시고 다녔다가 찰떡이 고교를 졸업하고 난 후 병원에 모셔가는 담당이 되었던 것이다.

찰떡의 군 입대 중에는 남편과 복덩이 유나가 담당했고, 찰떡이 제대한 후에는 찰떡이 전담하게 되었다.

찰떡은 대학생이 되어서도 학교를 오가면서, 또는 친구를 만나러 나가면서도, 세무사 공부에 매진하면서도 수시로 할머니를 먼저 찾았다. 놀기도 바쁘고 공부하기도 바쁜데 식사 시간에 맞춰 간식을 사 오거나 할머니를 모시고 나가 맛있는 음식을 사 드리기도 했다.

우리 집 찰떡! 찰떡은 언제나 말을 정겹게 해서 가족들의 사랑을 독차지한다. 내가 가끔 엄마에게 툭하고 말을 던질 때면 찰떡은 언제나 엄마 편에 서서 이야기한다. 할머니 사랑을 독차지할 수밖에 없다.

찰떡은 마음이 정말 따뜻하다. 내가 누워 계신 엄마를 보고 이제는 의미 없는 세상을 사느니 남편 곁으로 가셨으면 좋겠다고 말하면 찰떡은 "그래도 나는 전주 할머니, 시골 할머니 두 분 다 오래오래 사셨으면 좋겠다"고 말한다.

전주 할머니는 외할머니인 우리 엄마이고, 시골 할머니는 관촌에 사시는 시어머니다. 전주 할머니, 관촌 할머니 두 분은 항상 찰떡을 기다리고 보고 싶어 하셨다.

찰떡 할머니! 가난하게만 살아오신 나의 엄마!

엄마와 함께 아름다운 추억을 많이 쌓았지만 늙고 아픈 엄마라도 더 많이 뵈었어야 했는데 가슴이 허전하고 먹먹하다. 지지리 복도 없다던 우리 엄마는 복이 많으신 분이었다. 손주들의 사랑까지 독차지하고 있었으니 이보다도 더 복이 많으신 분이 또 있었을까 싶다.

찰떡 진영이 유치원 졸업식 때

4 3대가 함께 가는 목욕탕

"엄마! 오늘 엄마 얼굴이 참 예쁘다."

"그려?"

"손도 정말 보드랍네."

"뭐가 그려, 안 이뻐도 건강하기만 하면 되는 거다."

"이쁘면 기분 좋지. 엄마도 젊었을 때는 예쁘다는 소리 많이 들었다고 했잖아."

나는 욕실에 물을 받아 놓고 거들어 주고, 복덩이 유나가 욕조에 함께 들어가 할머니 목욕을 시킨다. 복덩이는 몇 년 동안 목욕을 담당하다 보니 기술적으로 할머니 목욕을 참 잘 시킨다.

엄마는 복덩이만 보면 목욕을 하고 싶어 하신다. 엄마는 욕조에 몸을 담그며 몸을 풀었다. 다리를 쭉 펴고 물속에 있는데 몸이 너무 바짝 말라 앙상한 뼈만 남아 있다. 내가 옆에서 함께 엄마의 몸을 씻겨 드리는데 목욕할 때마다 엄마의 조그마한 몸을 밀어 드릴 때면 마음이 짠하다.

목욕을 마치고 엄마가 누워 계시는데 다른 날보다 얼굴이 참 예뺐다. 예전처럼 우윳빛은 아니지만 뽀얗고 곱다. 엄마 손을 만져 보니 정말 부드럽다. 이제는 살가죽만 남아 있는데도 피부는 정말 매끄러웠다.

복덩이가 사춘기 때 여드름 피부로 할머니 피부를 닮지 않았다며 아빠를 닮은 피부에 어리광을 부렸던 적도 있었다. 엄마는 "이쁘지 않아도 괜찮다. 아프지 말고 건강하기만 하거라." 하시며 건강을 거듭 강조하셨다.

엄마는 예쁘다고 말하는 딸과 복덩이의 칭찬에 흐뭇해하셨다. 엄마가 자유롭게 움직일 수 없어 아쉽지만 엄마 기분이 좋으면 우리 가족은 덩달아 기분이 좋아진다.

몇 년 전까지만 해도 우리 3대(엄마, 나, 복덩이)는 매주 토요일마다 목욕탕에 갔다. 유일하게 목욕탕에서만큼은 우리 3대가 가장 빛이 나는 날이다.

목욕하러 오신 분들은 "부모가 날씬하니 가족이 모두 저렇게 날씬하다"며 우리 3대를 보고 부러워했다. 심지어 조금이라도 뚱뚱하신 분들을 만나면 체질은 유전이라며 조상을 탓하는 분도 있었다.

우리는 먼저 몸을 씻고 탕 속으로 들어가 몸을 담그고 나누지 못했던 이야기를 나눈다. 옆에 누가 있는지조차 아랑곳하지 않고 재미있게 목욕을 한다.

사우나에 들어가면 인기가 하늘을 찌를 정도였다. 일찍 오신 분들은 이웃 동네 분들이라 우리를 반갑게 맞아준다. 동네 분들은 부모님과 함께하며 친구가 되어 주는 것만큼 효도가 없다며 나와 내 딸 복덩이에게 칭찬을 아끼지 않았다.

동네에서 15년 동안 살면서 정이 많이 들었다. 이사 오면서 얼마나 섭섭했는지 모른다. 지금은 몇몇 언니들과 가끔 연락하며 지낸다. 예전에는 가장 먼저 우리 엄마의 안부부터 묻곤 했는데 이제는 서로 그립다는 말로 시작해 세월이 흘러 이제 우리가 늙었다는 결론을 내리고 마무리 인사를 한다. 정말 사람 사는 향기를 가장 많이 느끼면서 살았던 곳이다.

우리 3대는 목욕탕에서 1시간 30분 정도 놀다가 집으로 온다. 온탕, 냉탕, 사우나까지 들락거리며 운동을 한다. 엄마는 눈물샘이 없으니 냉탕에 들어가셔서 눈 운동을 하시고 나는 어깨 운동을 한다.

물속에서 하는 동작은 무리가 가지 않기 때문에 될 수 있는 한 많이 움직이는 운동을 한다. 사우나에서는 조금 숨쉬기 곤란해질 때까지 기다리며 땀을 흘린다. 땀이 줄줄 흘러내리면 얼마나 기분이 좋은지 모른다.

반신욕과 사우나를 마치고 의자에 앉아 때를 밀기 시작한다. 엄마는 언제나 딸과 손녀의 등을 밀어 주셨다. 엄마가 밀어 주는 손끝이 얼마나 따뜻하고 포근했는지….

가끔 엄마에게 미안해서 괜찮다고 해도 엄마는 언제나 당신이 손수 밀어 주어야 한다며 등을 밀어 주셨다. 그리고 당신 등을 밀어 드리려고 하면 엄마는 언제나 당신 딸이 아닌 외손녀 복덩이에게 부탁했다. 엄마는 당신 딸이 하도 어깨가 아프다고 하니 당신 등은 복덩이의 손을 선택하신 것이다.

우리 복덩이는 어릴 때 할머니가 다 해 주셨으니 당연히 해 드려야 한다고 생각했고, 할머니를 씻겨 드리는 목욕 담당이 되었다. 정말 착한 복덩이이다. 한 번도 할머니 목욕을 거절하지 않았고 당연하게 여겼다.

우리 셋은 매주 홀랑 벗고 함께 목욕을 즐겼다. 덕분에 우리 3대는 목욕탕에 다니면서 언제나 똘똘 뭉치는 삼총사가 되었던 것이다.

엄마는 3대가 함께 목욕탕에 다니면서 가장 큰 삶의 활력소를 얻었다. 우리는 매주 찌뿌둥하게 무거웠던 몸을 땀으로 노폐물을 배출시키고 홀가분하게 몸의 스트레스를 풀곤 했다. 엄마는 병원에 다니면서 물리치료를 받는 일을 어느 정도 목욕탕에 다니면서 해결하기도 했다.

엄마가 목욕탕에 갈 수 없는 상황이 되어 집에서 목욕을 하게 되자 마음에 들지 않아 애로점이 많았다. 30년 넘게 목욕탕에 다니시며 따뜻한 물에 몸을 맡겼는데 집에서 욕조에 물을 받아 목욕하는 것이 전혀 시원하지 않았던 것이다. 그래도 거동을 좀 하실 때는 욕조에 들어갈 수 있어 행복했었다는 생각이 든다.

복덩이가 취업한 후 휴일에 맞춰 목욕을 시키는데도 날짜가 잘

맞질 않자 목욕 담당이 찰떡한테 넘어갔다. 어느 날, 찰떡이 엄마를 집으로 모셨다. 찰떡 역시 할머니 목욕을 잘 시켜 드렸다. 우리 엄마가 복이 많으셨는지 아니면 내가 복이 많은 건지 모르겠지만 우리 엄마는 손자 손녀 덕분에 행복하셨다.

엄마가 몸을 가누지 못하게 되자 찰떡에게 몸뚱이를 맡기고 "내가 어쩌다 이렇게 되었느냐"며 엄마는 눈시울을 붉혔다. 나는 말하고 싶다. 엄마의 목욕은 며느리나 사위가 아니라 아들과 딸이 해 드려야 한다고.

『똥꽃』 저자 전희식 농부는 엄마의 사타구니를 보고 막내아들임에도 직접 모시는 계기가 되었다고 했다. 나는 그것이 무엇을 말하는지 충분히 이해가 갔다. 효도라는 건 별것 아니다. 그저 엄마의 배 속에서 나왔기에 엄마의 마음을 헤아리는 것이야말로 효도라는 것을….

머리 커트하던 날

“진영아! 할머니 모시고 오너라.”

“알겠어.”

“진영아! 할머니 모시러 가기 귀찮지?”

“아니, 얼른 갔다 올게.”

일요일이었다. 늦잠 자야 하는 시간임에도 학과 시험이 끝나서 홀가분하다며 찰떡은 짜증 내지 않고 벌떡 일어났다. 찰떡과 엊그제 미리 이번 주말에 할머니와 함께 시간을 보내자고 약속했던 날이기도 했다.

찰떡 덕분에 아침 일찍 서둘러 엄마를 병원에서 집으로 모시고 왔다. 엄마를 집으로 모시려면 차에 옮겨 태워야 하는 어려움으로 남편이나 찰떡이 도와주어야만 한다.

찰떡이 엄마를 모시러 가고 나면 나는 욕조에 목욕물을 받아 놓는다. 엄마를 집으로 모실 때면 먼저 목욕부터 해야 하기 때문이다. 엄마가 집에 도착하기 전 욕조에 물을 가득 받아 놓고 적당한 온도를 맞춰 놓은 다음 도착하시자마자 엄마를 욕조 안으로 모셔야 한다. 욕조 안으로 모셔야 하는 일도 옆에 누군가가 도와주어야 한다.

오늘은 찰떡이 할머니에 관한 모든 일을 도맡아 했다. 얼마 전까지만 해도 복덩이 담당이었지만 복덩이가 남원에 있는 날이 많다 보니 찰떡이 담당하게 되었다. 찰떡은 할머니에 관한 거라면 단 한 번도 거역하거나 짜증을 내지 않아 함께하는 날에는 엄마 기분이 너무 좋으셨다.

엄마가 요양병원에서 가장 적응하기 힘들었던 것은 보호사에게 몸을 맡겨야 하는 상황으로, 어려움이 많이 있었고 몸이 불편했기 때문에 고통이 많이 따랐다. 거기에 평소 목욕을 매우 좋아하셨던 분이다 보니 보호사가 깨끗하게 헹궈 주질 않는다고 불만을 토로하곤 하셨다.

엄마는 목욕을 하시면서 "어쩌다가 손자에게까지 알몸을 보여주게 주었는지 모르겠다"며 깊게 한숨을 내뱉으셨다. 처음에는 부끄럽다면서 거부하셨는데 몸이 불편하게 되자 목욕을 마칠 때면 기분이 좋아 개운하시다며 몇 번을 고마워하셨다.

그날은 특별한 날이었다. 목욕을 마치고 엄마 머리가 길어 잘라드려야 했다. 처음이라 설레기도 하고 걱정스러운 마음으로 가장 쉬운 바가지 머리 비슷하게 길이만 잘랐다.

바가지 머리는 그야말로 길게 늘어진 머리를 반듯하게 자르기만 하면 되었는데, 길이만 자르는데도 생각보다 어려웠다. 엄마에게 "이럴 줄 알았더라면 미용 기술을 배워 둘걸 그랬네"라고 말하자 엄마는 그냥 쑥덕쑥덕, 그냥 숭숭 자르란다.

나는 엄마에게 길게 늘어진 것만 자르고 다음에 미용사에게 자르자고 했다. 자른 바가지 머리는 전보다 깔끔하게 느껴졌는데 엄마는 머리가 덥수룩하면 안 된다며 더 짧게 자르면 좋겠단다.

그러자 옆에서 지켜보고 있던 찰떡이 "내가 군대에서 머리 자르는 선수였다"고 뽐내면서 가위를 들었다. 그러고는 "우리 할머니 머리는 이뻐야 한다"며 이리저리 신중하게 할머니의 머리를 잘랐다.

나는 옆에서 잘린 머리카락을 쓸어 담으며 찰떡의 심부름을 했다. 찰떡이 가위를 잡고 머리를 깎는 모습이 신기하기만 했다.

그런데 엄마는 시간이 지체되어 지루하셨는지 "얼릉얼릉 무조건 쑥덕쑥덕 잘라 버리라"고 아우성이셨다. 그래도 찰떡은 아랑곳하지 않고 할머니에게 움직이지 말고 가만히만 있으면 된단다. 찰떡의 태도에 엄마와 나는 한바탕 웃으면서 구경만 할 수밖에 없었다.

찰떡은 그럴 듯하게 머리 자르는 노하우를 설명까지 해 주면서 할머니의 머리를 잘랐다. 찰떡의 설명을 듣고 내가 가위질을 해 보는데 여전히 가위질은 서툴렀다. 싹둑싹둑 잘려나간 부분은 모양이 나지 않고 쥐가 파먹은 머리 느낌이었다.

한참 동안 시간이 지나 엄마 머리가 완성되었다. 찰떡의 솜씨가 흡족하지는 않았지만 그런대로 제법이라는 생각이 들었다.

지금은 다른 미래의 꿈을 이루었지만 군 복무 중에 미용 기술을 배우고 싶다던 찰떡의 말이 생각났다. 당시 미용 기술 이야기를 꺼냈을 때 거두절미했었는데 머리 깎는 모습을 보니 손재주가 있는 것 같아 보인다.

이제 손톱, 발톱을 깎아야 하는 시간이다. 나는 식사 준비를 하면서 혹시나 해서 찰떡에게 부탁했다. 찰떡은 당연한 일인데 무슨 부탁을 하냐며 할머니 손톱과 발톱을 깎아 드렸다. 참으로 예쁜 찰떡이다.

엄마는 손자에게 "지난주에 네 어미가 깎아 주었는데 벌써 자라났네. 뭐 한다고 하는 일도 없는데 맨날 손톱, 발톱만 길어나는지 모르겠다"며 미안해하셨다.

찰떡은 할머니가 하는 말을 들으며 말을 건넸다.

"엄마, 엄마도 나중에 나이 먹으면 손자한테 깎아 달라고 해야 돼."

"엄마는 아들이 알아서 해줄 텐데?"

"나도 손자인데 할머니한테 다 해 주잖아."

"그럼 엄마처럼 진영이도 자식한테 직접 부탁해야지."

우리는 서로 할머니와 함께 아름다운 시간을 보냈다. 엄마는 손자 덕분에 다른 날보다도 얼굴빛이 더 환하게 빛났다.

엄마는 손자의 사랑을 듬뿍 받아서일까. 건강이 날로 좋아지고 있다. 나는 가끔 찰떡에게 우리 엄마를 맡긴 듯해서 미안한 마음이 들 때가 있다.

"아들, 오늘 정말 수고했어. 고마워."

"아니야, 엄마가 더 고생했지."

찰떡에게 미안해서 고맙다고 말하면 오히려 찰떡은 당연한 거라며 나를 위로해 주곤 한다. 언제나 찰떡은 내가 전혀 알지 못하도록 스스로 알아서 할머니를 챙긴다.

늘 할머니 곁에서 손수 챙겨 주는 사랑하는 찰떡, 자신보다도 엄마보다도 할머니를 더 아껴 주는 찰떡, 따뜻한 찰떡, 소중한 찰떡, 정말 사랑스러운 찰떡이다.

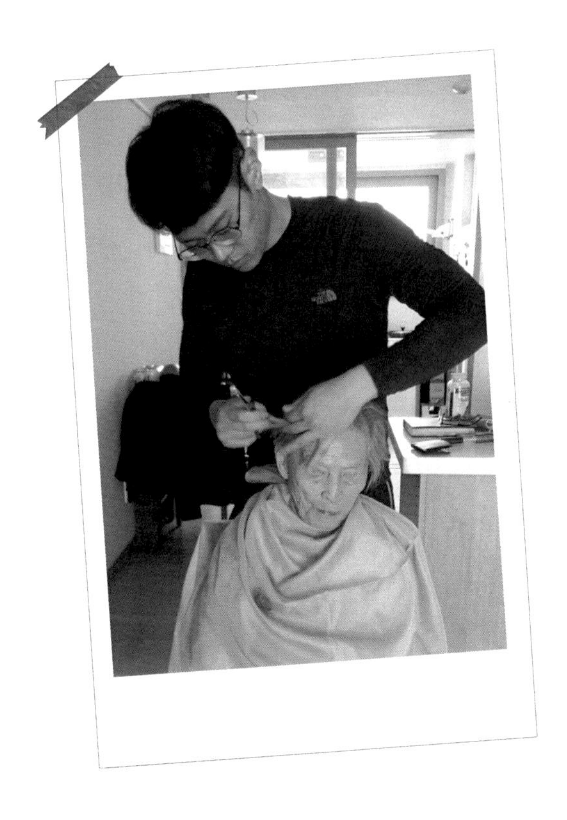

물 한 모금 마시지 못하던 날

엄마는 물만 마셔도 줄줄 쏟아 내셨다. 며칠 동안 흰죽으로 끼니를 때우시더니 이젠 아예 흰죽도 드시지 못했다. 함께 근무했던 선배 언니가 콩을 믹서기에 갈아 죽을 드시게 하면 기력이 회복될 수 있다고 조언해 주었다. 그마저도 엄마는 아무것도 드시지 못하겠다며 콩죽도 한 수저 뜨는가 싶더니 숟가락을 내려놓으셨다.

또다시 무엇을 해 드려야 할지 고민하다가 잡곡 판매장에서 콩죽 대신 수수와, 녹두, 콩을 구입해서 혼합하여 불린 다음 팔팔 끓여낸 후, 소금으로 간을 살짝 하여 맛을 보게 해 드렸다.

엄마는 맛이 괜찮다며 두어 숟갈 입에 넣으셨다. 한 숟갈이라도 몸속으로 스며들게 하는 것이 내 목표였기에 기분이 좋았다. "엄마, 조금만 더 먹어 보면 안 될까?" 나는 욕심을 부리면서 조금만 더 드셨으면 하는 바람으로 엄마에게 권했다. 몸속으로 곡기가 들어가야 힘이 생길 것이 아닌가.

그런데 이게 웬일인가. 그날 밤은 편안할 거라 믿고 잠에 들었는데 엄마는 밤새도록 화장실을 들락거리셨다. 집 안 여기저기 똥 냄새는 말할 것도 없었고, 망할놈의 흔적으로 엄마 방과 화장실에 똥꽃이 만발했다. 나는 더럽다는 생각보다는 가슴 찢어지는 듯한 슬픔이 밀려왔다.

먼저 엄마를 목욕부터 시켜드려야만 했다. 목욕을 하면서도 엄마는 똥과 오줌을 줄줄 쏟아 내셨다. 엄마는 "똥 바를 때까지 살면 어떻게 하냐, 내가 어쩌다 이렇게 되었느냐"며 가누지 못하는 몸을 내게 맡기면서 딸 걱정을 하셨다.

엄마의 몸은 깡말라 있었다. 엄마를 씻겨 드리는데 몸뚱이가 한 줌밖에 되지 않았다. 하지만 아무리 조그만 몸뚱이라도 몸을 부려 버리기 때문에 혼자서 감당하기에는 너무 힘들었다. 옆에서 복덩이의 도움을 받아 가면서 엄마의 사타구니를 씻겨 드렸다.

그러다 번뜩 드는 생각이 있었다. 아! 내가 엄마 배 속에서 세상 밖으로 나온 곳이 이곳었구나. 그동안 딸자식 된 도리로 목욕을 시키는 것에 당연하게만 느꼈었다. 하지만 당연한 게 아니고 엄마 목욕은 꼭 아들, 딸이 해 주어야 한다는 사실을 깨달았다. 며느리, 사위에게 맡겨서는 안 되는 일이었다. 아들이 해 주면 참 좋겠다는 생각까지 번쩍 들었던 시간이었다.

주위에서는 곡기를 입에 대지 못하면 떠날 날이 그리 멀지 않을 거라고 했다. 나는 무섭고 두려웠다. 최선을 다해 드리고 싶었다. 먼저 새로 구입한 깨끗한 이부자리로 바꿔 드렸으나 엄마는 이부자리가 깨끗한지도 모르셨다.

엄마는 기저귀 차고 계시는 것을 가장 싫어하셨다. 나이 든 어르신은 모두 그러실 것이다. 그래도 어쩔 수 없는 노릇이라 기저귀를 채워 드렸지만 엄마는 기저귀에 대소변을 보지 못하고 화장실만 가려고 하셨다. 엄마와 나는 갈등 속에서 서로 충돌했다.

엄마가 막무가내로 화장실을 가야 한다며 방문을 기어 나오시는데 막을 길이 없었다. 나는 몇 번을 부축하다가 그만 허리 통증으로 병이 나고 말았다. 엄마에게 아무리 하소연해도 엄마는 당신밖에 모르는 상황이었다. 엄마는 말로는 딸한테 미안해하면서 자꾸 당신 뜻대로 고집을 피우셨다.

결국 엄마는 화장실에서 쓰러지고 말았다. 그날따라 남편은 운동하러 나가고 복덩이마저 친구 만나러 나가고 없었다. 나는 혼자서 엄마를 부둥켜안고 엉엉 울부짖었다. 그렇다고 마냥 울고만 있을 수는 없는 일이었다. 날씨가 제법 쌀쌀해서 얼른 방으로 모셔야 했다.

엄마를 안고 간신히 화장실 문턱까지 옮겼다. 방까지는 한 발짝이면 되는데 도저히 옮길 수가 없었다. 몸을 떨고 있는 엄마에게 이불을 덮어 주는데 참았던 눈물이 마구 쏟아졌다. 남편에게 전화를 걸었다. 깜짝 놀란 남편은 서둘러 집으로 왔다. 남편의 도움으로 겨우 엄마를 방으로 옮길 수 있었다.

엄마는 편안하게 한숨 주무시더니 또 화장실에 가겠단다. 엄마는 아주 혼미한 상태였다. 이제는 내가 정말 미칠 지경이었다. 아무리 엄마를 이해하고 싶었지만 엄마가 미웠다.

퇴원한 지 이틀 정도밖에 지나지 않았는데 결국 휴일의 하룻밤을 버티고 병원을 찾았다. 병원에서는 이것저것 검사를 하더니 신장염과 장염까지 겹쳤다고 했다. 그리고 몸속에 열이 많고 염증이 많다고 했다.

엄마는 계속 링거를 맞으며 치료를 했다. 이번에도 24시간 간병인을 구해야만 했다. 엄마의 상태가 저녁이면 더 악화되기 때문에 옆에 누군가 있어야만 했다. 엄마가 입원할 때마다 병원비보다 간병비로 부담을 많이 느끼다 보니 병원에 모시기도 무서웠다.

엄마는 일주일 정도 병원에 계시니 어느 정도 회복이 되어 가고 있었다. 그렇다고 바로 집으로 모실 수도 없는 상황이라 고민이 되었다. 그래서 집에서 조금 가까운 병원으로 모셨다. 앞으로는 어떻게 해야 될 것인가? 지금까지는 내가 혼자 알아서 모든 것을 해결했는데 앞으로 어떻게 해야 한단 말인가?

7 고깃국보다 더 맛있는 우족탕과 돌솥비빔밥

"아들아, 네 할아버지 살아 계실 때 소내장이나 핏국은 먹어봤어도 이런 살코깃국은 처음 먹어본다. 아이구 맛있다. 아이구 맛있다."

어머니는 고깃덩어리를 건져 자꾸 나를 먹이려 하고 나는 회사에 가면 실컷 먹을 수 있으니 어머니 드시라고 하며 실랑이를 벌이다 고깃덩어리가 방바닥에 떨어지고 말았다. 어머니는 그것을 얼른 주워 반으로 나누었다. 어머니와 나는 반 조각씩 나눈 고깃덩어리를 입에 넣고 환하게 웃었다. 겉으론 웃었지만 나는 속으로 울었다. 불쌍하신 우리 어머니.

『어머니 저는 해냈어요』의 저자 김규환 명장의 어머니 이야기이다. 이 글을 읽으면서 엄마와 함께 우족탕을 먹었던 날이 생각났다. 지금은 식당이 이사해 다른 곳에 있지만 당시 내가 근무하는 근처에 식사시간이 되면 줄을 서서 먹었던 우족탕집이 있었다.

나는 직장 동료들과 회식을 하면서 맛있는 것을 먹고 나면 그 후 엄마와 함께 그 식당을 다시 찾아가곤 했다. 그날도 동료들과 함께 우족탕을 먹고 난 후 며칠 지나 엄마와 함께 그 우족탕집에 갔다.

그때 우리 엄마도 처음 먹어 본 고깃국이라며 맛있게 드셨다. 엄마는 무슨 고기가 이렇게 많이 들어갔느냐며 먹어도 먹어도 끝이 없다고 하셨다. 그러면서 자꾸 나에게 고기를 건넸다.

나는 엄마에게 천천히 많이 드시라며 기다렸지만 결국 엄마는 다 드시지 못했다. 엄마는 아깝다며 못내 아쉬워했다. 나는 다음에 또 먹으러 오자고 약속하고 식당을 나왔다. 그날을 회상해 보면 엄마가 흐뭇해하셔서 행복했던 날로 기억이 난다.

내가 처음 고기 맛을 알았을 때는 직장에 들어가서였다. 부서 회식 자리에서 삼겹살을 먹었던 날인데 그날 나는 밤새도록 배가 아팠다. 함께 근무했던 과장님께서는 내가 평소 고기를 먹어 보지 않았다는 것을 눈치채셨는지 갑자기 기름기가 들어가서 배탈이 난 것을 알고 계셨던 것이다.

고기도 먹어 본 사람이 잘 먹는다고 나는 그때까지도 소고기, 돼지고기를 먹어 본 일이 없었다. 과장님의 따뜻하신 배려로 돼지고기 대신 그 비싼 소고기만을 먹었다.

그분은 등산을 매우 좋아하셨고, 언제나 나를 챙겨 주셨다. 그분 덕분에 나는 매주 등산을 했다. 비가 오나 눈이 오나 상사 몇 분과 함께 근무했던 언니들과 산에 올랐다. 그 시절에는 산에 가서 밥을 해 먹어도 괜찮던 때였다.

음식을 준비해서 코펠 등과 함께 배낭에 넣어 산에 올랐다. 오르면서 중간중간 간식을 먹고 정상에 올랐다가 중간쯤 적당한 중턱에 자리를 잡고 요리를 했다. 음식 중에서 항상 빠지지 않는 것은 고기였다.

그때에도 과장님은 별도로 내가 먹을 소고기를 꼭 준비해 오셨다. 그렇게 해서 나는 고기를 먹을 줄 알게 되었던 것이다. 창피한 일이지만 한참이 지나고서야 고기를 먹으면 왜 배탈이 났는지 알게 되었다.

엄마는 나이가 들어가면서 고기를 드시고 싶어 하셨다. 나이를 먹으면 고기를 좋아하게 된다는 어른들 말씀이 맞는 것 같다. 그래서 종종 엄마에게 고기를 구워 드리거나 외식할 때는 꼭 밖으로 모셔서 고기를 먹으러 나가곤 했다. 그렇다고 많이 드시는 것은 아니지만 예전에 한두 젓가락 드시던 고기를 제법 드시곤 하셨다.

엄마가 고기를 좀 드신다 싶을 때 혹시라도 목에 넘기다가 무슨 일이 생기지나 않을까, 드시고 난 후 저녁에 배앓이가 생기면 어쩌나, 걱정이 되기도 했다.

우리 집은 명절이 되면 선짓국을 먹었다. 선짓국은 내가 어려서 맛있게 먹었던 음식 중 하나였고, 그때만 해도 선짓국이 고깃국인 줄만 알았다. 그런데 알고 보니 엄마는 고기 살 돈이 없어서 고깃국 대신 선짓국을 끓이셨던 것이었다.

지금도 어릴 때 엄마가 끓여준 선짓국 때문에 선짓국을 좋아한다. 그리고 선짓국에 철분이 많이 함유하고 있다는 것을 알고 난 후 더 좋아하게 되었다.

사실 엄마가 가장 좋아했던 음식은 돌솥비빔밥이었다. 30년 전, 내가 근무하던 곳 앞에 돌솥비빔밥 식당이 있었다. 식사시간에 돌솥비빔밥을 먹기 위해서는 줄을 서서 한참을 기다려야만 간신히 자리를 얻을 수 있었다. 얼마나 사람이 많았던지 예약도 받지 않았던 곳이다. 나는 처음 먹어 보는 돌솥비빔밥에 반해 버렸다. 그래서 휴일 날에 엄마를 모시고 그 식당을 찾았다.

엄마는 자리에 앉아 음식을 기다리면서 크게 기대를 하지 않으셨다. 딸이 가자고 하니 따라나섰던 것이다. 그런데 뜨끈뜨끈하게 나오는 오모가리와 살짝 버무려 나오는 배추김치 맛에 흐뭇한 미소를 지으셨다.

돌솥비빔밥은 뜨끈한 오모가리에 나오는데 뚜껑을 여는 순간 김이 모락모락 피어오르고 밥 위에 얹어 있는 밤, 대추, 버섯 등 가지가지 영양분이 올려져 있다. 고소한 양념장과 함께 밥을 비벼내어 한 수저 가득 떠 입 안으로 넣으면 따끈따끈한 맛으로 입가에 미소가 절로 지어지는 음식이다. 특히, 추운 겨울에 먹는 돌솥비빔밥은 몸 안으로 들어가 온몸을 따뜻하게 데워 주어 추운 줄도 모른다.

그렇게 밥을 먹고 나면 바닥과 가장자리에 노릇노릇 깜밥[5]이 눌러 붙어 있다. 대부분 사람들은 물을 부어 누룽지를 만들어 먹지만 엄마와 나는 국물을 좋아하지 않기에 숟가락으로 긁어내어 오독오독 먹고 나면 밥 한 톨 남기지 않고 깨끗한 오모가리만 남겨 둔다.

엄마는 제일 맛있게 먹었다며 볼록한 배를 움켜쥐고 부러울게 아무것도 없다는 표정을 짓곤 했다. 엄마는 돌솥비빔밥을 먹을 때면 밥 한 톨 남기지 않았고 최고의 음식으로 손꼽았다.

참으로 어려웠던 시절이어서 밖에서 먹는 외식은 생각할 수조차 없었다. 그리고 엄마는 입맛이 까다로워 엄마 입맛에 맞추는 음식을 찾기란 여간 힘든 게 아니었다.

엄마는 사 먹는 것보다 손수 지어서 먹는 습관 때문에 밖에서 먹는 음식은 아무리 맛있는 음식이라도 달가워하지 않으셨다. 하지만 엄마와 나는 기운이 없을 때면 돌솥비빔밥과 우족탕으로 몸보신을 하곤 했다.

세상을 떠나기 전에 많이 드시고 가셨으면 하는 바람뿐이었지만 가실 때에는 아무것도 드시지 못하고 세상을 떠나셨다. 엄마랑 함께 먹었던 그때가 그립다.

엄마가 한 번만이라도 세상 밖으로 나오신다면 다시 그 식당에 가서 돌솥비빔밥과 우족탕을 함께 먹어 보고 싶은 게 나의 소망이

5) '누룽지'의 전북 방언.

다. 지금은 나 혼자서 다른 사람들과 엄마를 그리워하며 먹을 뿐이다. 이제는 함께하고 싶어도 함께하지 못하는 아쉬움만 남는다.

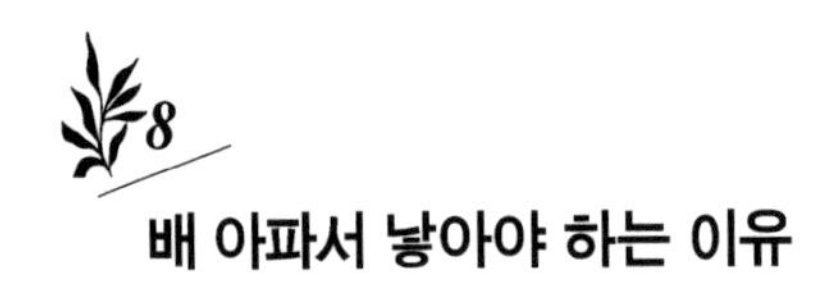

배 아파서 낳아야 하는 이유

발자크는 1799년 프랑스 투르시에서 태어났다. 프랑스의 사실주의 문학의 선구자로 불리는 발자크는 어려서 어머니의 사랑을 받지 못하고 책과 몽상에 파묻혀 우울한 소년기를 보냈다. 고등학교 과정을 마친 뒤 1816년 아버지의 뜻에 따라 소르본 대학에서 법학을 공부했으나 20세 때 법률 공부를 포기하고 작가의 길로 들어섰다.

약 10년간 독서와 습작, 경제적 독립에 전념했으나 손을 대는 사업마다 실패하고, 소설을 써서 빚을 갚아 나가는 등 평생 고생을 했다.

30세 때 스콧과 쿠퍼의 영향을 받은 역사소설 『올빼미당』을 발표하고 1848년에 이르기까지 약 20년 동안 수많은 작품을 썼다. 갖가지 인간 삶을 그린 소설 90여 편을 서로 엮어 전체가 하나의 거대한 작품으로 구성되도록 한 작품집 『인간희극』은 세계 문학의 걸작으로 남았다.

발자크는 끊임없이 소설을 쓰고 신문과 잡지를 발행했으며, 틈틈이 사랑하는 여인과 여행을 하는 등 삶에 충실했다. 1850년 18년간 사랑하는 한스카 부인과 결혼하고 하루 18시간의 원고 작업으로 건강을 돌이킬 수 없는 지경이 되었다.

결국 발자크는 30여 편의 미완성 작품을 남긴 채 1850년 5월 51세의 나이로 숨을 거두었다. 발자크는 『고리오 영감』에서 나오는 주인공 고리오 영감이 묻힌 페르라셰즈 공원 묘지에서 영원한 휴식을 취하고 있다.

다음은 발자크의 『고리오 영감』에 나오는 구절이다.

"당신은 사위가 어떤 존재인지 생각해 보았어요? 우리는 사위를 위해 소중한 딸을 기르는 거예요. 딸은 우리와 수천 가지 정으로 연결되어 있지요. 딸은 십칠 년간이나 우리 가정의 즐거움이어서 라마르틴의 말에 기대어 본다면 순백의 영혼이지요. 그런데 이 딸은 나중에 우리 가정에 해독을 끼치게 된다는 말이에요. 사위가 딸을 우리에게서 빼앗아가면, 그는 우선 그녀 사랑을 도끼자루 쥐듯이 꼭 쥐고서 딸의 몸과 마음에서 우리와 연결되어 있는 모든 감정을 싹뚝 베어버린단 말이에요. 어제까지만 해도 딸은 우리 것이었고, 우리는 딸에게 전부였지요. 하지만 다음날에는 딸은 우리의 적이 되어버려요. 매일처럼 이런 비극이 일어나는 것을 우리는 볼 수 있지 않아요? 한편에서는 아들을 위해서 모든 희생을 다한 시아버지에게 갖은 버릇없는 행동을 하는 며느리가 있지요. 다른 편에서는 사위가 장모를 쫓아내기도 하지요."

"당신들이 딸을 사랑한다면, 딸을 시집보내지 마시오. 사위란 도둑놈이지. 사위는 딸의 모든 것을 망치고 더럽히지. 결혼은 안 돼! 결혼이란 우리한테서 딸을 빼앗아가는 것이고, 우리가 죽을 때 우리는 딸들을 볼 수가 없어. 아버지들의 죽음에 관한 법률도 만들게 해. 이 법은 무시무시하지! 복수야!"

나는 1990년 3월 18일에 결혼식을 올렸다. 결혼식을 마치고 신혼여행을 다녀온 후 곧장 시댁으로 가지 않고 엄마가 계신 나의 집으로 갔다. 나의 집은 엄마와 함께 사는 집이어서 엄마를 먼저 만날 수 있었다.

그러자 시댁 친척 어른께서는 친정부터 들렀다고 혼을 내셔서 당황했던 일이 있었다. 옛 어른들은 여자가 시집을 가면 시댁의 법도에 따라야 하는 것 때문에 며느리를 길들이기 위해 그리 했던 것 같다.

하지만 내가 친정엄마를 먼저 만나게 된 이유는 엄마가 계신 곳이 남편과 함께 살아야 했던 나의 집이었기 때문이다. 신혼여행을 마치고 시댁에 가기 전 간편한 몇 가지를 챙기기 위해 집에 들렀던 것이 화근이 되었던 것이다. 그날 시댁으로 출발하는데 엄마는 멀리까지 배웅해 주셨다. 나도 엄마에게 손을 흔들어 주었고, 곧장 시댁으로 떠났다.

몇 날 며칠을 보낸 후 엄마에게 그날 배웅하면서 느낀 엄마의 심정을 그대로 전해 들었다. 엄마는 우리에게 따뜻하게 손을 흔들어 주었는데 엄마 마음속에서는 억울했던 일이 일어났던 것이다.

엄마는 딸과 사위가 걸어가고 있는 뒷모습에서 '네가 뭔데 내 딸을 데려가나!' 너무 억울해서 사위의 뒷덜미를 부여잡고 때려 죽이고 싶었다고 했다. 엄마는 겉으로는 손을 흔들어 주었으나 마음 구석에서는 심장이 뻥 뚫리면서 텅빈 마음이 요동치고 있었던 것이다.

마음속으로 얼마나 허탈하고 허망했으면 그런 마음을 가졌을까. 엄마는 우리와 함께 살았기 때문에 다른 부모님보다는 덜했을 것이란 생각이 들면서 자식을 둔 모든 부모님의 심정은 오죽할까 싶다.

최근 아들을 장가보낸 지인에게 심정이 어떠냐고 물어보니 갑자기 심장이 쿵 하는 소리가 들리는 것 같더란다. 매일 서로 주고받았던 통화도 이제는 조심스럽게 안부만 전한다고 한다. 또 아들이 결혼하기 전에는 아들 집을 자주 들락거렸는데 이제는 아들 집을 잘 가지 않는다고 하면서 자기보다 남편이 더 속상해한다고 했다.

평소 마음씨가 워낙 고운 분이어서 쿨하게 잘 견디고 있지만 아들을 장가보낸 심정은 어느 엄마와 비슷했다. 그러고 보면 아이들만 성장하는 게 아니라 자녀를 출가시키고 부모 또한 어른이 되어가는 과정을 겪으면서 이제는 성숙이 아닌 죽음에 가까워지는 것이란 생각이 든다.

엄마는 나와 평생을 함께했다. 내가 결혼한 이후에도 사위와 함께 살았다. 함께 살면서 딸보다 사위를 더 좋아했고 아들보다 더 의지하며 살았다. 정말 행복했다. 한마디로 목소리 한번 크게 내지 않았고 화목했다.

하지만 엄마는 사위를 아들처럼 생각하다가도 당신 아들처럼 편하게 대하진 못하셨다. 옷을 벗고 계시다가도 사위가 들어오는 인기척이 나면 옷매무새를 고치느라 정신이 없었다.

남편도 옷 한번 훌러덩 벗지 못하고 언제나 옷을 입고 있었다. 엄마와 함께 살면서 말로 표현하지 않았지만 엄마와 남편의 모습을 보고 함께 사는 것 중 가장 큰 어려움이었다.

엄마가 나이가 들어 거동이 불편해져 요양병원에 모시게 되었을 때 엄마가 조금은 편한 마음을 갖지 않았을까 싶다. 엄마가 사위 눈치를 보지 않아도 되기 때문에 내가 편한 마음이 들기도 했다.

남편은 긴급한 상황이 벌어질 때면 어려움을 모두 해결해 주었다. 그럴 때마다 엄마는 사위에게 미안한 마음으로 몸 둘 바를 모르셨다.

엄마는 사위와 함께 살면서 거의 서운한 마음을 가진 적이 없을 정도였고, 아들처럼 여기며 가장 좋아하셨는데도 불편해하셨다. 엄마는 병원에서도 언제나 사위보다 복덩이와 찰떡을 더 기다리곤 하셨다.

엄마가 했던 말이 생각난다. "유나 아빠가 오면 특별히 할 이야기가 없다"고. 그렇다. 사위란 백년손님이었다. 사위란 군더더기라는 뜻, 한 집안의 진정한 구성원이 아니고 덤으로 붙어 있는 사람이었다.

고리오 영감도 사위는 도둑놈이라 했다. 사위를 아들로 착각하는 일이 큰 오산이었던 것이다. 우리 엄마가 사위와 함께 30년 가까이 함께했음에도 엄마는 아들처럼 대하긴 했지만 사위를 아들로 착각하지는 않으셨다.

며느리 또한 별반 다르지 않은 것 같다. 나는 어떤 며느리였던가. 시어머님의 따뜻한 사랑을 흠뻑 받았고, 때로는 내 엄마보다 더 좋은 분으로 고마우신 분이셨다. 그런데도 시어머님이 아무리 좋아도 엄마 같지는 않았다. 아무리 벽을 깨려고 해도 쉽지 않았다. 도대체 무엇 때문일까 고민하다가 엄마한테 질문을 던졌다.

"엄마! 시어머님이 엄마보다 더 좋은 분인데 왜 엄마처럼 안 될까?"

"배가 아파서 낳았어야지. 배가 아프지 않았는데 어찌 엄마랑 똑같을 수 있겠니?"

머리가 시원하게 뚫리는 답을 엄마한테 듣고서야 '바로 이거였구나' 끄덕였다. 시어머님을 엄마처럼 느껴 보려 했던 나의 착각을 헤아리고 나서야 홀가분한 마음을 가졌다. 시어머님 역시 며느리를 딸이라고 생각했지만 딸로 착각하지 말았어야 했던 것이었음을 깨닫게 해 드리지 못했다.

"아까워서 어떻게 시집보내지?" 남편이 딸을 키우면서 했던 말이다. 남편은 성격이 온화해서 화를 잘 내지 않는다. 거리를 지나가다가도 아이 부모가 아이에게 화를 내고 때리기라도 하면 제일 화가 난다고 한다.

남편은 어린아이에게 화내는 것을 가장 싫어한다. 실제로 딸아이를 키울 때 매를 들거나 화를 낸 적이 거의 없다. 어쩌다 화가 나는 일이 생기면 아이들에게 조곤조곤 타이르듯 대화로 풀어 나갔다.

우리 아이들은 어릴 때부터 아빠를 너무 좋아해서 엄마를 더 무서워하기도 했다. 특히 남편은 아들보다 딸에게 더 다정다감하다. 그래서일까, 딸은 아빠의 성격을 그대로 닮았다. 남편과 딸은 죽이 척척 잘 맞는다.

그렇게 남편이 자기와 닮은 딸을 키우면서 애지중지하다가 시집보내려면 얼마나 많은 아쉬움이 밀려올까. 많은 가슴을 쓸어내고 쓸어내서 멍들었던 가슴을 치유할 것이다.

앞으로 얼마 동안 기다려야 딸이 시집을 가게 될지 모르지만 지금은 딸이 결혼 적령기가 되어 궁금해진다. 어떤 사위가 우리 가족의 구성원으로 덤이 될 것인지…. 우리 복덩이는 예쁘게 잘 살거라는 믿음과 함께 많은 기대가 된다.

9

눈물이 나오지 않는 눈물샘

헬렌 켈러(Keller, Helen Adams)가 빌었다는 소원은 "더도 말고 딱 삼 일 동안만 세상을 볼수 있으면 좋겠다"였다고 한다.

"첫날, 눈을 뜨는 순간 나는 나를 평생 가르쳐 준 설리번 선생님을 먼저 찾아볼 것입니다. 그의 인자한 모습, 끈질긴 집념, 사랑의 힘, 그의 성실함, 이 모든 성품들이 나의 가슴 깊이 새겨져 있기 때문입니다. 그다음 나의 사랑하는 친구들을 바라보겠습니다. 그들의 얼굴을 차근차근 바라보면서 그들의 모습을 똑똑히 기억하여 두겠습니다. 그리고 산과 들을 산책하면서 바람에 날리는 잎사귀의 모습, 아름다운 꽃의 색깔의 신비한 조화들을 마음껏 보겠습니다. 그리고 저녁시간이 되면 서쪽 하늘로 가라앉는 저녁노을을 보며 하루를 마무리하겠습니다.
둘째 날, 복잡한 거리에 나가 서서 지나가는 사람들을 바라보겠습니다. 그리고 박물관에 진열된 역사의 작품들을 감상하며 인류의 발자취를 더듬어 보겠습니다. 그런 후에는 미술관에 가서 레오나르도 다빈치, 렘브란트 등 세계적인 화가들의 그림을 보면서 예술의 신비를 감상하고 싶습니다.

셋째 날, 마지막 날입니다. 먼동이 트는 햇살과 함께 일어나 바쁘게 출근하는 사람들의 모습을 보겠습니다. 또 거미줄처럼 줄지어 달려가는 자동차의 움직임을 보면서 나는 극장으로 가겠습니다. 그 극장에서 공연되는 오페라 가수들의 노래와 우아한 동작, 그리고 영화에서 상영되는 명배우들의 연기를 감상하겠습니다. 그러다가 밤이 되면 아름다운 불빛 속에 즐비하게 늘어진 상점 안에 진열된 예쁘고 아름답고 상품들을 쳐다보다 집으로 돌아오겠습니다."

- 헬렌켈러의 『사흘만 볼 수 있다면』에서

귀하고 소중한 눈을 주신 신에게 감사드리면서 엄마가 눈물샘이 없어 평생 고생했던 이야기를 하고자 한다.

엄마는 30대 젊은 시절에 눈에 티가 들어간 이후 눈이 아프셨다고 한다. 엄마는 봉사가 될까 무섭다며 제일 하고 싶은 것이 있다면 안과에 한번 가 보는 것이라고 하셨다. 시골에서 일만 하느라 눈이 아파도 병원 갈 시간이 없고 돈도 없었기 때문에 치료를 받지 못했던 것이다.

나는 어려서부터 엄마가 눈이 아프다는 이야기를 자주 듣곤 했다. 내가 너무 어렸기 때문에 어느 병원에 가야 하는지조차 몰랐던 때였다. 엄마는 눈이 아파도 낮에는 일을 하셨고, 밤이면 피곤해서 잠자리에 일찍 들었다. 엄마는 자고 나면 눈이 괜찮다고 하셨으니 으레 그런 줄로만 알았다.

내가 돈을 벌던 때, 엄마는 시골에서 도시로 올라오셨다. 엄마는 계속 눈의 통증을 호소했다. 나는 처음으로 예수병원을 찾았다. 그 시절에는 종합병원 한번 가려면 얼마나 까다로웠는지 모른다. 어찌 되었건 나는 엄마를 모시고 병원을 찾았다.

의사 선생님은 엄마의 눈에 혹이 있다고 하셨다. 나는 바로 수술 날짜를 잡았고, 며칠 후 수술을 하게 되었다. 엄마가 수술실로 들어가는데 엄마도 처음 하는 수술이라 겁이 나셨는지 잔뜩 떨고 계셨다.

몇 시간에 걸친 수술이 끝나고 수술실에서 엄마가 나오셨다. 엄마의 두 눈에 하얀 안대가 두껍게 덮여 있었다.

잠시 후 깨어난 엄마는 수술실에 들어갈 때 무서워서 죽는 줄 알았다고 하셨다. 하지만 엄마와 나는 그동안 엄마가 눈 때문에 고생을 너무 많이 했기에 이제 며칠만 고생하면 괜찮을 거란 희망을 가졌다.

그런데 엄마의 눈은 통증이 계속되었다. 병원에 갈 때마다 엄마의 눈에서 새로운 질병이 나타나났다. 이유만 알고 나면 치료가 쉬울 것이고, 쉽게 나을 수 있을 거란 생각은 엄마와 나의 착각이었다.

그 당시 의료진의 실력이 없어서인지 엄마의 눈 상태를 한꺼번에 말하는 것이 아니라 한번 치료하고 나면 또 다른 부분이 좋지 않다고 말했다. 도대체 어찌된 영문인지 눈 때문에 안과라는 병원은 여기저기 찾아다녔다.

병원마다 의사들은 엄마의 눈에 칼을 댔다. 그러는 동안 엄마도 나도 지치기 시작했다. 병원에 다녀오면 눈이 더 좋아져야 하는데 갔다 오나 마나 도무지 차도가 없으니 우리는 서로 짜증을 내기 일쑤였다.

참다못해 서울에 살고 있는 언니가 서울에 있는 큰 병원으로 모셨다. 당시 언니는 울산에 살았었다. 불편함에도 불구하고 엄마를 서울 병원으로 모시고 갔다.

검사 결과, '눈물샘'이 막혀 버려서 눈을 부드럽게 해야 하는데 수술조차도 할 수 없다는 거였다.(최근에는 눈물샘도 수술이 가능하다는 소리를 들었지만 엄마 연세가 너무 많아 할 수 없는 상황이었다.)

의사는 그냥 평생 인공 눈물을 넣으면서 살아야 한다고 말했다. 엄마는 그때부터 서울에 있는 안과에서 인공 눈물을 구입해 빡빡한 눈을 해결하셨다. 그렇게 몇 년간을 인공 눈물로 눈의 통증을 해결했지만 시간이 지나자 그것마저 만성이 되었는지 효과가 전혀 없었다.

엄마는 눈을 오래 뜰 수 없어 텔레비전도 보지 못하고 바람도 잘 쐬지 못하셨다. 눈을 한참 동안 뜨고 있다 보면 실핏줄이 터져 눈알이 빨갛게 되었다. 그래서 엄마는 시간만 있으면 언제나 눈을 감고 계셨다. 앉아서도 감고 계시고, 누워서도 감고 계셨다.

엄마가 눈을 감고 계시니 항상 주무신다고 착각하기도 했다. 엄마는 불면증도 심해서 차라리 잠이라도 왔으면 좋겠다고 자주 말씀하셨다.

이런 이유로 엄마는 평생 안과를 다니셨다. 나이가 들어 걷기 힘들어지자 엄마를 안과로 모시고 가는 일은 찰떡이 맡아서 했다. 방학 때는 상관없지만 학기 중에는 수업을 마치고 먼저 병원부터 찾았다.

엄마는 손자와 병원 가는 날을 제일 좋아하셨다. 치료 후에 손자와 함께 맛있는 음식을 사 먹으며 즐거운 시간을 보내셨기 때문이었다. 찰떡은 할머니에 관한 일이라면 어떠한 경우에도 거절 한 번 하지 않고 따라 주었다.

우리 엄마는 언제나 당신이 복이 없다 하셨지만 생각해 보면 우리 엄마는 정말 복이 많으신 분이시다.

외롭지 않게 하려면 자주 보는 것

『안나 카레리나』, 『부활』, 『사람은 무엇으로 사는가』, 『이반 일리치의 죽음』 등 톨스토이(Tolstoy, Lev Nikolaevich)의 작품을 3개월에 걸쳐 읽었다. 톨스토이는 가족의 죽음을 경험하면서 죽음에 대한 사색을 많이 했다고 한다.

세 살 때 엄마를 잃었고, 열 살 때에는 아버지를, 서른다섯 살 때는 가장 좋아하는 형을 잃게 되는 슬픔을 맛보았다. 58세에는 마차에 치여 상처가 감염되어 죽음 직전까지 가게 되었다고 한다. 그래서인지 『이반 일리치의 죽음』의 내용을 보면 삶과 죽음에 대한 장면들이 생생하게 표현되고 있어 읽는 동안 온몸에 전율을 느끼게 하고 울림을 주는 책이다.

『이반 일리치의 죽음』을 읽는 동안 엄마 생각으로 얼마나 가슴 아파했는지 모른다. 덕분에 엄마한테 한번 더 효도할 수 있는 기회를 만들게 돼 슬픔과 기쁨으로 다가왔던 책이다. 이반 일리치가 죽기 전에 일어났던 사건들이 엄마가 겪었던 상황과 너무도 흡사했기 때문이다.

책의 내용은 이반 일리치의 아내가 남편의 부고장으로부터 시작된다.

"쁘라스꼬비야 표도로브나 골로비나는 비통한 마음으로 친지 여러분께 사랑하는 남편, 항소법원 판사 이반 일리치 골로빈이 1882년 2월 4일 운명하였음을 삼가 알리는 바입니다. 발인 금요일 오후 1시입니다." - 부고

이반 일리치는 방에 모여 있던 사람들의 동료였고, 그들 모두가 사랑했던 사람이다. 그의 보직은 공석으로 남아 있었지만 그가 사망하고 나면 알렉세예프가 그 자리에 임명될 것이고, 알렉세예프 자리에는 빈니꼬프나 시따벨이 임명될 것으로 되어 있어 이반 일리치의 사망 소식은 동료들의 자리 이동이나 승진만을 생각하게 하는 것이었다.

그리고 아주 가까운 사람의 사망 소식을 들은 사람들이 누구나 그러듯이 죽은 게 자신이 아니라 바로 '그'라는 사실에 안도감을 느끼고, 예의상 어쩔 수 없이 추도식에 참여하여 미망인에게 위로의 말을 건네야 하는 등 아주 귀찮은 의무를 수행해야만 했다.

아내 역시 남편이 사망한 경우에 국고에서 어떤 지원을 받을 수 있는가에 대해 알고 있으면서도 조금이라도 더 뜯어낼 수 있는 방안이 무엇인지 알고 싶어 했다.

이반 일리치는 항소법원 판사로 재직하던 중 마흔다섯의 나이로 생을 마감한다. 그는 관리의 아들로서 법률학교를 다녔고 능력 있

고, 밝고 선량하며, 사교적이면서도 자신의 의무라고 생각하는 일에 대해서만큼은 철저히 해내는 성품이었다.

첫 직책은 현지사 특별보좌관이었고, 5년 후 예심 판사 자리를 맡게 되면서 우수 관리로 평가받아 3년 뒤 검사보로 임명되어 더욱더 일에 매진하게 되었다.

그 후 같은 도시에서 7년을 더 근무하고 검사로 승진하여 다른 현으로 발령을 받아 가족을 데리고 이사한다. 그런데 봉급은 조금 올랐지만 생활비가 더 들어 가정생활이 어려워졌다.

그렇게 세월이 흘러간 사이 고참 검사가 된 이반 일리치는 보직 이동의 기회를 고대하고 있었는데 곱빼라는 동료에게 수석판사직을 빼앗기고 만다.

그런데 뜻하지 않게 뾰뜨르 빼뜨로비치와 자하르 이바노비치 등 새로운 인물들이 부상한다는 유리한 조건의 소식을 듣게 되었다. 자하르 이바노비치는 이반 일리치의 동료이자 친한 친구 덕분에 두 단계나 높게 승진하면서 예상하지 못했던 보직을 받게 되면서 행복해한다.

이반 일리치는 즐거운 마음으로 혼자 출발하여 집 안을 꾸미고 가구를 옮겨보기도 하고, 커튼을 달아 보며 수선을 피우다 사다리에 올라갔다가 그만 발을 헛디뎌 미끄러졌는데 옆구리를 부딪치고 만다.

그런데 옆구리 상태가 점점 악화되어 통증이 시작되었다. 이반 일리치가 이제까지 살아오면서 한 번도 겪어보지 못한 그런 심각

한 일이 몸속에서 일어나고 있었던 것이다.

"맹장, 신장, 삶이냐 죽음이냐, 지금 난 여기에 있는데 도대체 어디로 간단 말이냐?, 도대체 어디로?" 이반 일리치의 병세는 더욱 악화되어 아편과 모르핀이 투약되기 시작했고 다른 사람의 도움을 받아야 하는 상황이 너무 괴로웠다.

부엌일을 돕는 게라심은 언제나 찾아와 주었고, 배설물을 치우면서도 전혀 힘들어하지 않고 선량한 얼굴로 이반 일리치를 감동시켰다. 그러나 게라심과 함께 있을 때는 마음이 편안했지만 시간이 지날수록 이반 일리치는 혼미한 상태로 고통에 빠져 있었다.

"네가 필요한 것이 무엇이냐? 더 이상 고통받지 않는 것 그리고 사는 것"

"사는 거라고? 어떻게 사는 거 말이냐? 전에 살던 것처럼 그렇게 사는 것이지, 기쁘고 즐겁게"

"전에 어떻게 살았었는데? 그렇게 기쁘고 즐거웠나?"

등받이에 얼굴을 묻고 소파에 누워 지내는 요즈음 이반 일리치는 고통스럽게 고독을 견디고 있었다. 수많은 사람들이 살아가는 도시 한복판에서 많고 많은 친구들과 가깝디가까운 가족들 곁에서 느껴야 하는 고독함 그것은 그 어디에서도 바다 저 깊은 바닥에서도, 땅속 깊은 곳에서도 찾을 수 없는 처절한 고독이었다.

이런 고독 속에서 이반 일리치는 그저 과거의 추억만을 떠올리며 하루하루를 버티고 있었다. 지나간 일들이 하나둘씩 주마등처럼 그의 눈앞을 스치고 지나갔다. 추억은 언제나 가장 최근의 일로부터 아득히 먼 옛날로 어린 시절까지 거슬러 올라가 거기에 머물렀다.

이제 많은 양의 아편이 투여되었고 곧 의식을 잃었다. 모두를 곁에서 내몰고 홀로 몸부림치며 뒹굴었다. "난 죽고 싶지 않아!" 이반 일리치는 소리쳤다.

이반 일리치에겐 시간이란 존재하지 않았다. 사형수가 사형집행인의 손아귀를 빠져나가려고 발버둥친 것처럼 필사적으로 저항했다. 그러다가 갑자기 어떤 강한 힘이 그의 가슴과 옆구리를 세차게 밀치는 것 같더니 숨을 쉬기가 더욱 힘들어졌다. 그리고 그는 구멍 속으로 굴러떨어졌다. 구멍 끝에서 뭔가 환하게 빛나고 있었다. 죽음 대신 빛이 있었다. "끝난 건 죽음이야, 이제 더 이상 죽음은 존재하지 않아."

엄마가 청춘과부(靑春寡婦)로 살아오면서 가장 후회스럽다고 했던 말이 생각난다. 엄마가 젊어서 혼자 되자 동네 어르신이 재혼하라고 강요하셨는데 엄마는 어린것들을 두고 어떻게 시집을 가느냐고 반박하셨다고 한다.

동네 어르신은 "나중에 내 말 듣지 않다가 정말 후회할 일이 생길 거"라고 하시더란다. 엄마는 그렇게 말하는 사람을 "총이 있다면 쏘아 죽이고 싶었다"고 하셨다.

엄마에게 좋은 기회가 왔던 일도 있었다. 뒤늦게 "영감은 돈도 많았고 막내딸은 대학까지 가르쳐 줄 수 있다고 하는 영감이 있었는데 그때 말했던 어르신의 말씀이 떠오른다"며 가끔 나에게 말하곤 하셨다. 그럴 때마다 난 "당연히 나 데리고 시집갔어야지. 그랬으면 나도 호강하며 잘살았을 텐데…"라며 우스갯소리를 하곤 했다.

내 어린 시절 기억에 남아 있는 것이 있다. 동네 어르신들이 집에 놀러 오시면 가끔 나에게 묻곤 하셨다. 엄마가 시집가면 어떠겠느냐고. 엄마 시집보내자고. 어렴풋이 부잣집이라며 나를 부추겨 엄마의 재혼을 하게 하려 했던 것 같다.

어린 나는 아무것도 몰랐기에 엄마가 시집간다면 정말 큰일이 나는 줄 알았다. 만약 엄마가 그때 시집을 갔더라면 나는 어찌 되었을까? 정말 호강시켜 주며 잘 키워 주었을까? 아니면 엄마마저 잃고 고아원으로 향했을까? 가끔 궁금해지기도 한다.

엄마는 살아오시는 동안 자식들 때문에 마음고생을 많이 하셨다. 일찍 남편을 여의고 얼마나 앞이 캄캄하셨을까. 그런데도 엄마는 자식들만 바라보고 재혼도 하지 않으시고, 자식들 밥을 굶기지 않기 위해 온갖 궂은일을 마다하지 않고 인생을 사셨다.

온갖 고생을 하며 자식들을 키웠건만 자식들은 자기 살길 바쁘다며 발길을 끊었고 달달한 사탕 한 봉지 사 오는 것마저도 사는 게 어렵고 힘들다 보니 엄마를 자주 찾는 자식이 없었다. 그것마저도 바라지 않았건만 몇 명의 자식들은 엄마 먼저 세상을 떠나고 말았다. 오죽했으면 엄마가 재혼하지 않은 것을 후회하셨을까, 충분히 이해가 간다.

다른 날보다 더 엄마 곁에 오래 머물고 싶어 오랜 시간을 엄마와 함께했다. 한참을 있다 보니 허리가 아파 온다. 오늘은 허리가 아프다는 핑계를 대고 엄마와 함께 침대에 누웠다.

엄마 침대에 누우려는데 엄마는 당신 무릎을 내밀며 누우란다. 아휴! 의사 선생님 말씀이 피를 만들어 내는 곳이 허벅지라는데 엄마는 너무 말라서 피를 만들어 내지도 못하는 마른 허벅지를 베개 삼으라 하며 누우란다.

나는 웃으면서 "엄마, 내 머리가 누우면 엄마 허벅지 바스라지겠네." 하고는 침대에 누웠다. 그러자 엄마는 허리만 따뜻하게 하는 보온매트의 온도를 높게 올려 주시면서 한소끔 자라고 하셨다. 함께 눕자며 엄마를 끌어당기자 엄마는 배시시 웃으시며 내 옆에 누우셨다.

엄마 옆에 누워서였을까. 나는 눕자마자 편안한 기분이 들었다. 아픈 통증이 사라지면서 엄마의 따뜻한 사랑이 스며드는 듯했다. 나는 엄마의 허리를 팔로 감았다. 엄마도 나의 온몸을 감싸 안아 주셨다.

우리는 서로의 몸을 휘감았는데 엄마의 품이 너무나 포근하고 따뜻했다. 엄마와 함께 침대에 누워서 도란도란 이야기를 나누다 잠이 들었다. 어릴 때 엄마 무릎에 누워서 잠들었던 기억이 나면서 얼마나 행복했었는지 엊그제 일처럼 밀려왔다.

그렇다. 엄마는 언제나 큰 것을 바라지 않았다. 이렇게 함께하는 것만으로 행복해하시는 것이다. 나는 그때 알았다. 엄마에게 해 드려야 할 가장 소중한 것은 엄마가 조금이라도 외롭지 않도록 하는 것뿐이란 것을.

이제 엄마는 내 곁에서 멀리 떠나셨다. 갑자기 가슴이 먹먹해진다. 엄마는 더 이상 죽음이 존재하지 않는 빛으로 내 곁에서 환하게 빛나고 있다.

소녀였던 때와 여인이었을 때도 있었다

우리 집 장롱에는 엄마의 목걸이와 반지가 보관되어 있다. 세상 떠나시기 전에 엄마가 몸에 지니고 있다가 필요 없으시다고 나에게 건넸던 물건이다. 엄마는 나이 육십이 넘도록 귀금속이 전혀 없었다.

내가 결혼하던 무렵 엄마 나이는 예순두 살이셨다. 나는 혼수 예물을 돈으로 받았다. 받은 돈으로 남편의 조그마한 다이아 반지와 시계를 사고 남은 돈으로 내 손가락에 끼울 쌍가락지 그리고 루비가 박힌 목걸이와 반지를 샀다.

나는 가난해서 돈도 없었지만 그야말로 결혼 때문에 한 것이지 보석에는 전혀 관심이 없었다. 형편이 어려워서 그랬던지 보석이 나에게는 사치라 여겨지기도 했다. 사실 왜 해야 하는 건지 거추장스러울 정도였다. 별수 없이 결혼식이 끝나고 몇 번 몸에 걸쳤다가 장롱에 얌전하게 보관돼 있다.

엄마 나이 칠십 정도 되었을 때의 일이다.

어느 날, 엄마가 "이 나이 먹도록 반지 하나 없는 사람은 나밖에 없더라" 하시는 것이었다. 처음에는 전혀 예상하지 못했던 말이라 무슨 뜻인지 알지 못했다. 얼마나 딸이 무심했던지 며칠이 지나서야 엄마도 여자라는 사실을 알게 되었다. 너무나 죄송했다.

나는 곧장 엄마를 모시고 내가 혼수 예물로 했던 반지와 목걸이를 들고 금은방을 찾았다. 엄마는 영문도 모르고 따라와 뒤늦게 그 사실을 알고 막무가내로 사양을 했다.

나는 엄마에게 "어차피 나는 하지도 않는데 장롱에서 썩히는 것보다 엄마한테 해 드리고, 엄마가 세상 떠나고 나면 또 내 것이 되는 것이니 더 값진 일"이라며 엄마를 설득했다.

엄마가 말하기 전에 해 드렸다면 얼마나 좋았을까, 미안한 마음뿐이었다. 그렇게 엄마의 목걸이와 반지가 만들어졌다.

그날 이후 엄마는 외출을 할 때면 반지와 목걸이를 하고 다니셨다. 엄마의 손가락과 목이 더욱 빛이 났고, 엄마의 자태가 정말 아름답게 느껴졌다.

얼마간의 세월이 흘러 반지는 일하는 데 거추장스럽다며 일찍 상자 속으로 들어갔다. 목걸이는 얼마 전까지 하시다가 이제는 영영 엄마 몸에서 떨어져 나와 장롱 속에 묻혀 있다.

비록 내 혼수로 장만했던 반지와 목걸이의 모양은 사라졌지만 엄마가 예쁘게 몸에 지니고 간직했던 반지와 목걸이를 볼 때면 그동안 살아오면서 내가 가장 잘했던 것 중 한 가지였다고 자부하고 싶다.

엄마는 화장을 전혀 하지 않는다. 세수는 일어날 때부터 잠들기 전까지 몇 번의 세수를 한다. 그리고 언제나 깨끗한 얼굴에 스킨과 로션을 바른다. 스킨과 로션만으로도 엄마 얼굴은 언제나 곱고 예뻤다.

엄마가 화장을 좋아하지 않으니 당신 딸들이 화장하는 것도 좋아하지 않으셨다. 엄마는 자식들이 화장을 하더라도 한 듯 안 한 듯 얌전하게 하길 바랐고, 특히 손톱 매니큐어는 절대 용납하지 않으셨다.

피부도 유전이라 했던가. 엄마 피부가 고우니 자식들 모두 피부가 깨끗하고 고운 편이었다. 내가 중학교 때의 일이다. 친구들이 책상에 앉아 거울을 보고 여드름을 짜고 있으면 그것조차 얼마나 부러웠는지 모른다. 한 번만이라도 여드름을 짜 보고 싶어 여드름이 있던 친구 얼굴을 비벼 대기도 했던 적이 있었다.

언니들도 화려한 화장을 하지 않는다. 나 또한 결혼하기 전까지 화장을 하지 않았다. 결혼하고부터 조금씩 화장하기 시작했고, 지금도 거의 화장을 하지 않고 다닌다. 화장을 하지 않는 여자는 게으르다는 말이 있지만 우리 가족은 지나칠 정도로 부지런하다.

엄마는 "여자는 항상 깨끗한 몸가짐을 해야 한다"고 강조하셨고, 화려한 복장이나 화장은 절대적으로 싫어하신 분이셨다.

엄마가 병원에 입원했을 때이다. 엄마에게는 입원할 때마다 가장 중요한 일이 있다. 엄마를 돌봐 드려야 할 간병인을 구해야 하는데 항상 급하게 간병인을 구하다 보니 엄마 마음에 들 때가 있고 그렇지 못할 때가 있다.

엄마는 무조건 화려한 화장을 하거나 손톱에 진한 매니큐어가 있으면 좋아하시지 않기 때문에 전화를 할 때 미리 얘기한 다음 소개를 받는다. 그렇다고 엄마 마음에 드는 사람을 고를 수 있는 시간적 여유가 없기 때문에 소개를 받고 오시면 그걸로 만족해야만 한다.

엄마가 병원에서 매우 화를 내신 적이 있었다. 사연인즉, 간병인이 엄마에게 옷을 갈아입히면서 커튼을 제대로 가리지 않고 옷을 갈아입혔던 것. 간병인이 엄마가 나이가 많이 드셔서 엄마의 마음을 헤아리지 못하고 옷을 벗겨 버린 것이다. 내가 그 광경을 보지 않았기 때문에 진실을 알 수는 없지만 엄마 말만 듣고 보면 그럴 듯한 이야기였다.

간병인에게 엄마의 성격을 말씀드리며 다시는 그렇게 하시지 말라고 부탁했는데 간병인은 엄마가 너무 까다롭다는 것이었다. 간병인을 살펴보니 입술이 붉고 손톱까지 울긋불긋 화려했다. 엄마가 간병인의 행동과 모습이 마음에 들 리 없었다. 나는 이쪽저쪽 다 맞는 말인지라 간병인에게 조금만 이해해 달라고 부탁했다.

엄마는 늙은이라고 무시한다며 섭섭함을 털어놓으셨다. 엄마 말을 듣고 나이가 드셨다고 함부로 쉽게 하는 행동은 참을 수 없이 화가 났다.

노인들을 늙었다고 생각하지 말고 어르신도 어린아이였던 적이 있었다는 것을 꼭 기억해 주었으면 하는 바람이다. 엄마도 소녀였던 때가 있었고 여인이었을 때도 있었다. 비록 몸은 늙어 가고 있지만 마음만은 청춘이라 하지 않던가.

12 시어머님의 무한한 사랑

2017년 8월 31일 오후 2시 정도에 일어났던 일이다.

"형수님! 엄마가 숨을 쉬지 않아요."

"뭐야, 무슨 그런 농담을 해."

잠시 아무런 소리가 들리지 않아 순간 등골이 오싹함을 느꼈다.

"삼촌! 왜, 무슨 일이야?"

"형수님! 엄마가 숨을 쉬지 않는다고요."

휴대전화에서 삼촌의 울음소리를 듣고 심장이 쿵쾅거렸다. 너무 놀라 무슨 일이 일어났는지 당황하고 있는데 남편에게서 문자가 날아온다.

"엄마 돌아가셨으니 준비하고 와."

너무나 놀라웠고 꿈을 꾸고 있는 것은 아닌가 하는 생각을 하면서 믿고 싶지 않았다. 장례식장에 도착해서도 조문객을 맞이하는데도 도저히 믿어지지 않았다.

이튿날이 되어 입관식에서 어머님의 모습을 보고도 인정하고 싶지 않았다. 아직도 꿈을 꾸고 있는 것 아닌가 하는 생각에 내 몸을 몇 번이나 꼬집어 보았는지 모른다.

장례식 마지막 날, 어머님을 볼 수 있는 기회가 있었다. 이제 다시는 어머님을 보지 못한다고 생각하니 너무나 허망하고 슬픔이 밀려왔다.

다행히도 어머님을 보는 순간 슬픔 속에서도 어머님의 모습은 그야말로 천사처럼 편안하게 다가왔다. 하늘로 올라가는 아름답고 예쁜 꽃길은 형형색색으로 그야말로 천사가 되어 날아갔다는 믿음만을 갖고 싶었다. 아직도 어머님은 내 곁에 있는 느낌이다.

시어머니는 78세로 갑작스럽게 세상을 떠나고 말았다. 함께 살던 시골 동네 어르신들은 허망하게 세상을 떠났지만 한편으로는 죽을 복을 참 잘 타고 났다며 어머니를 부러워하셨다.

당일, 어머니는 다른 날과 똑같이 막냇삼촌과 출근 인사를 했고, 아침식사도 잘 드셨다고 한다. 옆집에 시외숙모댁 형님이 살고 계셨는데 아침에 어머니께서는 참깨를 한 됫박 가지고 오셨다고 했다.

어머니는 평소 나누어 먹는 습관이 있어 먹을 것이 생기면 당신 입 속으로 먼저 들어가는 법이 없으셨고, 언제나 타인을 먼저 생각하는 분이셨다.

한낮이 되어 동네 분이 어머니가 무엇을 하느라고 보이지 않나 하면서 집 안으로 들어가 보니 어머니가 안방과 거실 사이에 쓰러져 계시더란다.

평소 어머니는 건강하셨다. 다만 고혈압으로 혈압약을 잘 드셨기 때문에 걱정하지 않았다. 지정된 의사는 심박정지, 심폐부전, 노인질환으로 사망진단을 했는데 정확한 사인은 부검을 통해서 이루어진다고 했다.

동네 분들의 이야기를 들어보면 어머니가 쓰러지신 시간은 한두 시간 정도 지났던 것 같다고 했다. 어머니는 쓰러지시고 한두 시간 힘든 고통의 시간을 보냈을 것이다.

평소 어머니는 당신만 자식 있는 것처럼 자식들을 애지중지하면서 일도 시키지 않으셨다. 자식들 고생시키지 않겠다고 늘 말씀하시더니 어머니는 그렇게 세상을 떠나시고 말았다. 언젠가 어머니가 하셨던 말씀이 생각난다.

"어머니! 일하기 힘드시니 조금만 하세요."

"우리 며느리는 하루 종일 의자에 앉아서 일하는데 내가 일하는 것이 뭐가 힘드냐."

평소 며느리를 아끼고 아껴 주시더니 며느리 힘들지 않고 편하게 살라고 그리 가신 것 같아 가슴이 미어질 뿐이다.

어머님의 운명이었던가? 그해 여름에는 다른 해와 달리 어머니를 찾아뵙고 싶은 간절한 마음이 들었다.

유난히도 더워 어머니를 찾아뵈었을 때 어머니는 그 무더위에도 언제나 당신 몸을 아끼지 않으셨고, 오직 자식만을 위해 먹이고 싶은 음식을 하나하나 자녀 식성에 맞게 요리해 주셨다.

옻닭을 잘 먹는 자식에게는 옻닭을 만들어 주셨고, 옻닭을 먹지 못하는 자식에게는 삼계탕을 만들어 보내고, 마지막까지 보양식을 만들어 놓고 '며느리가 꼭 와서 먹으라'고 연락을 주셨던 어머니! 자식들이 잘 먹어 주면 너무 고맙고 감사하다며 흐뭇해하시던 어머니!

계절마다 자식들 주려고 반찬을 만들어 바리바리 싸 주셨던 깻잎김치며, 다슬기탕, 건강탕 등 온갖 음식을 정성스럽게 만들어 주셨고 자식들이 집에 왔다가 집을 떠날 때면 언제나 눈시울을 적시며 배웅해 주시던 어머니!

특별하게 그해 여름에는 집에 왔다가 나서는데 어머니께서 "내 자식들 모두 먹여서 너무나 행복하다"며 몇 번을 되뇌셨다. 차가 움직일 때까지 헤어지면서 등을 다독여 주시던 모습과 목소리가 아직도 귓전에서 맴돌고 있다. 너무나 행복하다고 하시던 어머니가 그립다. 그때 이별을 예고하셨나 하는 생각이 든다.

그날은 평상시와 달리 며느리에게 "성당 잘 다니고 있냐? 애비도 함께 잘 다니거라." 하시며 당신은 성당에 다니시지 않으면서도 며느리가 성당에 다닌다는 것을 알고 배려해 주신 어머니! 이번에는 왜 그렇게 강조를 하셨는지 이제야 알 것 같다. 특히 우리 형제자매뿐만 아니라 손주들 누구 하나 빼놓지 않고 너무나도 사랑해 주셨던 어머니!

준비 없이 어머니와 이별한 지 벌써 4년이 흘렀다. 한동안 남편은 어머님 생각을 할 때면 눈시울을 붉히곤 했다. "전에는 분주하게 일상생활을 하다가도 엄마 목소리를 듣고 싶을 때면 전화를 해서 따뜻한 목소리를 듣던 일이 엊그제 같은데 아주 먼 옛날 이야기가 되었다"면서 이제는 어머니와 통화조차 할 수 없고 목소리마저 듣지 못한다며 애달파 했다.

유난히도 더웠던 그해 여름!

매년 여름이면 어머님 생각이 더욱 간절하다.

어머니! 편히 쉬세요. 당신이 주신 사랑 잊지 않을게요.

4부

외로움

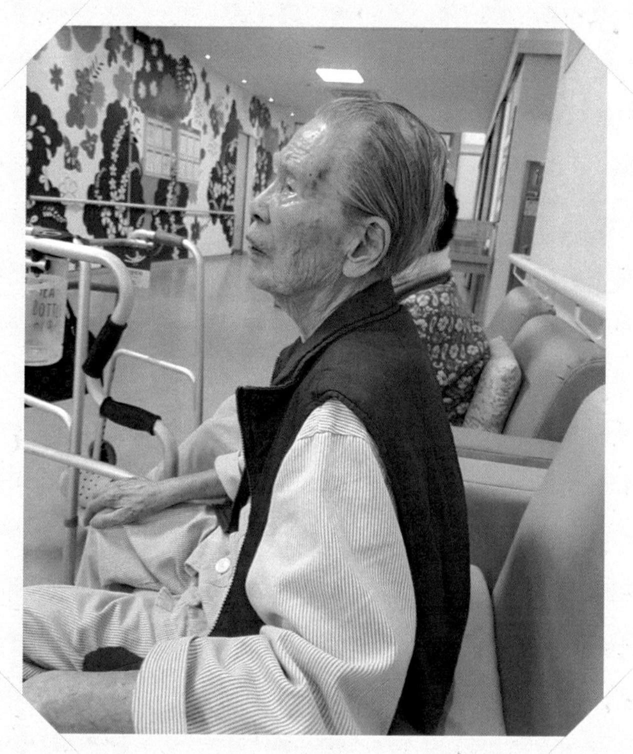

요양병원에서

요양병원으로 모시던 날

"영순아, 너한테는 너무 미안해서 조심스러워. 내 생각은 우리 어머니가 계실 곳은 요양병원이야. 일반 병원에서 굳이 돈 들여 가면서 그리고 간병인 쓰고 하면 너무 힘들잖아. 그곳이면 의사와 간호사도 있어서 나을 때까지만이라도 그리 모셨으면 좋겠어. 오십만 원이면 다 되는데 그렇게 하자. 네가 어려우면 언니가 하면 되고…. 난 네가 정말 걱정된다. 그리고 엄마가 정 힘들어하면 그때 가서 생각해 보면 어떨까. 그곳은 1급 요양병원이니 괜찮거든. 둘째 언니도 그렇게 하면 좋겠다고 하는데…."

"…."

"나도 요사이 아픈 데다가 엄마 일로 신경 쓰니까 너무 힘들어. 병원에 치료하는 동안이라도 요양병원에 모셨으면 하니까, 너무 힘들어하는 게 보이니까 나 역시도 괴롭다. 요양병원에 상담도 했는데 뭐 하러 비싼 간병인 쓰냐고 하더라. 그리고 의뢰하면 그곳에서 앰뷸런스로 모시고 간다고 했어. 이게 내 의견이니 진지하게 생각하면 좋겠어. 엄마가 물론 안 간다고 하겠지만 어쩌겠어. 영순아! 꼭 언니들 말 듣도록 해라."

"언니! 아직 내가 그렇게 하기는 너무 싫어. 일단 이번에는 조금만 기다려 보고 결정할게."

"엄마를 그리 모시는 것이 불효 같니? 그렇게 생각한다면 네가 잘못 생각하는 거야. 엄마가 요양병원에 계시는 것을 너무 힘들어 하면 다시 집에 가도 되니까 일단 요양병원에서 치료한다 생각해. 이제는 네 결정만 남았다. 언니들 의견대로 하면 좋겠어. 지금까지는 네가 알아서 했지만 이번엔 우리 의견대로 하자. 우리도 똑같은 딸이라는 것 잊지 말고. 너한테는 정말 힘든 일이라는 걸 알지만 이번에는 언니들이 하자는 대로 해."

"…."

"이제 엄마는 항상 아프실 거야. 그동안 그렇게 애쓰면서 살았지만 앞으로도 끝까지 네가 할 자신이 있는지 잘 생각해 봐. 사실 언니는 네가 너무 많이 걱정돼. 진심이야. 엄마도 불쌍하지만 우리는 네가 너무 안쓰럽고 안됐다는 생각뿐이다. 영순아, 고민하지 말고 그냥 결정해. 네가 결정을 못 내리는 건 엄마가 걸려서 그러는 건데 엄마한테 물어봐. 행복하냐고."

"앞으로 신경 쓰지 않을 테니 언니들이 알아서 해."

서울 언니와 대화했던 내용이다. 나는 엄마 욕심이 강했다. 지금까지 엄마와 함께 살면서 모든 것을 책임지고 해 왔다. 언니, 오빠가 있었지만 엄마 때문에 언니, 오빠까지 힘들게 하고 싶지 않았다.

가끔 엄마를 잊고 사는 것 같아 서운한 마음이 들기도 했지만 언니들이 도와주면 오히려 내 마음이 더 짠해서 편하지 않았다. 우선은 내가 돈을 벌고 있었고, 돈을 버는 동안만은 내가 오롯이 해결해야 한다고 생각했다.

그래서인지 언니, 오빠는 엄마에 관해서는 쉽게 말을 꺼내지 않았다. 그저 고맙다고만 했다. 때로는 혹여라도 엄마 문제로 언니, 오빠에게 폐를 끼치는 일이 생길까 싶어 연락도 하지 않고 지내기도 했다. 그나마 언니는 엄마와 살면서 동생이 너무 고생한다는 것을 알기 때문에 이번에는 어떠한 일이 있어도 요양병원으로 모셔야 한다는 것이었다.

나만큼은 절대 엄마를 요양병원으로 모시지 않겠다고 다짐했었다. 한 번도 엄마를 요양병원에 모신다는 생각을 해 본 적도 없었다. 한순간에 무너져 내리는 기분을 말로 표현하기조차 힘들었다. 언니들과 몇 날 며칠 진통을 겪었다. 나는 마음이 전혀 내키지 않아 정말 괴로웠다.

어르신들은 요양병원이란 말만 들어도 죽으러 가는 곳으로 알고 있다. 엄마에게 어떻게 설명해야 할까? 긴병에 효자 없다더니 내가 그 꼴이 되어 버린 것이다.

"집에서만 함께 있다고 해서 효도하는 것은 아니다. 직장 다니느라 바쁘고 엄마가 혼자서 집에 계시는 것이 효도라고 생각하느냐"

는 언니 말에 마음이 흔들렸다. 솔직히 나에게 가장 무서운 건 돈이었다. 종종 긴급한 상황으로 입원할 때마다 간병비의 부담을 어쩔 것인가? 결국 고집 피우지 말고 언니들 말을 따르기로 다짐하고 결단을 내렸다.

함께 병실에 있던 환자와 보호자도 엄마 같은 분은 요양병원으로 모셔야 한다며 나를 이해시켰다. 병원에 계신 분들의 이야기를 듣고 집 근처에 새로 생긴 병원을 찾았다.

그때만 해도 요양병원에 대해 전혀 알지 못한 상태였다. 그저 병원과 똑같이 치료도 가능하다고 알고 있었다. 엄마를 며칠간 병원에 입원시키고서야 요양병원이라는 곳에 대해 조금 이해했다.

"엄마, 집으로 가면 돌봐 줄 사람이 없으니 요양병원으로 가자."

"거기가 어딘데?"

"바로 우리 집 옆에 있는 곳이야."

드디어 엄마는 아무것도 모른 채 요양병원으로 옮겨졌다.

나는 엄마를 속인 것 같아 너무나 괴로웠다. 이런 행동이 맞는 것인지 마음이 불편했고, 엄마에게 죄를 짓은 것 같아 하루도 편안한 날이 없었다. 눈물로 몇 날 며칠을 보내면서 우울한 기분을 떨칠 수가 없었다. 엄마 없이 사는 것이 너무나 괴로웠다.

텅 빈 집은 더욱 나를 힘들게 했다. 엄마가 없는 집은 상상해 본 적이 없었고, 한 번도 엄마와 떨어져 본 적이 없어 걷잡을 수 없이 괴로웠다. 너무 슬프고 마음 둘 곳이 없어 눈물로 날을 새우곤 했다. 엄마를 보러 거의 매일 병원을 찾았고, 1년이 지나고 나서야 조금씩 마음의 안정을 찾기 시작했다.

엄마가 집 근처에 있는 병원이 요양병원이라는 것을 뒤늦게 알게 되었다. 문제는 여기서부터였다. 엄마는 당신을 요양병원으로 모시게 된 것에 대해 성화를 내셨다. 그때부터 엄마는 아무것도 드시지 않고 고집을 피우셨다. 나는 너무나 괴로웠다.

엄마는 평소에도 요양병원이라는 곳은 죽으러 가는 곳이라고 믿고 있었고, 자식이 버리는 곳이라고 알고 있었다. 함께 살면서 장난스럽게 혹시라도 무슨 일이 생기면 엄마도 가야 되는 곳이라고 이야기하곤 했었지만 그럴 때마다 엄마는 한 귀로 듣고 흘려 버렸었다. 그러니 얼마나 어처구니가 없으셨겠는가. 정신은 맑은데 몸이 말을 듣지 않으니 기가 막히셨으리라.

지금도 끝까지 함께하지 못하고 요양병원으로 모신 것에 대한 죄송스러움을 떨쳐 버릴 수가 없다.

2

90세의 총명함

엄마와 나는 추운 겨울을 매우 싫어했다. 면역력이 약해서인지 찬바람이 옷 속으로 파고들어 올 때면 곧장 기침과 콧물로 한참을 고생하기 때문이다. 그래서 겨울이 되면 가장 먼저 이부자리에 전기매트를 깔아 놓는다.

엄마를 요양병원으로 모시고 첫해에는 조그마한 전기매트를 깔아 드렸는데 얼마 지나지 않아서 화재위험으로 전기제품을 쓰지 못하게 했다. 습관적으로 따뜻한 것을 좋아하기 때문에 찬바람이 매섭게 불어오는 추운 겨울이 가까워 오면 엄마에게 무슨 일이 일어날까 걱정이 앞선다.

가까스로 어렵게 부탁해서 남편이 전기매트를 깔아 드렸는데 병원에서 치워야 한다기에 오래가지 못하고 집으로 가져왔다. 대신 엄마에게 뜨거운 온기를 느끼게 하기 위해 부드럽고 예쁜 색깔의 내의를 입혀 드렸다. 또한 나이가 들어가면서 날씨가 추워지면 피부가 많이 건조해지기 때문에 로션을 발라 드려야 했다.

그리고 엄마는 카스테라 빵을 좋아하신다. 나는 병원에 갈 때마다 제과점에 들러 병실에서 함께 나누어 먹을 카스테라 빵을 준비한다. 엄마에게 드릴 선물을 준비할 때면 만나러 가는 기분이 좋아 나도 모르게 발걸음이 가볍고 기쁘기도 하다.

복덩이와 함께 엄마를 찾았다. 만나자마자 엄마는 한숨을 쉬시며 하소연을 하신다.

"얼릉 빨리 죽고 싶다. 거짓말이 아니다."

"엄마! 조금만 더 기다려 봐."

"이 늙은이가 우리 딸, 사위, 손녀와 손자까지 고생시켜서야 되겠어?"

"엄마! 건강하기만 하면 괜찮아."

그러자 엄마는 맨날 하느님께 기도를 한다고 하셨다.

"하느님! 이옥순 마리아를 얼릉 데려가 주세요. 밥 잘 먹고 잠 잘 자고 있을 때 꼭 좀 데려가 주세요."

"엄마! 순서가 되어야 엄마를 데려가지. 엄마는 아직 순서가 되지 않은 거야."

"아니다. 정말이다. 나 거짓말 아니다."

"엄마! 하느님도 때가 되면 알아서 모셔갈 거야. 조금만 더 참고 기다려야 해."

"아이고, 언제까지 기다려야 된다냐?"

"엄마는 지금도 이야기를 재미있게 잘하는데, 조금 더 놀다 오라고 그러나 봐."

"그려, 젊어서는 동네 어른들이 재미있게 말도 잘한다고 칭찬을 듣긴 했는데…."

"그렇지, 엄마가 너무 말도 잘하고 기억력도 총명하니 아직은 안 데려가지."

"그런 것인가?"

엄마를 만나러 갈 때마다 엄마의 기분이 좋은 날도 있고 나쁜 날도 있다. 기분이 좋지 않은 날은 엄마의 마음을 먼저 헤아려야만 한다.

이런 날은 엄마의 이야기를 한참 동안 들어주고 엄마의 기분이 상하지 않도록 대화를 이끌어 낸다. 그러면 엄마는 마음 편안하게 안정을 찾고 입가에 웃음까지 지으신다. 그리고 준비해 간 선물들을 풀어 놓는다.

내의를 입혀 드리니 엄마는 크지도 작지도 않다며 어쩜 이렇게 딱 맞느냐고 기뻐하신다. 나누어 먹을 빵을 나누어 드리고 엄마와 함께 앉아 도란도란 이야기를 나눈다. 엄마는 기분이 한결 좋아져 그동안 일어났던 일과 병실에서 함께 지내는 어른들의 이야기를 우리에게 전하곤 하셨다.

우리는 할머니들의 이야기를 도저히 알아 들을 수가 없는데 엄마는 같은 방에 있는 어르신의 이야기를 모두 알아듣고 우리에게 전한다. 엄마 옆에 계신 할머니는 93세인데 가끔 자녀들이 와서 운동을 시킨다고 했다.

엄마 앞에 계신 할머니는 73세인데 뇌출혈로 쓰러져 몸을 제대로 움직이질 못하신다. 두 분 모두 귀가 잘 들리지 않고 말이 어눌해서 다른 분들이 알아듣기가 어려운 상황인 것이다. 병실이 두 분의 목소리로 시끄러워지기 일쑤였다.

사연인즉, 며칠 전 73세 할머니가 텔레비전을 보는데 93세 할머니가 옆에서 운동을 한 것이다. 텔레비전을 보려는 73세 할머니에게 방해가 되자 두 분이 서로 알아듣지도 못하는 말로 싸움을 하신 것이다.

우여곡절 끝에 수습이 되었지만 73세 할머니는 참지 못하고 엄마에게 다가와 글로 표현하셨다. 메모할 노트와 볼펜을 가져와 숫자 93과 73를 쓰더니 손짓으로 하소연을 하면서 또 뭐라 뭐라 설명을 하시더란다.

복덩이와 나는 어리둥절하며 그게 무슨 말이냐고 묻자 엄마가 설명을 해 준다. '자기보다 20년이나 더 먹었는데도 이해하지 못하고 당신밖에 모른다'는 뜻이라는 것이라고 했다.

엄마는 종이에 써준 숫자만 보고 그 뜻을 알아들으셨던 것이다. 우리는 엄마 이야기에 푹 빠져 "역시 우리 할머니는 똑똑하시다"며 한바탕 웃었다.

한참 동안 엄마와 이야기를 나누다 보니 벌써 헤어질 시간이 되었다. 따뜻한 엄마 침대에서 함께 놀다가 병원을 나서는데 엄마가 문 앞까지 나오신다. 걷지도 못하고 보행기에 의지해야만 하는데도 엄마는 기필코 배웅을 하신다. 문 앞까지 나오셔서 문의 비밀번호까지 외워 우리가 오면 직접 문을 열어주시고, 기운도 없으시면서 손까지 흔들어 주신다.

병원에서는 어르신이 몰래 밖으로 나가시는 것을 방지하기 위해 비밀번호를 눌러야만 했다. 젊은 사람들도 숫자에 어두워 비밀번호를 잃어버리곤 하는데 엄마는 기억력이 아주 좋아 꼭 기억하고 계시다가 우리가 오면 꼭 엘리베이터를 눌러 주신다. 우리는 항상 엄마의 총명함에 놀라지 않을 수 없었다.

엄마는 당신으로 인해 딸이 고생한다는 생각 때문에 항상 미안한 마음을 가지고 사셨다. 내가 자주 가지 않으면 그것 또한 오해를 불러일으켜 엄마의 마음을 불안하게 만든다. 그래서 나는 자주 엄마를 만나러 갔다.

더 중요한 것은 엄마가 이 세상을 하직하는 날까지 최선을 다해 모셔야 엄마에 대한 그리움이 덜어지지 않을까 싶어서였다. 사람들이 나에게 말한다. "돌아가시고 나면 후회한다"고.

나는 후회하지 않기보다는 자신 있게 말하고 싶었다. "엄마가 돌아가시는 그날까지 외롭지 않게 해 드리고 그날 이후부터는 절대 울지 않을 거"라고.

그렇게 다짐했건만 막상 엄마가 돌아가시자 자꾸만 잘못했던 일들이 뭉게구름처럼 떠다닌다.

내성발톱으로 인한 핑크빛 슬리퍼

엄마에게 신발을 신겨 드리는데 참으로 어려웠다. 엄마 발톱이 갑자기 이상하게 비틀어져 울퉁불퉁 변했기 때문이다. 엄마 발톱을 일반 손톱깎이로 깎기란 너무 힘들었다. 전에는 이러지 않았는데 나이가 들면서 발톱의 모양이 살 속으로 파고들어 가고 있었다. 변화된 발톱의 상태가 보기에도 아프게 느껴졌다.

나는 어려서부터 엄마 곁을 떠나지 않았고, 언제나 엄마와 함께했다. 엄마 눈이 젊어서부터 좋지 않았다는 것도 다른 형제들보다 훨씬 먼저 알았다.

엄마가 이불 빨래를 하고 바느질을 할 때마다 옆에 앉아 바늘에 실을 꿰어 드렸고, 손톱 발톱 깎아 드리는 일도 모두 내 담당이었다. 그럴 때마다 엄마는 낳지 않으려 했던 막내딸이었는데 이렇게 써먹을 일이 있다며 칭찬을 아끼지 않으셨다. 나는 항상 신이 났고 홍겨웠다.

이후에 엄마 발톱을 깎으려면 병원을 방문해야 했다. 남편이 엄마를 모시고 종종 병원을 찾았다. 병원에서는 이런 경우를 내성발톱이라고 했다며 발톱깎이가 구비되어 있어서 쉽게 깎을 수 있다고 했다.

얼마간 병원을 찾아 내성발톱 치료를 했다. 그러나 쉽게 없어지지 않고 주기적으로 때가 되면 발톱이 길어 엄마가 신발을 신기에 어려움이 계속되었다.

엄마는 예쁜 신발은커녕 앞이 터진 슬리퍼를 신어야만 했다. 살아생전 엄마는 슬리퍼 신는 것을 가장 싫어하셨는데 당신이 불가피하게 슬리퍼를 신게 되었다며 한숨을 쉬시곤 했다.

얼마간의 노력 끝에 엄마의 내성발톱이 어느 정도 나을 수 있었다. 남편과 찰떡이 번갈아 가며 병원을 모시고 다닌 덕분이다. 얼마 전까지만 해도 얼마나 고생했는지 모른다.

특히 찰떡의 정성이 아니었더라면 엄마는 신발을 신을 수 없었을 것이다. 깨끗하게 나아버린 발톱은 정말 찰떡의 정성 덕분이다. 찰떡은 언제나 할머니에게 지극정성이었다.

찰떡은 할머니의 발톱을 낫게 하려고 피부과에 수시로 모시고 다녔고, 할머니가 지내고 있는 병원을 다니면서 발톱을 치료해 주었다.

엄마가 몸이 조금씩 좋아질 때면 약을 드시게 하거나 일주일에 한 번씩 발톱을 문질러 주면서 물약을 발라 주곤 했다. 찰떡은 아무도 손을 대지 못하게 했고, 엄마 또한 손자만을 기다렸다. 그렇게 몇 달간 치료를 받고 엄마의 발톱은 깨끗하게 치료되었다.

지난 시간이지만 찰떡의 정성에 조금 나아지나 했는데 엄마의 엄지발가락이 또 이유도 없이 탈이 났다. 연고를 수시로 바르는데 좋아지는 기미가 보이지 않고 자꾸 더 심해지고 있었다. 옆에 계신 할머니는 얼른 병원 가서 발톱을 빼 버리면 괜찮다고 했다. 듣는 순간 생각만 해도 너무 끔찍했다.

겁이 많은 엄마도 어떻게 발톱을 빼 버리냐고 무서워하셨다. 그러자 그 할머니는 당신 발톱을 보이면서 "고까짓 것 눈 깜짝하면 되는데 고생스럽게 그러고 있느냐"며 엄마를 설득했다. 엄마는 무서워하면서 말씀하신 할머니의 말에 "그럼, 한번 빼볼까?" 하셨다.

남편 역시 발톱을 빼는 것은 섬뜩하다며 일단 피부과에 모시고 갔다. 의사 선생님께서 마취하고 빼면 되는데 며칠간은 고생스럽다고 했단다. 그렇지 않으면 약을 먹으면서 치료해야 한다고. 그런데 아직 엄마 상태가 약을 먹을 수 없으니 지금 상황으로는 연고만 바르면서 치료할 수밖에 없다고 했다.

발톱은 날로 심해져 또 신발을 신을 수가 없었다. 나는 엄마를 병원에 모시고 난 후 앞으로 얼마간 오래 살지 못할 거란 생각 때문에 엄마에게 필요한 모든 것을 무조건 새것으로 구입해 드렸다.

병원에서는 어르신들께 슬리퍼는 넘어지기 쉽기 때문에 편한 실내화를 신도록 했지만 엄마는 도드라진 발톱으로 실내화조차 신을 수가 없어 슬리퍼를 구입하러 신발 가게를 갔다. 그런데 여러 가지 슬리퍼 색깔에 고민이 생겼다. 평소 엄마는 신발을 구입하거나 옷을 고를 때 성격이 까다롭기 때문이다.

엄마가 젊은 시절에 언니들이 옷을 사다 주면 마음에 들지 않는다며 돈으로 받길 원했다. 언니 또한 엄마의 까다로운 성격 때문에 몇 번을 실패하고 나중에는 아쉽게도 옷을 사다 주는 일이 없어지고 말았다. 대신 엄마는 용돈으로 받을 때 제일 흐뭇해하셨다.

나 역시 엄마를 제일 잘 아는 막내딸이지만 엄마에게 드릴 물건을 고를 때면 한참을 고민한다. 신발 가게에 진열되어 있는 슬리퍼를 몇 켤레나 신어 보고 색깔을 고르면서 얼마나 신중했는지 모른다. 평소 엄마는 얼룩덜룩한 색상을 별로 좋아하지 않으셨다.

드디어 엄마가 가장 좋아할 것 같은 밝고 깨끗한 핑크색과 녹색이 섞여 있는 슬리퍼를 골랐다. 조금 화려하지 않을까 했지만 색감이 우중충하지 않고 화려하면서 세련미가 있어 엄마가 좋아하실 듯했다.

엄마는 슬리퍼를 보자마자 "곱다. 정말 곱다. 내가 이렇게 좋은 슬리퍼를 신어도 되느냐"며 흐뭇해하셨다. 이럴 때면 내 마음이 날아갈 듯 기분이 좋아진다.

엄마에게 슬리퍼를 신겨 드리니 너무나 과분하다며 "어떻게 내 발에 꼭 맞기까지 하냐"며 눈시울을 붉히셨다. 함께 갔던 복덩이는 할머니가 좋아하시는 모습이 참 귀엽다고 했다.

우리가 기념 촬영을 해야 한다며 사진을 찍으려 하자, 엄마는 슬리퍼 신은 발을 들어 올렸다. 보고 있던 복덩이가 할머니에게 발을 올리지 않아도 잘 나온다고 말하자 힘없는 발을 내려놓으면서 빙그레 웃으셨다. 엄마는 기분이 좋아 당신도 모르게 발을 올리셨던 것이다.

사진을 찍고 난 후, 엄마는 슬리퍼를 가지런하게 한쪽으로 놓아 두셨다. 아마 당장이라도 일어나 새 신발을 신고 달려 나가고 싶었을 것이다. 그날만큼은 엄마의 기분이 어릴 적 내 마음처럼 행복하셨으리라.

내가 어린 시절에는 명절에만 새 옷을 입고 새 신발을 신을 수 있었다. 엄마는 명절 전에 농사지었던 잡곡과 야채를 가지고 시장에 나가 팔아 명절을 준비하셨다. 제일 먼저 구입했던 것이 자식들 옷과 신발이었을 것이다.

새 옷과 새 신발을 장롱에 넣어 두고 잠도 자지 못하고 몇 번이나 꺼내 신어 보고 다시 장롱에 넣어 두었던 기억이 난다. 얼마나 곱고 예쁘던지 바라만 보아도 행복했다.

하지만 행복한 시간도 잠시, 엄마는 걷는 것조차 힘이 들어 신발이 조금만 무거워도 신을 수가 없으셨다. 예쁜 신발을 몇 번 신겨 드리지도 못하고 헤어진 지금, 맘이 울컥해진다.

울긋불긋한 신발을 정리하면서 다시 엄마가 떠오른다. 엄마의 조그만 발을 다시 한번 볼 수만 있다면….

4

2017년 제45회 어버이날

2017년 5월 8일, 45회 어버이날이었다. 어버이의 은혜에 감사하고 어른과 노인을 공경하는 경로효친(敬老孝親)의 전통적 미덕을 기리는 날로 지정한 법정기념일이다.

어버이날은 1956년 5월 8일을 '어머니날'로 지정하여 기념해 오다가 1973년 3월 30일 대통령령으로 '각종 기념일 등에 관한 규정'이 제정·공포되면서 '어버이날'로 변경되었다고 한다.

나실 제 괴로움 다 잊으시고
기르실 제 밤낮으로 애쓰는 마음
진자리 마른자리 갈아 뉘시며
손발이 다 닳도록 고생하시네
하늘 아래 그 무엇이 넓다 하리오
어머님의 희생은 가이없어라.

어려선 안고 업고 얼러 주시고

자라선 문 기대어 기다리는 맘
앓을사 그릇될사 자식 생각에
고우시던 이마 위에 주름이 가득
땅 위에 그 무엇이 높다 하리오
어머님의 정성은 지극하여라

사람의 마음속엔 온 가지 소원
어머님 마음속엔 오직 한 가지
아낌없이 일생을 자식 위하여
살과 뼈를 깎아서 바치는 마음
인간의 그 무엇이 거룩하리오
어머님의 사랑은 그지없어라

양주동 박사가 작사하고, 이홍렬이 작곡한 <어머니의 마음>이다. 아마 이 노래를 모르는 사람은 없을 것이다.

나는 가끔 엄마를 생각하며 이 노래를 부르곤 한다. 부르다 보면 나도 모르게 눈물이 흐르기도 하고 가슴앓이를 하기도 한다. 부르면 부를수록 마음을 울리기도 하지만 기억 속으로 사라졌던 엄마의 사랑이 나의 가슴 깊은 곳으로부터 다시 꺼내어져 엄마와의 젊은 날을 회상하곤 한다.

어버이날 전날에 엄마가 좋아하는 옛날 과자와 둘째 언니가 만들어 준 깨죽을 가지고 갔다. 할머니들이 모두 좋아하시는 과자와 음식이었다.

깨죽은 따뜻하게 데우고 소금과 설탕을 별도로 가져갔다. 내가 먹어 봐도 정말 맛있는 깨죽이었다. 엄마와 함께 계신 어르신들은 흐뭇해하시며 맛있게 깨죽을 드셨다.

엄마에게 "엄마, 내일이 어버이날인데 꽃 사다 줄까?"라고 물으니 "꽃은 무슨 꽃이여, 필요도 없는 꽃 절대 사 오지 말거라" 하시며 거절하셨다. "그래, 차라리 엄마 먹고 싶은 것 맛있는 거 많이 사다 줄게."

오늘만큼은 특별하게 엄마를 만나러 가고 싶은 날이다. 복덩이와 찰떡도 어버이날이라며 함께 따라나섰다.

우선 어르신들께 나누어 드릴 가래떡을 따뜻하게 데우고 참외를 깎아 통에 담았다. 그리고 담아 드릴 접시와 찍어 먹을 꿀을 조그마한 통에 담고 일회용 비닐장갑까지 챙겼다.

준비하는 시간 동안 따뜻한 가래떡이 조금이라도 식을까 봐 정신없이 병원으로 향했다. 사실 간식은 오후 2시에서 3시 사이에 드려야 가장 적당한 시간이다. 분명 오전에 간식을 드시면 점심을 드실 수 없다는 것을 알지만 오후까지 기다리기엔 너무 지루했다.

병원에 도착하자마자 할머니들이 "오늘은 무엇을 가져왔느냐"며 반갑게 맞이해 주셨다. 나는 준비한 떡과 참외를 접시에 담아 드렸다.

할머니들은 이렇게 하얀 떡이 맛있는 거라면서 어떻게 이렇게 따끈따끈하게 가져왔느냐며 고맙다는 칭찬을 연거푸 하셨다. 그때까지 식지 않은 따뜻한 떡이 얼마나 고마웠는지…. 결국 할머니들은 점심 식사를 하지 못하셨고, 식판이 모두 밖으로 쫓겨나고 말았다.

엄마는 어제보다 오늘은 기분이 더 좋은 날이다. 항상 우리 가족만 다녀가곤 하지만 오늘은 엄마 막내아들이 다녀간 것이다.

내가 도착하자마자 막내아들이 호박식혜를 만들어 가져오고 막내아들의 딸이 카네이션을 사서 보냈다며 자랑하셨다.

그렇다. 엄마는 아들이 다녀간 것이 기분 좋았고, 카네이션을 손녀딸이 보냈다는 사실에 감동을 받은 것이다. 오빠네가 가끔 아주 가끔이라도 엄마를 찾아와 줘서 정말 고맙다.

엄마는 내가 열 번 찾아가도 아들이 한 번 찾아오는 걸 더 기뻐하신다. 먹고사는 데 힘들겠지만 엄마가 기다리다 지치지 않을 때 찾아왔으면 하는 바람뿐이다.

나는 엄마와 함께 놀다가 엄마의 밝은 모습을 남기고 싶어 휴대전화를 열었다. 엄마에게 셀카 화면을 열어 보이자 엄마는 "쭈그렁이가 다 된 늙은이 얼굴을 뭐 한다고 찍냐"면서도 얼굴을 내밀어 주셨다. 그리고 셀카를 보면서 환하게 웃으셨다.

복덩이와 찰떡과 함께 몇 번을 찍고 엄마에게 사진을 보여 드렸다. 엄마는 눈이 잘 보이지 않지만 신기하게도 당신의 얼굴은 보이는 듯했다. 그러더니 가슴에 달린 카네이션이 보이지 않는단다.

우리는 다시 가슴에 달린 카네이션을 찍기 위해 다시 셀카를 찍었다. 그때야 엄마는 사진을 보시더니 잘 나왔다며 흐뭇해하셨다. 엄마도 우리처럼 기념사진을 찍고 싶었던 걸까. 아니다. 그저 딸과 손주들과 함께하는 시간이 좋았을 것이다.

한참 동안 웃으면서 놀다 보니 어느덧 어두침침한 저녁이 되었다. 엄마는 "어서 가서 쉬어라. 어제 왔다 갔길래 오늘은 생각도 못 했는데 왔어." 하셨다.

엄마와 헤어지면서 서로 손을 흔들었다. 그러다가 다시 뒤돌아서 손을 잡았다. 엄마의 손은 따뜻했고 부드러웠다. 엄마도 내 손을 꼭 잡아 주면서 어서 가라 하신다.

손을 몇 번이나 흔들고 다시 와서 또 손을 잡고 그러다가 냉정하게 뒤돌아섰다. 다시 뒤를 돌아본다면 영영 집으로 오지 못할 것 같은 생각이 들었다.

이제는 세월에 늙어 쪼그라들고 몸집이 너무 작아지신 엄마지만 우리 가족을 위해 헌신하며 희생하신 엄마, 우리 엄마….

나는 엄마의 딸, 엄마는 나의 엄마, 복덩이와 찰떡에게는 할머니…. 불러도 불러도 부를수록 보고 싶고, 그리워할수록 내 가슴이 아리고 먹먹해진다.

한자에서 바다(海)라는 글자 속에 어머니(母)가 내포되어 있다. 그래서 바다 같은 어머니, 어머니 같은 바다가 모든 생명의 어머니이며, 어머니는 나를 품었던 최초의 바다였다는 사실을….

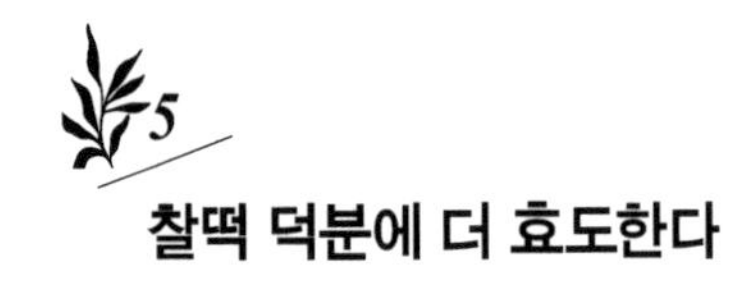

찰떡 덕분에 더 효도한다

추운 겨울을 보내고 따뜻한 봄날이 돌아오자 집 안이 조금 칙칙하게 느껴졌다. 집 안 봄 단장을 하려고 수납장을 구입하기 위해 생활용품 가게에 들렀다. 가게는 집 근처에서 조금 떨어져 있으나 재래시장 쪽에 있어 운동 삼아 걸어갔다.

시장에 다다르자 식탁에 오르는 온갖 채소와 양념거리들이 온통 시장 도로를 점령하고 있었다. 싱싱한 채소들을 보자 오래전 엄마를 따라다녔던 기억으로 사고 싶은 욕망이 불타올랐다.

시장에는 온갖 채소와 양념들이 나의 눈을 유혹하고 있었다. 그래서 사려고 했던 수납장보다 먼저 대파, 콩나물 등 반찬거리와 '이 정도는 들고 갈 수 있겠지' 싶어 무거운 고구마까지 샀다. 그런 다음 수납장을 사서 양손으로 들고 갈 수 있도록 잘 꾸린 다음 집을 향해 걸었다.

그런데 아뿔싸! 처음에는 무거운 줄 모르고 걷다가 집까지 걸어오는데 혼쭐이 났다. 중간에 몇 번을 쉬었지만 장난 아니게 힘들었다. 시장에 갈 때는 빈손이어서 가깝게 느껴지던 거리가 손에 짐을 들고 걸어가려니 우리 집이 너무 멀게 느껴졌다. 팔이 아프고 손가락이 저려 왔다.

어쩔 수 없이 중간에 두어 번 쉬면서 엄마 생각으로 가슴이 뭉클하게 아려왔다. 엄마는 우리 가족에게 맛있는 요리를 해 주기 위해 매일 재래시장을 다녔다는 생각이 들어 마음이 아팠다.

어느 날인가는 엄마가 "오늘은 시장에 갔는데 걸어올 수가 없어 몇 번을 쉬고 또 쉬고 이제 다리가 아파서 시장에 못 가겠더라" 하셨던 말이 생각나 더욱 나의 마음을 흔들어 놓았다.

그럴 때마다 나는 엄마에게 "뭐 하러 그렇게 힘들게 시장을 다니냐"고 화를 냈던 적이 생각나 눈물이 솟구쳤고 가슴을 부여잡았다. 생각할수록 자꾸만 미안한 마음뿐이다.

엄마 생각으로 집까지 걸어오면서 팔이 아프고 손가락에 쥐가 나는데도 쉬지 않고 정신없이 걸었다. 얼른 집에 가서 엄마에게 고기를 구워 드리고 싶은 마음뿐이었다.

집에 도착하자마자 고기를 꺼내 굽기 시작했다. 마침 찰떡이 학교에서 일찍 귀가하여 공부를 하고 있었다. 나는 찰떡에게 할머니한테 구워 드리자며 준비하는 걸 도와달라고 부탁하고 재빠르게 구워 냈다.

오후 5시가 조금 넘은 시간이었다. 엄마가 계신 병원 저녁 식사 시간은 5시 30분이다. '제발 오늘만은 식사 시간을 조금 늦게 주세요' 하는 바람뿐이었다.

고기를 구워 잘게 잘게 엄마가 드시기 편하게 잘랐다. 된장과 상추까지 부랴부랴 준비를 마치고 헐레벌떡 병원으로 뛰었다.

할머니에게 고기를 드시게 하려고 먼저 찰떡이 출발하고 내가 뒤따라 도착했는데 엄마는 저녁을 드신 후였고, 저녁이라야 한두 수저 드시면 그만이었다. 엄마는 밥맛이 없다며 고기를 한 점만 드시고 내려놓으셨다. 오늘은 배가 불러서 남겨 놓았다가 내일 드신다고 했다.

엄마는 젊어서는 고기를 드시지 않아 고기를 거의 드시지 않았는데 나이를 드신 이후 가끔 고기를 드시고 싶어 하셨다. 어느 날은 맛있게 드시다가도 어느 날은 전혀 드시지 못하는 날도 있어서 드실지 못 드실지를 고려하지 않고 중간중간 체크를 하면서 고기를 준비해 드리곤 했다.

나는 후회가 됐다. 고기를 구우면서 저녁을 드시지 말라고 전화라도 했더라면 고기를 두 젓가락은 드셨을 텐데 말이다. 정신없이 고기만 구워 가져다 드릴 생각만 했던 것이다. 아들과 나는 바보짓을 한 것이다.

고기를 굽기 전 병원으로 먼저 전화했으면 얼마나 좋았을까, 몇 번이나 후회하면서 아쉬워했다. 우리는 미리 전화할 생각조차 하지 못했고, 얼른 가져갈 생각만 했던 것이다.

찰떡도 그렇게 정신없이 병원으로 달려갔지만 이미 식사가 끝난 후였던 것에 얼마나 아쉬워했는지 정말 안타까웠다. 하지만 우리는 할머니에게 한 번이라도 고기를 드시게 했으니 얼마나 다행이냐며 스스로 위안했다.

찰떡은 학교 수업이 끝나면 집으로 오기 전 병원에 들러 할머니와 함께 놀다가 집으로 돌아오곤 했다. 그렇게 찰떡은 언제나 할머니를 먼저 생각했다. 병원에 손수 가거나 내가 부탁해서 심부름을 보낼 때에도 불평불만을 한 번도 한 적이 없다.

그날도 할머니가 고기를 드시지 못한 것에 찰떡이 얼마나 마음 아파했는지 나는 안다. 그래도 찰떡 덕분에 엄마에게 더 효도할 수 있는 기회를 많이 얻었으니 이 글을 통해 찰떡에게 고마움을 전하고 싶다.

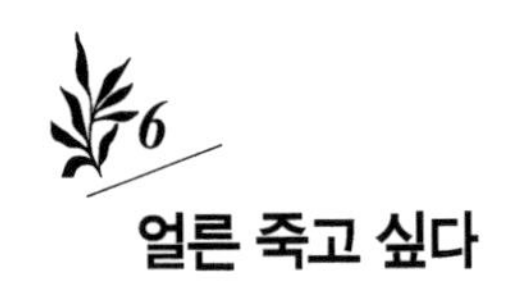

얼른 죽고 싶다

찬 바람이 매섭게 불어오는 겨울날이었다. 엊그제 남편이 엄마 침대에 전기매트를 깔아 주어서 따뜻할 거라 생각하고 안심하지만 그래도 엄마가 걱정되었다.

오늘은 엄마에게 따뜻한 내의를 선물할까 한다. 작년까지 입었던 내의가 후줄근해져 병원에 가기 전 속옷 매장에 들러 따뜻한 내의를 골라 본다. 여러 가지 내의를 만져 보다 복덩이가 내의 안쪽에 보들보들한 털이 있는 것으로 골라 준다. 정말 보드라웠다.

화장품 매장에 들러 로션도 구입했다. 엄마 피부는 좋은 피부라서 잘 바르지 않지만 날씨가 추워지면 피부가 건조해질 것이고, 쓰고 남은 로션도 조금밖에 남지 않았을 거란 생각이 들었기 때문이다. 그리고 어르신들과 함께 나누어 먹을 빵을 구입했다.

오늘은 엄마에게 드릴 선물이 풍성해서 기분이 좋고 복덩이와 함께해서 병원으로 들어가는 발걸음도 가볍다.

나는 병원 가기 전 항상 엄마의 모습을 상상한다. 오늘은 어떤 모습으로 계실까? 내가 가장 싫어하는 엄마의 모습은 누워 계시는 모습이다. 거기다가 링거까지 맞고 계시는 모습을 보면 겁부터 나고 내 마음을 더욱 아프게 한다.

엄마는 누워 있기도 하고 앉아 있기도 하고 밀대를 의지하면서 끌고 다니는 것으로 로비를 왔다 갔다 하면서 운동을 하시기도 한다.

내가 가장 기분 좋은 날은 병원의 엘리베이터를 타고 문이 열렸을 때 엄마가 로비에 나와 계시는 모습을 발견할 때이다. 그날은 로비에 계시지 않았고 병실로 들어가 보니 엄마는 침대에 조용히 누워 계셨다.

"엄마!"

"할머니!"

엄마가 깜짝 놀라며 반가워하셨다. 추석 전날 넘어져서 다리를 다쳐 걷지 못하다가 이제야 다리가 나았다. 의지하며 끌고 다니는 것도 한쪽으로 치우쳐 있고 지팡이만 꺼내져 있었다. 엄마의 몸이 호전되어 기분이 좋아 보였다.

우리가 준비한 선물들을 풀어 놓자 엄마가 매우 좋아하셨고, 내의를 갈아입히자 해맑게 웃으셨다. 내의는 작지도 크지도 않고 엄마 몸에 딱 맞았다. 몸은 왜소하지만 따뜻한 내의를 입혀 드리니 엄마가 참 예뻐 보였다.

새로 구입한 로션도 매만지며 좋아하셨다. 우리는 침대 위에 올라앉아 재미있는 시간을 보냈다. 그런데 엄마는 행복해하면서도 우리가 듣고 싶어하지 않는 말씀을 자주 꺼내셨다.

엄마는 "얼른 빨리 죽고 싶다. 거짓말이 아니다. 이 늙은이가 우리 딸, 사위, 손자, 손녀를 고생시켜서 되겠나. 하느님, 이옥순 마리아를 얼른 데려가 주세요. 밥 잘 먹고 잠자고 있을 때 꼭 데려가 주세요."라고 날마다 기도를 한다고 하셨다.

함께 계시는 할머니들과도 저세상으로 얼른 가자고 한다고까지 하셨다. 울컥한 마음이 들면 하염없이 눈물이 흘러내리기 때문에 난 항상 엄마 앞에서는 강한 척하려고 한다. 그런데도 나도 모르게 눈시울이 붉어지는데 옆에서 복덩이가 훌쩍거리고 있었다.

엄마가 딸에게 미안한 마음으로 얼른 가고 싶다고 하는 걸 나는 안다. 나는 다시는 "얼른 죽고 싶다"는 소리 하지 말라고 했지만 쇠약해 가는 엄마의 마음은 오죽할까 하는 생각이 들어 가슴이 먹먹하다. 우리는 엄마에게 건강하고 편안하게 계셔야 우리를 도와주는 거라고 위로의 말을 건넸다.

요즘, 엄마는 눈에 띄게 말라 가고 있다. 원래 활동적인 사람이었지만 이제는 다리가 새 다리가 되어 버렸다. 걸으면 금방이라도 넘어질 것처럼 보여도 강단이 있어 보였다. 지난번에 넘어진 이후 다리를 다쳐 침대에서 누워 앉았다 일어났다밖에 할 수 없다.

그동안 엄마는 힘은 없지만 스스로 걸을 수 있어 얼마나 다행이라고 생각했는지 모른다. 그런데 몇 달을 버티지 못하고 또 주저앉아 버렸다.

옆에 계신 할머니가 운동을 해야 한다며 밀대를 밀고 다니시는 모습을 보니 마음이 아프고 부러웠다. 엄마도 부러우신 듯 물끄러미 어르신을 구경하고 있다.

나는 엄마를 물끄러미 바라보다가 기분을 전환시켜 주기 위해 말문을 열었다.

"엄마! 오늘 엄마 얼굴이 참 예쁘다."

"뭐가 그려."

"뭐가 그래, 엄마도 젊었을 때는 예쁘다는 소리 많이 들었다고 했잖아."

엄마는 예쁘다는 소리에 흐뭇해하며 내 손을 만져 주신다.

정말 오늘은 다른 날보다 엄마 얼굴이 참 예쁘다. 우윳빛처럼 뽀얗고 곱다. 엄마 손을 만져 보니 정말 부드럽다. 이제는 살가죽만 남아 있는데도 피부가 정말 좋다. 복덩이는 할머니 피부를 닮지 않았다며 어리광을 부린다.

오늘은 엄마 기분이 좋아 돌아오는 길에도 발걸음이 가볍다. 엄마가 자유롭게 움직일 수 없어 조금 아쉽지만 엄마 기분이 좋으면 나도 덩달아 기분이 좋다. 이번 한 주는 기분 좋은 날만 있을 것 같다.

엄마는 우리가 오고 가며 무슨 일이 일어날까 봐 걱정된다며 항상 몸조심하라고 당부하셨다. 언제나 속으로는 우리가 오는 걸 좋아하면서도 겉으로는 괜찮다고 말씀하신다.

이 세상에서 가장 아름다운 영어 단어를 앙케이트로 조사

했더니 'Mother(어머니)'가 뽑혔다고 한다. 동양이든 서양이든 'Mother(어머니)'는 가장 아름다운 단어라고 한다.

낳아 주시고 키워 주시고 어떻게 말로 다 표현할 수 있을까? 엄마라는 단어에서 가슴이 먹먹해지고 "엄마!" 하고 부르면 콧등이 시큰해진다.

엄마! 엄마! 엄마! 아기가 '엄마'라는 말을 하기 위해서는 무려 5천 번의 연습을 해야만 할 수 있다고 한다. 태어나면서부터 죽는 날까지 우리는 얼마큼 엄마라는 단어를 부르며 살고 있는지 헤아릴 수 없을 것이다.

누구도 엄마 없이 태어나지 않았다. 외롭고 힘이 들 때도 엄마 곁에서 의지하며 살아가고 있다. 엄마! 이렇게 많은 이야기를 담고 있는 단어가 또 있을까. 이렇게 오래도록 가슴을 울리는 절절한 단어가 또 있을까.

엄마! 엄마! 엄마!

오늘도 나는 엄마 때문에 눈물을 쏟는다.

7 

갓난아이처럼 보살펴야 한다

"야야, 너 내일 물김치 좀 가져와라. 알았지? 알았어, 몰랐어!" 수화기에서 들려오는 엄마의 목소리. 엄마는 언제나 다짜고짜 당신이 하고 싶은 말만 하고 전화를 뚝 끊어 버린다.

전화기를 들고 있어 봐야 상대방의 소리를 듣지 못하기 때문이겠지만 이럴 땐 정말 냉정하기 그지없다. 나는 엄마의 쩌렁쩌렁한 목소리로 말문이 막혀 버리고 한참 동안 귓전에 맴돌고 귀가 먹먹하기까지 한다.

가끔 엄마도 귀가 꽉 막혔다며 하소연을 하기도 하지만 어떻게 그리 큰 소리가 나오는지 놀라울 때가 있다. 그것 또한 엄마가 건강하다는 이유이니 천만다행으로 생각해야 함에도 엄마의 전화 소리를 듣게 되면 섭섭함을 느끼면서 자식으로서 생각해서도 안 되는 미운 마음을 갖게 된다.

나는 휴일이면 엄마가 계시는 병원을 찾는다. 그런데도 엄마는 어김없이 쉬는 날을 기다렸다가 휴일 전날부터 전화를 하신다. '모처럼 쉬는 날에 딸도 좀 쉬면 안 될까?' 딸 생각은 안중에도 없는 듯하여 섭섭하게 느껴진다.

어떻게 쉬는 날을 그리도 잘 아시는지, 달력에 표기된 빨간색 숫자를 어쩌나 용하게 알아내시는지 정말 "시켜서 하는 일은 하려다가도 하기 싫어진다"는 말처럼 엄마의 전화가 먼저 걸려오면 병원에 가려고 했던 마음이 바로 사라진다.

하지만 일주일 내내 손꼽아 달력만을 바라보았을 것을 생각하면 얼마나 애타게 기다렸을까. 하는 찡한 울림이 와서 곧장 이것저것 챙겨 병원으로 달려간다.

오늘은 금요일이다. 모처럼 저녁 모임이 있어 식사를 하려는데 벨소리가 울린다. 어김없이 병원에서 걸려 오는 전화다. '금요일인데 무슨 전화지?' 갑작스럽게 심장이 콩알만 해지고 가슴이 먹먹해져 밥 한 술 뜨려다가 그만 입맛을 잃고 말았다.

그동안 여러 차례 엄마 상태가 좋지 않다는 간호사의 연락을 받고 나서부터 병원에서 걸려 오는 전화는 내용을 듣기도 전에 무서움과 두려움으로 내 몸을 얼어붙게 만든다. '왜 그러지? 엄마가 더 악화되었을까?' 그렇게 여러 번 가슴이 철렁하게 되자 이제는 전화 울렁증이 생길 정도이다.

오늘도 역시 한 주일을 얼마나 기다리셨는지 아니면 금요일을 토요일로 착각하셨던지 금요일 저녁부터 벨소리가 울린다. 그렇게 두려움으로 전화를 받고 보면 어김없이 엄마의 미션이다.

엄마는 한 주 한 주 번갈아 가며 요구 사항을 말하신다.

"상추와 된장 가져와라. 물김치 담가 와라. 간장 가져와라, 김치 맵지 않게 가져와라, 식혜 가져오너라, 베지밀 사 와라, 호박엿 사 와라, 치약, 칫솔 가져와라." 등등이다.

때로는 미리 가지고 갈 것을 알려줘서 고민하지 않아도 되니까 편안할 때도 있다.

몇 주 전에는 상추와 된장을 가져오라고 하기에 남편에게 고기를 구우라고 했다. 그러자 남편은 "엄마가 상추와 된장 가져오라는데 무슨 고기냐?"고 묻는다. 엄마도 눈치가 삼단이라 딸에게 미안한지 가끔 돌려서 말한다는 것을 나는 알고 있다.

나는 이제 엄마의 마음을 꿰뚫어 보는 돋보기를 가지고 있다. 옛 속담에 "열 길 물속은 알아도 한 길 사람 속은 모른다"고 했지만 내가 엄마와 함께한 시간이 길다 보니 엄마의 마음을 꿰뚫어 보는 현미경이 되었다.

나도 주말이면 편하게 쉬고 싶고 편하게 놀러 다니고 싶다. 그렇다고 놀러 다니지 않는 것은 아니지만 바깥에서 시간을 보낼 때면 마음이 홀가분하지 않다.

얼마 전 주말에는 쉬지도 못하고 전날 먹었던 게 체했던지 끙끙 앓다가 그만 한밤중에 응급실에 가게 되어 엄마를 방문하지 못한 사태가 벌어졌다. 그렇지 않아도 엄마 걱정이 앞섰는데 전화 소리가 빗발쳤다.

전화를 받자마자 엄마 목소리가 쩌렁쩌렁하다. “여태 기다렸는데 뭐 하느라고 에미 들여다보지도 않느냐”며 당신 소리만 하신다. 그런 날은 엄마가 화가 잔뜩 나 있어서 내 말은 아예 듣지도 않으려 한다.

딸 생각은 안중에도 없는 엄마라는 존재에 대해 얼마나 서운했는지 모른다. 곧장 언니한테라도 하소연하고 싶지만 꾹 참고 만만한 우리 가족에게만 털어놓는다.

그러다 보니 나는 언니와의 관계가 소원해져 더욱 말을 아끼게 되는 안타까운 사태가 생기기도 했다. 가끔 언니한테 하소연을 하게 되면 언니들은 엄마가 하루빨리 세상을 떠나시길 기다린다는 것을 알기 때문이다.

“우리는 자식으로서 아버지가 죽는 것을 기다리고 있는 것 같았다. 하지만 자식인 우리는 그걸 말로 표현하기를 꺼렸다. 그리고 서로 어떤 생각을 하는지 잘 알고 있었다.”

나쓰메 소세끼의 『마음』에 나오는 문장이다. 평소 엄마는 나를 많이 귀찮게 하셨다. 어쩌다 참을 수 없어 언니에게 일 년에 한두 번 엄마 이야기를 하게 되면 언니들은 한숨만 쉰다.

자식으로서 할 말이 아니란 것을 알기에 겉으로 표현하지는 않지만 우리 모두 똑같은 마음을 가지고 있다는 것을 알 뿐이다. 이 책을 읽으면서 위 문장이 얼마나 적절한 표현이던지 내 뇌리에 박혀 잊히지 않는다.

2018년도에 엄마 나이 90세였다. 당시 엄마와 함께한 지 55년이 흘렀던 때였다. 총기가 좋았던 엄마는 몸은 몸대로 따로 놀고 마음은 마음대로 따로 있었다. 몸과 마음이 일치되지 않았던 것이다. 자꾸 총기가 좋았던 젊은 시절 이야기만 하신다.

"나이는 못 속인다"는 말처럼 엄마는 몸과 마음이 따로 노는 노화가 무르익어 버린 것이다. "사람의 마음이 하루에 열두 번도 더 변한다"고 하듯 엄마의 마음도 셀 수 없이 변했다.

된장을 가져오라 해서 조그마한 통에 담아 가면 적다고 핀잔을 주고, 큰 통에 담아 가면 많이 가져왔다고 잔소리를 하셨다. 내가 담력이 커져서 그러려니 생각하지만 처음에는 얼마나 많이 힘들었는지 모른다.

엄마의 마음을 헤아리고 또 헤아리고 장단 맞추기란 생각보다 쉽지 않았다. 그래서 "나이를 먹으면 아이가 된다"고 했나 보다 싶다. 엄마가 살아 계시는 동안 갓난아이처럼 보살펴야 한다는 것을 다시 한번 되새김질해 보는 시간이었다.

더 이상 아름답지 않은 삶

"죽고 싶어. 죽지 않으면 안 돼. 살아 있다는 것 자체가 죄의 씨앗이야."

"인간 실격 이제 더 이상 인간이 아니었습니다."

"진정한 폐인", "진통제 중독", "나 정말 거짓말이 아니다."

일본 작가 다자이 오사무의 『인간 실격』에 나오는 문장이다.

엄마 나이 90세가 넘었을 때 일이다. 몸이 불편하여 침상에서 내려오지 못하시자 자주 하시는 말씀이었다. 종종 이런 상황이 발생되었지만 엄마는 의지가 강하셔서 회복되기도 했다. 하지만 이번에는 일어나기 쉽지 않고 오래도록 침상에 찰떡처럼 붙어 계셨다.

엄마를 만나고 온 저녁에 꿈을 꾸었다. 꿈속에서 갑작스러운 차 사고로 내 왼쪽 다리 전체가 바스라지는 꿈을 꾸었다.

불안한 마음으로 출근하고 있는데 엄마가 계시는 병원에서 전화가 걸려 왔다. 엄마가 이제 전혀 일어나지 못하신단다. 이틀 전까지만 해도 움직이시는 데 아무렇지 않았는데 내가 꿈을 꾸고 난 다음 날부터 엄마는 침상에서 전혀 내려오지 못한다고 전해 왔다.

노모가 계시다 보니 언제부터인가 꿈을 꾸면 맞는 상황이 일어나곤 했다. 신기하게도 돌아가시기 한 달 전 엄마는 하얀색 저고리에 파란색 치마를 입고 나타나셨다. 꿈에서도 엄마는 너무나 곱고 예쁘셨다. 다른 꿈과 달리 엄마는 나와 좀 떨어진 상태로 나를 빤히 바라보고 계셨다.

난 엄마에게 다가가 "엄마, 내 걱정 안 해도 돼. 이제 괜찮아." 하면서 엄마를 꼭 껴안아 드리고는 등을 다독여 드렸다.

그리고 엄마가 돌아가시기 이틀 전 먼저 가신 큰오빠가 꿈에 나타났다. 난 큰오빠에게 "오빠, 조금만 기다려 줘. 지금은 안 돼."라고 큰 소리로 외치다 깜짝 놀라 꿈에서 깨어났다.

평소에는 꿈이 아닌 것처럼 종종 꿈을 꾸기도 했었다. 꿈속에서 엄마는 친구분들을 따라 놀러 나가셨다. 비가 내리는데 엄마가 오질 않는다. 우산을 챙겨 들고 버스정류장까지 나가 본다. 엄마는 보이지 않고 다른 엄마 친구들만 보인다. 한참을 기다리니 우리 복덩이와 찰떡이 보이는데 아주 어렸을 때 모습이다. 그러더니 엄마가 보인다.

나는 엄마를 보자마자 다시는 할머니들 따라가지 말라며 다그쳤다. 엄마 친구분에게도 앞으로는 절대 우리 엄마 데려가지 말라고 호통을 쳤다. 엄마는 아무 말씀도 하지 않으시며 내 옆에 꼼짝없이 붙어 있었다. 깨어 보니 꿈이었다.

"내가 자꾸 아프다고 말하면 의사도 간호사도 얼마나 듣기 싫겠냐. 아프다는 것도 한두 번이지. 여기 노인네들이 얼마나 많아. 여기저기 아프다고 하면 간호사도 얼마나 힘들겠어. 그래서 나는 꾹 참고 괜찮다고만 해."

엄마는 아프면서도 간호사가 힘들어할까 배려했고, 혹여라도 의사나 간호사가 짜증을 낼까 두려워 소리 없이 계셨다. 엄마는 아프면서도 아프다는 말도 하지 않으시고 꾹 참으셨다가 결국 하소연을 했다.

간호사들이 너무나 싸가지가 없고 당신을 보는 둥 마는 둥 와 보지도 않고 가 버린다며 당장 병원을 옮겨 달라고 하셨다. "병원이 좋으면 뭐 하냐. 사람이 좋아야지."

내가 엄마를 만나러 가면 한 시간이 넘게 병원에서 일어났던 온갖 일들에 대해 말씀하셨다. 엄마 말이 전혀 틀린 말은 아니지만 엄마 말을 다 들어줄 수는 없었다. 지금 이 엄동설한에 어느 병원으로 옮긴단 말인가. 집에서 가까운 병원이 없으니 멀리 가야 한다고 설명했지만 엄마는 막무가내로 지금 당장 옮겨 달라고 애원한다. 그래서 나는 설득했다.

"엄마! 병원 옮기면 엄마한테 자주 못 가. 한 달에 한 번만 가도 돼?"

그러자 엄마는 다음 일은 생각하지 않으시고 무조건 상관없다고 하신다.

엄마는 평소 똥오줌 못 가리고 있을 바엔 죽어야 된다고 생각하신 분이다. 그런데 이렇게 몸져 누워 버리고 당신 몸을 가누지 못하시니 얼마나 비참하겠는가. 아마도 엄마는 당신 모습이 너무나 창피해서 아무한테도 보여 주기 싫은 곳으로 가고 싶어 병원을 옮겨 달라고 하시는 거라는 걸 나는 충분히 알고 있었다.

엄마는 하소연할 사람이라곤 당신 딸밖에 없으니 내가 병원에 갈 때면 마음 안에 쌓여 있던 온갖 푸념을 불처럼 표출하셨다. 그렇게 한 시간 넘게 듣다 보면 말했던 이야기가 다시 재생된다. 그때야 나는 엄마와 헤어져야 할 시간을 알아차린다.

내가 집에서 멀리 떨어진 병원으로 모시지 않는 이유가 있다 보니 엄마의 간절한 마음을 받아들이기는 쉽지 않다. 지금 계시는 곳이 집 근처이고 병원 또한 깔끔하다. 무엇보다 제일 중요한 건 아무 때고 엄마를 보러 갈 수 있기 때문에 부족함이 전혀 없었다.

옮기려고 하면 사실 조금 떨어진 곳에 있는 병원에 지인이 있다. 병원비도 저렴하니 옮기라고 했지만 나는 돈이 저렴하다는 이유로 병원을 옮기는 것은 마음이 내키지 않아 참아 왔던 것이다.

엄마가 계시는 곳이 지인이 있는 병원보다 병원비가 두 배 정도로 비싼 곳임에도 불구하고 한 번이라도 더 발걸음할 수 있어 참고 있는데 엄마는 자식 걱정은 안중에도 없고 억지를 부리시니 모든 것을 감내하기란 너무나 어려웠다.

어떻게 하면 엄마 마음을 가라앉힐 수 있을까?

오래전에는 엄마에게 짜증을 내곤 했었다. 내가 짜증을 낼 때에는 그나마 엄마가 기력이 있을 때였기 때문이다. 이제는 엄마의 이야기에 짜증조차 낼 수 없고 화를 낼 수가 없다.

엄마가 화가 났을 때는 엄마에게 여기저기 병원을 알아봐야 하니 조금만 참아달라고 애원하고 집으로 발걸음을 옮긴다. 엄마 이야기를 잘 들어주고 알아본다고 약속하고 병원을 나오곤 했지만 매번 엄마의 마음을 다 헤아릴 수 없어 착잡한 마음으로 일상을 보내곤 했다.

나는 엄마가 받아들이지 못하셔서 화를 내는 거라고, 그러시다가 엄마도 세상을 떠나실 거라는 것을 알고 있었다. 모든 시간은 기다리지 않아도 지나가는 법이지만 나는 기도했다. 이제는 우리 엄마에게 더 이상 고통 주지 마시고 편하게 갈 수 있도록 해 달라고 부탁했다.

몇 해 전에 시어머니와 큰언니가 갑작스럽게 세상을 떠나셨다. 두 분은 세상 어느 누구보다도 마음씨 곱고 타인을 위해 사신 분들이다. 먼저 가신 분께서 엄마를 편안하게 모실 것 같다는 생각이 자꾸만 드는 이유는 엄마가 힘들어하시는 걸 알기 때문이다. 이제는 계시지 않아 소용없는 일이 되었지만 이것마저도 많은 후회가 된다.

9 

매번 갈 때마다 다른 간식

"바쁜데 뭐 하러 왔어."

엄마를 보러 갈 때마다 듣는 말이다.

엄마가 계신 요양병원은 우리 집에서 걸어서 5분 거리에 있다. 나는 집을 오가며 수시로 병원에 들른다. 그러다 보니 함께 계시는 어르신들도 "또 왔네. 딸이 가까이 사니까 얼마나 좋아." 하시면서 눈시울을 붉히며 부러워하신다.

어르신들은 너 나 할 것 없이 몸이 아프지만 나이가 있는지라 자신의 몸 상태를 체념하고 병원에 의지하고 받아들이고 계신다.

어르신들을 뵙고 나면 나는 가슴이 답답하고 우울해질 때가 많다. 하지만 한 번이라도 더 엄마 얼굴 보려고 찾아뵙고 한 번이라도 더 맛있는 것을 드리기 위해 찾아갔던 일이 얼마나 행복한 일이었던가 싶다.

오늘은 감자를 드리기 위해 일찍부터 준비했다. 냄비 한 솥을 삶기 위해서는 서둘러야만 했다. 한 시간 넘게 감자 껍질을 벗겨내고 약간의 설탕과 소금을 넣어 간을 맞춰 삶았다. 감자가 삶아지는 동안 얼른 가져다드리고 싶은데 기다리는 시간이 너무 길게 느껴졌다.

조금씩 시간이 지나자 냄비 안에서 감자 익어 가는 맛있는 냄새가 코를 자극했다. 너무나 흐뭇했다.

30분가량 지나자 냄비의 물이 닳아지고 감자는 맛있게 익어 가고 있었다. 뜨거울 때 먹어야 제맛이 나기 때문에 식기 전에 드리기 위해 병원으로 달렸다.

병원에 도착하여 모락모락 김이 나는 감자를 어르신들께 나누어 드렸다. 아직도 감자는 뜨거운 열기로 가득했다. 어르신들은 "어떻게 이렇게 포근포근하게 잘 삶아 왔느냐"며 칭찬을 아끼지 않으셨다. 또 올해 처음 먹어 보는 감자라며 흐뭇해하셨다.

병원에 가는 도중 얼마나 많은 땀을 흘렸는지 모른다. 그래도 어르신들께서 맛있게 드셨기 때문에 흘렸던 땀은 나를 더욱 행복하게 했다.

가끔 어르신이 많이 아파서 누워 계시는 날을 보게 된다. 지난주에는 건강한 모습이었는데 갑자기 병이 악화되어 계시는 걸 보면 마음이 너무 아프다.

엄마 역시 내가 병원을 찾을 때면 누워 계시는 날을 종종 보게 된다. 그래서 병실에 들어서기가 무겁고 무섭게 다가오기도 한다. 거기에다 가지고 간 간식은커녕 아무것도 드시지 못하는 날이면 할 말을 잃어버리고 만다.

엄마의 건강한 모습을 보고 헤어지는 날이면 기분이 날아갈 듯 한 주 내내 일하면서도 얼마나 행복한지 모른다. 가시는 날까지 편안히 계시다 가시기를 간절히 바라는 마음뿐이다.

매년 여름이 되면 엄마는 포근포근하며 달짝지근하게 삶은 감자를 좋아하신다. 오늘 엄마 마음을 흐뭇하게 해 준 사람은 직장 동료인 후배 덕분이다. 지난해에도 감자를 한 박스 넘게 받아 삶아 드렸었다. 그때에도 너무나 좋아하셔서 올해에도 염치없지만 부탁을 했다. 다행히 후배는 아랑곳하지 않고 감자를 캐자마자 한 박스를 가지고 왔다.

무거운 감자를 가지고 온 후배 남편에게 너무나 고맙고 감사한 마음뿐이다. 그리고 피와 땀으로 농사를 지으신 후배 어머님께도 감사하다는 말을 꼭 전해 드리고 싶다.

오래전부터 엄마가 하신 말이 있다. 시골에서 농사지은 것은 절대로 공짜로 먹어서는 안 되고, 더욱이 함부로 버려서도 안 된다고. 농사가 얼마나 힘이 드는지 잘 알기 때문이다.

나는 매주 휴일이면 엄마에게 항상 무엇을 가지고 갈 것인가를 고민하고 챙겨 간다. 매주 갈 때마다 간식이 다르기 때문에 어르신들은 내가 갈 때면 "오늘은 무엇을 가지고 왔느냐"며 이구동성으로 반갑게 맞이해 주신다. 나 역시 어르신들이 맛있게 드시면 얼마나 기분이 좋은지 모른다.

지난주에는 떡을 준비해서 갔다. 병원에서는 떡을 먹다가 어르신의 기도가 막힐 수 있기 때문에 간식으로 먹는 떡 반입을 금지한다. 그런데 안타깝게도 어르신은 떡을 매우 좋아하신다. 그래서 나는 종종 봉지에 들어 있는 떡을 준비해서 한 개씩만 나누어 드리곤 한다. 지난주에는 이틀 연속 떡을 가지고 갔다.

하루는 반달떡이 너무 맛있게 보여서 구입해서 갔다. 얼마나 맛있던지 나도 서너 개를 먹어 치웠다. 어르신 한 분이 내게 돈을 주면서 다음 주에 올 때 꼭 사 달라고 하셨다. 정말 마음이 심쿵했다.

나는 그 다음 주에도 꼭 사드리겠다고 약속했기에 다른 것과 함께 조금 사다 드렸다. 혹시나 탈이 나지 않을까 얼마나 걱정을 했는지 모른다. 다행히도 별일 없이 넘어갔지만 불안했던 가슴을 쓸어내렸던 날도 있었다.

어르신들은 많은 것을 바라지 않는다. 간식도 많이 드시지 못한다. 그저 누군가 왔다 가면 마음이 훈훈해져 외로움의 병이 나아져 어른들의 상태가 좋아지기도 한다는 것을 발견하게 된다. 외로움이 얼마나 큰 병을 유발하는지는 누구나 다 알 것이라 믿는다.

그렇다. 어르신에게 정말 필요한 것은 가족의 관심과 사랑이다. 어르신들은 외로움의 병이 크기 때문에 당신들의 말에 맞장구쳐 드리고 여기저기 아픈 곳을 물어보며 위로해 주면 된다.

엄마는 만날 때마다 "바쁜데 뭐 하러 왔느냐, 아파 죽겠다, 얼른 죽고 싶다"며 투정을 부렸지만 나는 엄마 마음을 잘 안다. 딸에게 미안해서 혹시라도 자주 오지 않을까 봐 두려웠을 것이고, 딸을 자주 보게 되어 기분이 좋다는 말을 그렇게 표현하신다는 것을….

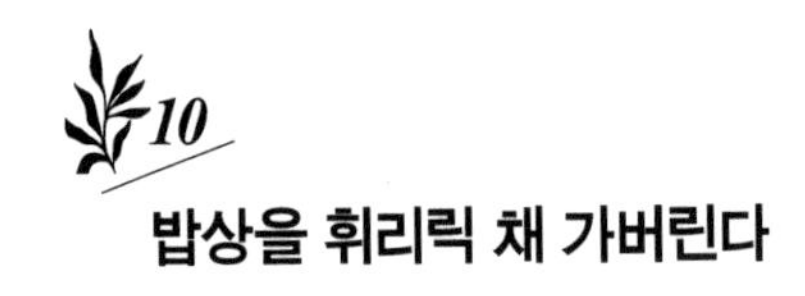

밥상을 휘리릭 채 가버린다

"엄마, 이제 우리 강해지자. 그동안 우리가 너무 조용히 하고 그러니까 무시하는 것 같네."

"근데 아줌마들이 너무 무섭다."

"무섭긴 뭐가 무서워."

"엄마가 늙었다고 무시하는 것 이제 못 참겠네. 나도 더 이상 못 참겠어."

"긍게 늙었다고 함부로 하는 것 같어. 다들 꼼짝 못 하고 한마디도 못 하고 산다."

"아녀, 이제 늙었다고 죄인처럼 있으면 안 돼. 정말 가만히 있지 말고 앞으로 함부로 하면 무조건 소리 지르고 덤벼. 그러면 지들도 무서워서 함부로 못 할걸. 우리 참지 말고 경우에 어긋나는 일이면 함부로 못 하게 해야지. 엄마 알았지?"

오늘따라 날씨가 너무 무더워서 엄마를 만나러 갔는데 온몸이 땀으로 범벅이 됐다. 엄마가 계시는 병실에 도착하자 엄마는 가슴에 쌓아 놓았던 이야기보따리를 풀어냈다.

엄마를 병원으로 모시고 종종 화가 나는 일이 있었지만 그날은 도저히 참을 수 없이 심하게 화가 치밀었던 날이었다. 내가 모시지 못하고 병원으로 모셨다는 이유만으로 종종 불만이 있어도 참고 넘어갔다. 엄마 또한 늙었다는 이유 하나만으로 숨소리조차 내지 못하고 기가 죽어 병원에 계셨다.

엄마는 온몸이 뼈만 앙상하게 남아 있다. 엄마는 나를 보자마자 추워서 못 살겠다고 하소연했다. 살가죽만 있다 보니 에어컨 바람에 추위를 이기지 못하고 계셨다. 나는 "엄마가 추우면 옷을 입어야지"라며 나도 모르게 엄마에게 짜증을 냈고, 어린아이도 아닌데 엄마를 꾸짖게 되었다.

엄마 말을 다 들을 필요는 없지만 듣는 순간 도저히 참을 수가 없어 간호사실로 달려갔다. 자초지종 엄마에게 들은 이야기를 하는데 간호사는 "어르신이 추위를 많이 타서 옷을 입으라 했다"면서 간호사는 어르신의 말을 백 프로 믿으면 안 된다는 것이다. 물론 그 말에 동감한다. 하지만 총기가 좋은 어르신들에게는 정말 억울한 일이지 않겠는가 싶다.

엄마 말을 듣고 있으려니 눈시울이 붉어진다. 엄마는 얼마나 서러웠는지 눈물을 흘리시며 요양보호사에게 억울하게 당했던 이야기를 또 하셨다.

엊그제 변비가 심해서 고생했던 일이 있었단다. 그래서 간식으로 음료를 나눠 주길래 엄마는 조심스럽게 한 개를 더 요구했다는 것이다. 그랬더니 요양보호사가 다짜고짜 더 줄 것이 없다며 엄마에게 화를 버럭 내더란다. 엄마는 요양보호사가 너무 무서워서 아무 말도 하지 못하셨다고 한다. 그런데 얼마나 억울했던지 그날 잠을 이루지 못했다며 또 눈물을 글썽거렸다.

다음 날이 되어 너무 억울해서 요양보호사 실장한테 전날의 사연을 털어놓으니 실장님이 엄마를 다독거려 드리며 하나를 더 갖다주었단다. 실장님으로 계시는 분은 엄마가 병원으로 모시게 될 때 큰 역할을 해 주셨던 분이라 엄마가 많이 따르고 의지했던 분이셨다.

얼마 후 그분은 다른 곳으로 옮겨 계시지 않자 엄마의 외로움은 더욱 심해졌다. 얼마나 마음이 상했으면 며칠이 지났는데도 잊어버리지 못하고 당신 딸이 오기만을 기다리셨을까. 보자마자 이야기를 털어 놓으시며 눈물을 흘리셨다.

나는 엄마의 글썽거리는 모습을 보면서 이야기를 듣는데 얼마나 속이 상했는지 모른다. 그리고 당일 아침에 일어났던 이야기까지 남김없이 고스란히 털어놓으셨다.

엄마가 어렵게 일어나 간신히 밀대를 의지해서 화장실로 들어갔단다. 세수를 하려는데 세면대가 물이 줄줄 새어 옷에 물이 범벅이 되어 씻을 수가 없었단다. 그래서 할 수 없이 엄마는 웃옷을 벗고 세수를 했다는 것이다. 그러자 요양보호사가 그 모습을 보더니 "춥지도 않느냐"며 "무슨 웃통을 벗고 씻느냐"며 또 소리를 지르더라고 했다.

정말 어이가 없고 화가 치밀어 올랐다. 병원의 시설물이 고장 나서 수리도 하지 않고 물조차 제대로 내려가지 않는 상황에서 너무 어이가 없었다.

우선 나는 마음을 가다듬고 어찌하면 엄마의 서러운 마음을 위로해 줄까 생각하면서 엄마 이야기가 다 끝날때까지 들어주고 맞장구를 쳐 드렸다. 그러자 엄마는 억울했던 마음이 풀리는 듯했다.

나도 처음에는 요양보호사가 얄밉고 화가 났지만 이야기를 잘 들어주는 것만이 엄마의 속을 풀어 주는 일이기도 해서 함께 욕을 하며 엄마 편에 장단을 맞춰 드렸다.

어르신은 몸만 늙어가는 게 아니라 마음까지 쪼그라들어 누군가의 큰 소리만 들어도 무서워하신다. 요양보호사가 어르신들에게 조금만 더 친절하게 다가간다면 얼마나 좋았을까. 엄마가 오죽했으면 억울한 이야기를 담아 두었다가 목이 메이면서까지 이야기를 했을까, 하는 생각을 하니 많은 아쉬움이 남는다.

"밥 먹을라고 하면 밥상을 휘리릭 채 가버린다. 밥상을 정신없이 채 가버리니, 할머니가 한쪽에서 배고프다며 눈물을 훔치신다"고 엄마를 만나러 갔던 날 엄마가 나한테 전했던 말이다.

어느 휴일 점심시간에 병원을 찾아갔다. 요양보호사가 이름을 부르며 어르신의 식탁에 밥상을 척척 놓고 나갔다. 곧장 병실에 있는 할머니가 보관해 둔 빈 통을 꺼내 음식을 담기 시작한다.

침대 식탁에 올려져 있는 식판에는 밥그릇에 가득 담긴 흰죽과 함께 몇몇 가지의 반찬이 놓여져 있다. 할머니가 담고 있는 통에 밥도 아니고 흰죽과 함께 반찬을 담다 보니 음식이 어지러이 뒤죽박죽 가득 찼다.

이렇게라도 생각이 있고 순발력이 있으신 몇 분의 할머니는 지혜로운 행동을 하시는 분도 계셨다. 빨리 드시지 못하니 덜어 놓았다가 나중에 천천히 먹으면 된다고 말씀하신다.

하지만 행동이 빠르지 못한 할머니는 밥상을 받아들고 한두 수저 먹고 나면 고스란히 빼앗기고 만다. 우리 엄마는 식사를 많이 하시지 못하시니 적당히 한두 수저 먹고 나면 밥상을 걷어 간다고 했다.

엄마가 지난주에 상추가 드시고 싶다 해서 고기를 삶고 상추와 된장을 마련하여 병원을 찾았다. 그런데 엄마는 고기 한 점을 드시다가 그만 내뱉는다.

엄마 옆에 한두 달 전에 들어오셨던 할머니가 식사를 너무 잘하셔서 부럽기만 했다. 그 집은 자식들이 반찬을 다 가지고 와서 먹는다. 뭐든 잘 드신다. 바로 딸이 음식을 가지고 들어온다. 삼겹살을 삶아 왔는데 어르신 정말 잘 드신다. 넓죽넓죽 고기도 크게 썰어 가지고 왔는데 어르신 드시는 모습을 보고 체하지 않을까 불안해했는데 젊은 시절부터 원래 그리 잘 드셨다고 한다. 정말 많은 음식을 가지고 왔다. 그러니 우리 엄마가 얼마나 부럽겠는가.

저렇게 맨날 오기만 하면 자랑한다. 당신은 먹지 못하니 부럽기만 한 것이다. 어르신은 실컷 드시더니 정말 신이 나서 잘 먹었다고 행복해하셨다.

가슴 아프게도 그 와중에 그분의 딸은 아프다면서 정신없이 음식만 내려놓고 일하러 가야 한단다. 쉬어야 하는데 쉬지도 못하고 번갯불처럼 왔다 간다. 어르신 딸이 휘리릭 자리를 뜨고 그 자리를 보니 커피와 홍삼까지 놓여 있다. 놀랍기만 했다.

그리고 조금 시간이 지나자 요양보호사와 간호사가 정신없이 들락거린다. 어르신들께서 식사를 잘하고 계시는지 확인하는 것 같았다. 그렇게 들락거리면서 어르신들이 식사를 모두 마치면 깨끗이 치워 주기 위해서인 것 같았지만 지켜보는 내내 혼란스러웠다.

어르신이 식사를 빼앗기지 않으려고 식사를 하는 모습은 정말 마음을 아프게 했다. 어르신들에게 식사는 얼른 먹지 않으면 식판을 빼앗겨 버린다는 생각뿐이었다.

그때 바로 간호사가 들어왔다. 나는 용기를 냈다. 하지만 곧장 후회하고 말았다. 그동안 느끼고 참았던 이야기를 말해 버렸기 때문이다. 엄마를 요양병원으로 모신 이후 엄마에게 병원에 관한 불만을 들어도 간호사에게 한마디 말도 하지 않았다. 병원에 부모님을 모신 나 같은 사람은 모두 공감하는 부분일 거라 생각한다.

"선생님! 우리 엄마는 상관없는데 저쪽 방에서도 들었던 이야기예요. 드시지도 않았는데 밥상을 후다닥 채 가버린다고, 그래서 할머니들이 밥을 더 먹을 수가 없다고 그러네요. 밥상을 순식간에 가져가 버린다고 할머니들이 이구동성으로 말하더라구요. 제가 전에도 여러 번 어르신에게서 들었어요. 어떻게 할머니가 밥을 수북이 떠서 먹어요."

요양보호사는 내가 하는 말을 듣자마자 몇 분의 할머니 식탁을 치우면서 내 말을 받아쳤다.

"할머니! 그러니까 밥을 한 수저씩 수북이 떠서 먹어야지. 그렇게 야금야금 먹으니까 가져가지!"

나는 옆에서 지켜보다가 어떻게 할머니가 밥을 수북이 떠서 먹느냐며 다시 응대했다. 그랬더니 요양보호사는 "할머니가 먹기 싫어서 깨질깨질 먹으니까 그냥 밥상을 가져가는 거예요." 하면서 막무가내였다.

처음으로 용기 내서 이야기를 꺼냈다가 그만 상처만 입고 말았다.

간호사는 그저 수북이 떠서 먹어야만 한다고 했다. 어떻게 어르신이 수북이 떠서 밥을 드시겠는가? 누구를 원망해야 할까. 정말 병원에 모신 것만 생각하면 자식 된 도리를 못 하는 것 같아 보호자들은 아무 말도 하지 못한다.

그렇게 간호사가 말한 것처럼 밥 한 술을 수북이 담고 드신다면 왜 병원으로 모셨을까? 건강하고 젊은 우리도 밥 한 술 크게 떠서 먹기란 쉽지 않은데 말이다. 어르신들 중 몇 분이나 식성이 좋으실까. 입맛도 없을 뿐 아니라 당연히 천천히 드실 수밖에 없을 것인데도 말이다.

11 무서움에 떨고 있던 모습

"내가 저놈의 할망구 때문에 미칠 것 같다."

"엄마, 그래도 참아야 돼. 이 근처에는 병원이 없어."

엄마는 누가 들을까 무서워 소곤거리며 귓속말로 옆에 계신 할머니와의 갈등을 이야기하셨다.

최근 엄마를 만나러 갈 때마다 많이 속상하곤 했다. 병실에 함께 계신 할머니가 병원에 오신 지 3개월 정도 된다. 그 할머니는 처음부터 방문할 때마다 인사를 해도 잘 받아 주지 않고 간식을 드려도 받지 않으셨다. 참으로 독특한 성격이구나, 하면서 이해했다.

어쨌거나 요양병원에 들어오신 것만으로 안쓰럽게 여겨져 불쌍히 여기곤 했지만 갈 때마다 기분을 나쁘게 했다. 인사를 받지 않고 간식을 받지 않는 것 때문만은 아니었다. 어르신은 내가 병실에 들어갈 때마다 고개를 먼저 돌리셨고, 간식을 드리기도 전에 먼저 손사래를 치시면서 냉정하게 거절하셨다.

아무리 무시하려 해도 엄마를 방문하고 나면 기분이 좋지 않았다. 언젠가 참다 못해 간호사에게 "저희 엄마가 옆에 계신 할머니 때문에 너무 괴로워하시네요."라고 전하자 간호사는 조금 독특하시다는 말만 하고 자기들도 어쩔 수 없다는 식으로 받아들일 뿐이었다.

날이면 날마다 엄마는 내가 갈 때마다 그 할머니 때문에 너무 괴로워하셨다. 나는 엄마에게 신경 쓰지 말고 참아야 된다고 했다. 시간이 지나고 나면 그 할머니도 변할 거라는 기대를 했다.

하지만 할머니는 결국 우리 엄마를 병실에서 왕따를 시키고 말았다. 다른 할머니까지 내가 인사를 해도 빤히 쳐다보기만 했고, 우리를 바라보면서 자기들끼리 이야기를 나누고 계셨다. 아무리 무시하려 해도 내가 느낄 정도였으니 내가 없는 동안은 엄마가 얼마나 힘들었겠는가.

엄마는 그 병실에서 3개월을 보내게 되었다. 그동안 나는 엄마가 계신 병원이 우리 집 근처라서 옮겨야 한다는 생각을 하지 않았다. 엄마도 집 근처에 있기 때문에 좋아하셨고, 가장 중요한 것은 내가 수시로 다닐 수 있어서 좋았다. 그래서 병원을 옮기는 것보다는 다른 병실로 옮겨 달라고 할까 생각해 보았지만 얼마 전에 "병원에서도 너무 오래 있다 보니 신경을 쓰지 않는다"고 했던 엄마 말이 생각났다.

그래, 집 근처가 아니라도 좋다. 엄마가 편하게 계실 곳을 찾아보자. 그렇게 엄마를 만나고 나와 토요일 오후 내내 여기저기 병원을 찾아다녔다. 그리고 최종적으로 병원을 옮기기로 결정했다.

나는 매주 병원을 다녀올 때면 가족들에게 엄마가 지냈던 일주일간의 병원 이야기를 전해 주곤 한다. 그래서 그동안 어느 정도는 옆에 있는 할머니의 이야기를 알고 있었다. 몇 번이나 남편과 아이들이 옆에 계신 할머니를 혼내 줘야겠다고 했다.

나는 가족에게 우리는 주일에 한 번 가서 뵙지만 엄마는 매일매일 그 할머니와 생활하기 때문에 엄마에게 어떻게 할지 모르기 때문에 참아야 된다고 했다. 이제는 다른 병원으로 옮기려고 결정했으니 가만히 있다가 조용히 옮겨 드리자고 했다.

곧장 이후부터는 남편 몫이 되었다. 미리 가서 처방전과 소견서를 발급받고 퇴원 수속도 밟아야 하기 때문에 전날 병원을 찾아야만 했다. 그래서 남편이 낮 시간을 이용해 간식을 들고 병원을 방문한 것이다. 마지막 날이기도 하고, 어찌 되었건 병원에 알리기도 해야 하고, 뭐니 뭐니 해도 엄마에게 이 소식을 알려야 하는 상황이 발생되었기에 남편이 간식을 들고 병원을 방문하게 되었다.

그날을 생각하면 남편 덕분에 내 인생에서 가장 후련했던 시간이었다. 세상을 살아오면서 누구한테도 큰 소리 한번 질러 본 적이 없었다. 사연인즉 남편이 간식을 들고 병실을 들어가는데 아니나 다를까, 그 할머니가 먼저 간식을 드리기도 전에 손사래를 치며 거절을 하시더란다.

"난 안 먹어."

"그래요. 그렇지 않아도 드리지 않으려고 했어요."

"뭐여?"

"저희가 드리는 음식은 드시지 않는다면서요."

"저 할망구가 일러바쳤고만."

"어르신! 할머니가 대장이여! 이 병원이 할머니 것이여! 할머니 때문에 다른 할머니들이 말도 못 하시고 그러면 되겠어요! 나이 드신 할머니끼리 서로 오순도순 이해하면서 지내야지. 이 병원이 할머니 것이냐고. 이 병원이 할머니 때문에 망할 거 같다고. 제가 할머니 버르장머리 고쳐 주려고 온 거예요!"

그러자 할머니는 남편을 때리려고 덤벼들기까지 했다고 했다. 남편이 정말 대단한 할머니라고 전했다. 옆에서 지켜보던 우리 엄마는 무서워서 벌벌 떨고 계셨다고 했다.

남편은 그동안 엄마가 서러움을 많이 받았다고 생각하니 속이 상한 듯했다. 그래서 "어머님! 제가 앞으로 매일매일 올 거예요. 어떻게 하는가 감시하러 올 거니까 걱정 말고 계셔요."라고 또 한번 큰 소리로 말하고 돌아왔다고 한다.

남편은 성격이 온순하다. 어지간해서 화를 내지 않는다. 그러나 얼마나 화가 났던지 그렇게 온순하던 남편이 병원에서 소란을 피우게 된 것이다. 그때 남편은 너무 화가 나서 참지 못했다고 했다. 당연하지 않은가. 아내가 병원에 다녀올 때마다 옆에 계신 할머니 때문에 엄마가 기가 죽어 있다고 전하니 그야말로 남편은 머리 뚜껑이 열려 참았던 화를 풀어헤친 것이다.

많은 분들이 병실로 몰려와 구경하며 속이 후련하다는 표정을 짓더라고 했다. 병원에서 근무하는 분들과 그동안 쥐 죽은 듯이 계신 어르신들의 속을 풀어 주었던 것이다. 듣는 순간 불쌍하기도 했지만 할머니가 미웁기도 했고 후련하기도 했다.

저녁 시간이 되어 남편은 다시 병원을 찾았다. 그 할머니는 소리 없이 누워 계시더라고 했지만 낮에 그렇게 소란을 피우고 나왔으니 엄마가 걱정이 된다는 것이다. 혹시라도 엄마가 그 할머니한테 어떤 해코지를 당할지 모른다고 했다.

남편은 그렇게 소란을 피우고 다음 날 "앞으로도 건강하게 오래오래 사시라"는 말만 전하고 엄마를 모시고 병원에서 나오게 되었다.

엄마는 그동안 계셨던 요양병원에서 조금 떨어진 다른 요양병원으로 옮겼다. 병원을 옮기기로 결정하게 된 동기는 3개월 정도 엄마 옆에 계셨던 할머니와의 관계 때문이었다.

엄마는 병원에 계시는 동안 거의 비슷한 어르신이 계신 곳이기에 어떤 날은 잘 지내시다가도 또 어떤 날은 서로 삐지기도 하다가 금방 좋아져서 사이좋게 지내시곤 했다. 그래서 어린아이와 똑같다는 생각으로 어르신을 이해하면 한결 수월하게 받아들이게 된다.

최근 엄마는 병실에서 어려움을 극복하고 계셨다. 처음에는 엄마 탓이라고만 생각했다. 왜냐하면 엄마 성격이 워낙 깔끔하시고 누구와도 쉽게 어울리지 못하시는 성격이기 때문이다.

나 역시 언제나 집으로 모시지 못하고 요양병원으로 모시게 된 것에 대한 죄책감으로 엄마의 하소연을 듣고도 어지간하면 병원 측에 요구 사항을 말하지 않고 묵묵히 참아왔다.

내가 하고 싶은 말은 우리도 오래 살다 보면 지루해서 새로운 집으로 이사하고 싶은 마음이 들듯이 엄마도 오래 지내다 보니 새로운 곳을 꿈꾸고 있었다는 것을 뒤늦게 알게 되었던 것이다.

한여름 폭염 속에서 소중했던 보청기

남편이 엄마를 모시고 이비인후과를 다녀온 후 엄마와 함께 나누었던 이야기를 전해 주었다.

"어머님이 이대로 100세까지만 사시다가 저녁 잘 드시고 아침에 돌아가셨으면 좋겠네."

"무슨 소리야? 난 지금 너무 힘들어."

"엄마가 사시면 얼마나 더 사시겠어? 아무리 오래 사신다고 해도 멀리 있지 않아. 앞으로 딱 10년이야! 아무리 건강하다 해도 젊은 사람 같지는 않아."

"…."

"오늘 엄마가 오래전에 진영이가 말했던 이야기를 해 주더라구. 언젠가 어머님이 진영이한테 죽고 싶다고 하시니까 진영이가 '할머니! 지금 가면 안 돼. 내가 성공하는 것 보고 가야지.' 이렇게 말했대. 그래서 어머님한테 키워 주셔서 고맙다고 유나와 진영이 이야기만 몇 번을 말했어."

"엄마는 유나, 진영이 이야기만 하면 가장 흐뭇해해."

"엄마가 그러시던데. 유나, 진영이는 꼭 잘될 거라고. 우리 아이들 잘되어야 한다고 오늘도 몇 번이나 말씀하시더라구."

내가 힘들 때마다 남편이 중재 역할을 해 주었기 때문에 난 어려움을 잘 극복할 수 있었다. 엄마와의 대화를 전해 들으면서 찡하게 울림을 받으면서 흐뭇하기도 했다.

우리 엄마는 언제나 당신이 키워 놓은 손녀 복덩이와 손자 찰떡뿐이다. 가끔 엄마는 당신 딸에게는 정말 인색하다. 엄마 마음은 그렇지 않다는 것을 이해하지만 난 엄마 때문에 속상해서 눈물을 훔칠 때가 많이 있다.

몇 주 전, 엄마는 그동안 계셨던 요양병원에서 조금 떨어진 다른 요양병원으로 옮기게 되었다. 병원에서 엠블런스로 모시러 왔기에 바쁜 나에게는 더없이 좋은 일이었다. 남편은 그동안 계셨던 병원의 모든 절차를 끝마쳤고, 새로 옮긴 병원의 간호사와 요양보호사에게까지 부탁을 했다며 전혀 걱정하지 않아도 된다고 했다. 엄마도 새로 온 병원이 좋다고 하셨다. 내가 사전에 병원을 둘러보았을 때도 마음에 들었기 때문에 걱정하지 않았다. 뒤늦게 알게 되었지만 아시는 분이 그 병원에 계셔서 마음이 푹 놓였다.

그 후 며칠간 얼마나 행복했는지 모른다. 사실 그동안 엄마 때문에 마음 한구석에는 무거운 마음이 자리 잡고 있어 노심초사 행복하지 않았다. 엄마 병원을 옮기고 난 후 편한 마음으로 모처럼 행복하다고 느꼈다.

주말이 되어 간식을 들고 가벼운 발걸음으로 병실을 찾았다. 그런데 이게 어찌 된 일인가. 엄마는 나를 보자마자 따발총처럼 불만을 터트리셨다.

"나를 왜 이런 데다 갖다 놓았어. 나를 이리 가라 저리 가라 하고…. 잘 알아보고 했어야지. 화장실이 이게 뭐여. 비누 쪼가리도 없고, 더러워서 있을 수가 없어."

한 시간가량 엄마의 불만을 들어주었다. 누구나 새로운 환경에 적응하기란 힘들기 마련이지만 엄마가 불평을 쏟아 낼 줄은 몰랐다. 병원 관계자들에게는 괜찮다고 말하고 당신 딸 오기만을 기다리셨던 것이다.

나는 화가 치밀어 올랐다. 듣고 있는 내가 미치고 있는 기분이 들었다. 도저히 엄마를 엄마라고 부르고 싶지 않은 마음뿐이었다. 나보고 어쩌란 말인가. 너무 억울했다. 내가 왜 이런 수모를 혼자서 감당해야 하는가.

결국 참지 못하고 언니에게 하소연을 했다. 그때는 내가 엄마를 미워해도 후회하지 않을 것처럼 말이다. 사실 언니는 엄마의 까칠한 성격으로 동생을 힘들게 하기 때문에 엄마를 그리 달갑게 생각하지 않는다.

"너도 이제 엄마 죽었다고 생각하고 잊어버려. 나중에 우리처럼 아프면 어떻게 할래. 이제 각자 자기 몸만 신경 쓰고 살도록 하자."

언니에게서 돌아오는 대답을 듣고 금방 후회하고 만다.

나도 언니처럼 엄마를 잊어버리고 편하게 살고 싶을 때가 한두 번이 아니기에 참지 못하고 하소연을 하지만 그러고 나면 감당해야 하는 부분이 더 크다. 그러기에 참고 또 참고 혼자서 삭히는데 오늘은 참지 못하고 그만 전화를 하고 후회하고 말았다. 앞으로는 절대 좋은 소식만을 전하자며 다시 마음을 추스른다.

며칠간의 병원 생활을 요양보호사에게 들어보니 엄마는 병원을 옮기고 나서 병실에 계신 분들에게 피해를 주고 계셨다.

엄마는 화장실을 자꾸 찾는다. 깊은 잠도 없다. 밤에도 화장실을 수시로 들락거리는 습성이 있다 보니 같은 방 할머니께서 잠을 잘 수가 없다며 하소연하여 병실을 옮겼다는 것이다. 엄마는 귀가 잘 들리지 않으니 옆에 계신 분들에게 피해를 주고 있다는 것을 알지 못했던 것이다. 나 역시 그저 조용히 계신다고만 생각했다.

"선생님! 우리 엄마를 잘 듣지 못하는 분들과 함께 계시게 하면 어떨까요?"

"어르신들이 모두 보청기를 안 하신 분이 없어요."

난 깜짝 놀랐다. 그 비싼 보청기를 자식들이 다 해 드렸단 말인가. 난 자식으로서 도리를 다하지 않은 것 같아 몸 둘 바를 몰랐다.

사실 엄마가 난청이라는 사실을 몰랐다. 조금씩 조금씩 서서히 들리지 않아 최근에야 '이제 잘 듣지 못하는구나' 하면서도 이렇게 심하게 듣지 못한다는 것을 몰랐다. 나이를 먹다 보면 보면 누구나 다른 어르신들도 다 똑같다는 생각을 했다.

엄마 마음을 달래 놓고서야 착잡한 심정으로 가끔 들르는 카페로 발걸음을 옮겼다. 따듯한 커피 한 잔을 시켜 놓고 보청기 가격을 알아보기 위해 인터넷을 검색했다. '보청기 국가보조금 지원'이라는 문구가 눈에 확 들어왔다. 왜 내가 이걸 몰랐을까.

오래전에 엄마가 가는귀가 먹었을 때 보청기 가격이 3백만 원이 훌쩍 넘었었다. 그 후 지금까지 보청기 가격이 너무 비싸다고만 생각했기에 엄두를 내지 못했었다. 최근 귀가 더 들리지 않았음에도 생각조차 하지 못했던 것이다.

나는 얼마나 불효를 하고 있었던가. 보청기 하나 해 드리지 못한 주제에 주위에서 애쓴다고 들었던 이야기들이 귓전을 때렸다. 이렇게 좋은 정보를 왜 이제야 알았단 말인가. 지금이라도 알았으니 얼마나 다행인가.

착잡했던 마음이 술술 풀리면서 얼마나 기뻤던지 인터넷에 올라온 정보를 샅샅이 뒤져 메모를 하고 남편에게 전했다. 남편은 곧장 주민자치센터와 이비인후과를 찾아 보청기 지원을 받기 위한 절차를 밟기 시작했다.

그런데 요즘 날씨가 24년 만에 오는 폭염이란다. 너무 더워 방송에서는 물놀이 익사 사고 보도가 잇따라 들려왔다. 이런 날씨에 보청기 보조금을 지원받기 위해서는 이비인후과를 3회 이상 방문하여 검사를 받아야만 했다.

왜 하필 이 무더운 더위에 정보를 알았던 말인가. 그러나 정보를 알고 있는 이상 엄마 보청기는 한시가 급했다. 어찌하면 좋은가.

남편은 아랑곳하지 않고 알아서 할 테니 신경 쓰지 말라고 했다. 엄마를 모시고 이비인후과 병원을 다녀야 했고, 보청기 가게까지 다녀와야 했기에 남편에게 정말 고맙고 미안했다.

그런데 어려움이 생겼다. 엄마는 몸도 가누지 못하고 이제 늙어 빠졌는데 보청기 하면 뭐 하냐며 이대로 죽을 거라며 고집을 부리셨다.

어렵게 설득하여 이비인후과 첫 방문을 시작하고 검사를 무사히 마친 후 두 번째 방문을 할 때는 예약 날짜에 방문하지 못했다. 엄마가 움직이기 힘들어 가지 않겠다고 하신 것이다. 남편이 얼마나 고생이 많았겠는가.

예약을 취소하고 다시 다른 날로 예약을 잡고서 엄마를 모셨다. 엄마가 사위의 정성을 거절하지 못하고 두 번째 방문했을 때 남편은 성공하고 난 후의 마음을 전했다. 이제 한 번만 남았다고.

나는 하필 좋은 날 다 보내고 이렇게 뜨거운 날에 해야 하는가 싶어 "엄마가 힘들어하시고 가기 싫다고 하면 그냥 내버려 두게. 날씨도 덥고 엄마도 고생이고 자기도 고생이다." 하며 남편에게 포기하자고 했다. 그러나 남편은 힘들지만 하루 빨리 들을 수 있게 해드리면 더 좋은 거라고 막무가내였다.

드디어 세 번째 검사하는 마지막 날이 왔다. 다행히도 토요일이다. 남편은 일찍 엄마를 만나러 갔고 엄마는 사위의 말을 들었다.

세 번째 검사를 마치고 남편은 의사가 발급해준 진단서를 밀봉한채 봉투를 가져왔다. 진단서에 뭐라고 쓰여 있을까 정말 궁금했다. "한쪽은 완전 망가진 상태이고, 다른 한쪽은 아주 조금 어렵게 들리는 것 같다며 이것 가지고 가면 장애 등급을 받을 수 있을 거"라고 의사가 말했다고 한다. 진단서에 모든 내용을 적었으니 걱정하지 말라고….

무더운 더위에 병원에 다니느라 고생한 엄마와 남편임을 알기에 가져온 진단서를 어루만지며 얼마나 소중하고 흐뭇했는지 모른다. 밀봉된 진단서 봉투는 열어볼 수 없도록 도장이 찍혀 있었다. 이대로 뜯지 말고 주민자치센터에 제출하면 된다고 했다.

다음 주 월요일이면 신청할 것이고, 이제 곧 엄마와 무리 없이 소통할 수 있는 날이 다가오고 있다는 사실만으로도 행복했다.

엄마, 조금만 참고 기다려요. 가시는 날까지 하고 싶은 이야기는 모두 나누고 가셔야지요.

이렇게 우여곡절 끝에 엄마에게 보청기를 해 드렸지만 엄마는 몇 번 듣지 못하고 세상을 떠나시고 말았다. 세상의 정보에 어두웠던 나는 얼마나 후회를 했던지….

엄마 소지품을 정리하면서 그대로 보관된 보청기를 어루만지면서 당시 겪었던 아픈 사연이 떠올라 또다시 통곡의 눈물이 쏟아졌다.

무소의 뿔처럼 늘 우두커니 계셨다

『이방인』을 지은 알베르 카뮈는 1913년 11월 7일 프랑스의 식민지였던 알제리 몽드비에서 뤼씨엥 카뮈의 둘째 아들로 태어났다. 아버지는 가난한 광산 노동자로 일하다가 제1차 세계대전에 징집을 당했다. 그때 까뮈의 나이는 생후 9개월이었다.

어머니는 어린 두 아들과 함께 알제 빈민촌에 있는 친정으로 들어갔다. 아버지는 입대 후 처음 참가했던 마른 전투(1914년 9월, 파리 외곽에서 벌어짐)에서 머리를 다쳐 군 병원으로 옮겼고, 두 통의 편지를 보낸 뒤 스물아홉 살의 나이로 세상을 떠나고 말았다.

카뮈의 어머니는 알제리의 빈민촌 지역인 벨꾸르구로 이사한 뒤 집안의 가장이 되어 농가에서 가정부로 일했고, 교육은 외할머니가 맡았다. 카뮈는 그곳에서 가난한 유년 시절을 보냈다. 훗날 카뮈는 그 시절을 두고 '나는 가난 속에서 자유를 배웠다.'고 술회했다.

카뮈의 어머니는 선천적으로 귀가 어두웠고 말을 더듬었다. 그래서 말수도 적었지만 평생 소극적으로 살았을 뿐만 아니라 항상 겁에 질려 있었다. 까뮈를 비롯한 자식들은 어머니에게 사랑의 말도, 행동도 받지 못했다. 특히 아버지에 대한 추억을 원하는 어린 까뮈의 요구를 들어주지 못했다.

다행히도 1923년 초등학교 시절, 루이 제르맹이라는 훌륭한 스승을 만나 큰 영향을 받았다. 누구에게도 도움을 받을 수 없었던 카뮈는 고학으로 공부를 했다. 1925년 고등학교 친구들과 어울리면서 가난을 더욱 뚜렷하게 의식한다. 카뮈는 축구 덕분에 친구들과 어울릴 수 있었고 골키퍼로도 활약하게 된다. 또한 여름이면 알제 중심가 철물점의 점원, 선박회사의 사원으로 일하면서 생활비를 보탠다.

1930년, 카뮈는 17세에 알제대학교 철학과에 진학하여 철학을 공부했다. 이때 당대의 대 문학가인 장 그르니에를 만났으며 그를 평생 스승으로 삼았다. 철학 학사 학위를 받은 뒤 어려운 경제적 조건 속에서 교수 자격시험 응시 자격증을 받았으나 폐결핵을 앓게 되어 철학교수 자격 시험은 포기해야 했다.

알베르 카뮈는 연극에 열중하여 많은 희곡을 상연하고, 신문기자가 되었다. 연극에도 관심이 많았다. 그 영향으로 희곡을 쓰기도 했다.

1933년 20세에 모르핀 중독자 시몬이에와 결혼했으나 뒤늦게 아내 시몬에게 마약을 공급해 주는 의사가 시몬의 정부라는 사실을 알고 헤어지게 된다.

1940년 27세에 재혼을 하고 『이방인』을 탈고하게 된다. 1941년 28세에 사립학교에서 교편을 잡고, 『시지프의 신화』를 탈고한다.

1947년 34세에 소설 『페스트』 간행, 1957년 44세의 나이에 노벨 문학상을 받았고, 그 후 1960년 47세에 자동차 사고로 사망한다.

『이방인』의 줄거리는 다음과 같다.

"오늘 엄마가 죽었다. 어쩌면 어제. 양로원으로부터 전보를 한 통 받았다. '모친사망, 명일 장례식, 근조' 그것만으로써는 아무런 뜻이 없다. 아마 어제였는지도 모르겠다."

뫼르소는 엄마의 소식을 접하고 엄마가 계셨던 양로원에 도착하여 원장의 이야기를 듣게 된다.

장례식은 오전 10시로 예정되어 있었다. 뫼르소는 밤샘으로 간단한 세수를 하고 밀크커피를 마시고 밖으로 나왔다. 해는 완전히 떠올라 있었다. 주위에는 한결같이 햇빛이 넘쳐서 눈부시게 빛나는 벌판이 보일 뿐 하늘에서 쏟아지는 빛은 견딜 수 없을 지경이었다.

새로 포장한 길은 뜨거운 햇볕을 받아 아스팔트가 녹아서 갈라 터져 있었다. 날씨가 몹시 더웠다. 뫼르소는 엄마의 장례식을 마치자 '이제는 열두 시간 동안 실컷 잘 수 있겠구나' 하는 기쁨을 느꼈다.

오늘은 토요일이다. 어제의 일로 피곤했지만 수영을 하러 나갔다. 수영장에서 전에 같은 사무실에서 일했던 마리를 만나 수영을 하고 페르낭델이 나오는 영화를 보았다. 일요일은 집에서 휴일을 보냈고, 내일은 다시 일을 시작해야 한다.

뫼르소에게 달라지는 것은 아무것도 없었다. 뫼르소는 모친 장례 후 출근하자마자 일을 많이 했고, 에마뉘엘이라는 여직원과 식사를 한 후 집으로 돌아왔다.

집으로 돌아오는 길에 층계를 오르다 이웃에 사는 살라마노 영감을 만났다. 살라마노 영감은 8년 전부터 개와 함께 살고 있었지만 개를 미워하고 있었고, 개는 공포에 떨며 매일 그렇게 살고 있다.

또 다른 이웃집에는 레몽이라는 친구가 살고 있다. 레몽은 어떤 여자를 알게 되었고, 한 사나이와 싸움을 했는데 그 여자의 오빠라는 것이다. 레몽은 그 여자에게 발로 차 버리는 뜻의 편지를 써 달라고 뫼르소에게 부탁한다. 뫼르소는 레몽의 마음에 들도록 편지를 써 주었다.

어느날 사장이 뫼르소를 불렀다. 사장은 파리에다가 출장소를 설치하고 현지에서 직접 큰 회사들과 거래를 하려고 하는데 그리로 갈 생각이 있는지 의향을 물었다. 학생 때에는 그런 종류의 야심도 많이 있었다. 그러나 학업을 포기하지 않을 수 없게 되면서 그러한 모든 것이 실제로는 아무런 중요성이 없다는 것을 뫼르소는 깨달았던 것이다.

토요일이 왔다. 뫼르소는 마리와 함께 바닷가로 나갔다. 마리는 뫼르소에게 '자기를 사랑하느냐'고 묻는다. 뫼르소는 사랑하는 것 같지 않다고 대답한다. 다시 마리가 찾아와서 결혼할 마음이 있느냐고 묻는다.

뫼르소는 그건 아무래도 상관이 없지만 마리가 원한다면 그래도 좋다고 말했다. 그러자 마리는 또 사랑하냐고 묻는다. 아무 의미도 없다는 말이지만 아마 사랑하지 않는 것 같다고 말했다. "그렇다면 왜 나하고 결혼해요?" 뫼르소는 그런 건 아무 중요성도 없는 것이지만 정 원한다면 결혼을 해도 좋다고 설명을 한다. 마리는 다른 여자로부터 청혼이 있어도 승낙할 것이냐고 묻자 물론이라고 한다.

레몽은 뫼르소에게 알제 근처의 조그만 별장에 마송이라는 친구의 집에서 하루를 지내자고 연락을 했다.

일요일이 되어 뫼르소는 마리와 레몽과 마송의 초대로 해변가로 놀러 가게 된다. 마송은 해변 기슭의 조그만 목조 오두막에서 살았는데 집은 바위를 등지고 집의 전면 밑쪽을 떠받치는 기둥들은 물속에 잠겨 있었다.

11시 30분! 정오가 가까워지자 뫼르소, 레몽, 마송이 바닷가로 내려갔다. 뫼르소는 맨머리 위로 내리쬐는 태양 때문에 반쯤 졸고 있었으므로 아무것도 생각할 수 없었다. 그때 바닷가 끝에서 아랍인 둘이 걸어오고 있었다. 남자들이 산책을 하다가 그만 아랍인과 싸움이 벌어져 레몽이 아랍인의 칼에 맞게 된다.

레몽과 뫼르소의 두 번째 산책이 시작된다. 다시 아랍인 두 명을 만나게 된다. 이제 뫼르소는 혼자의 산책을 한다. 세 번째 산책을 하는 것이다. 이때 아랍인 한 명이 있는 것을 보았다. 아랍인이 단도를 뽑아서 태양 빛에 비추며 겨누었다. 모든 것이 움직인 것은 바로 그때였다. 바다는 무겁고 뜨거운 바람이 실어 왔다. 온 하늘이 활짝 열리며 비 오듯 불을 쏟아붓는 것만 같았다.

뫼르소는 온몸이 긴장해 손으로 권총을 힘있게 그러쥐었다. 방아쇠가 당겨졌고 권총 자루의 매끈한 배가 만져졌다. 뫼르소는 한낮의 균형과 행복을 느끼고 있던 바닷가의 예외적인 침묵을 깨뜨려 버렸다는 것을 깨달았다. 살인을 저질렀던 것이다. 그때 뫼르소는 다시 4발을 쏘았다. 그것은 마치 불행의 문을 두드리는 네 번의 짧은 노크 소리와도 같은 것이었다며 1부를 끝맺고 있다.

2부에서는 뫼르소가 체포되어 심문을 받고 사형 집행을 받는 이야기이다.

양로원 원장, 문지기, 토마페레스 영감, 레몽, 마송, 살라마노, 마리, 셀리스트가 증인으로 호출되었다.

뫼르소는 증인들이 '장례식날 담담했고, 엄마를 보려 하지 않았고, 눈물을 흘리지 않았으며, 묵도를 하지 않았고, 엄마의 나이를 모르고, 엄마를 보고 싶어 하지 않았다는 것과 담배를 피웠다는 것, 밀크커피를 마신 것' 등을 말하자 처음으로 죄인이라는 것을 깨달았다.

또한 마리와 해수욕을 갔던 일, 영화 구경을 갔던 일의 심문이 계속되었고 마송, 살라마노 영감이 나서서 해명했으나 들어주는 사람이 없었다. 뫼르소의 의견은 물어보지도 않은 상태에서 뫼르소의 운명이 결정되는 것이었다. 뫼르소는 모든 것은 태양 때문이었다고 말하며 사형 집행을 받으면서 오랜만에 엄마 생각을 했다.

알베르 카뮈의 저서 『이방인』의 책은 알베르 카뮈가 느꼈던 사랑의 결핍을 주인공 뫼르소를 통해 전달하고자 했던 것 같다. 알베르 카뮈는 생후 9개월 만에 아버지를 여의었고 어머니마저 귀머거리이고 말도 어눌하여 할머니 그늘에서 자라났다. 자라온 환경을 보면 알베르 카뮈의 성장 과정에서 많은 어려움이 있었을 거라는 짐작이 간다.

알베르 카뮈는 『이방인』을 통해 엄마의 죽음을 바라보면서 엄마의 사랑을 그리워하며 자신을 솔직하게 표현하고 있다. 나는 알베르 카뮈의 태생을 보면서 나의 출생과 흡사하여 이 책을 읽으면서 알베르 카뮈의 마음을 충분히 이해할 수 있었다. 소설 속에서 엄마의 이야기는 나의 일상과 비슷했고, 나의 마음을 대변해 주는 부분이 있어 매우 친근하게 다가오기도 했다.

특히 뫼르소가 엄마를 부양할 수 있는 능력이 되지 않아 양로원으로 모셨다는 이야기는 더욱 공감이 가는 부분이었다. 엄마가 양로원으로 들어가시고 며칠 동안은 자주 울곤 했다는 내용과 뫼르소가 양로원을 가지 않은 데는 일요일을 빼앗겨야 하는 이유가 나온다.

우리 엄마 역시 나와 이야기를 나눌 때면 종종 눈시울을 붉혀 내 마음을 찡하게 만들기도 했다. 나는 휴일이면 꼬박꼬박 엄마에게 가야 하는 부담감이 있었다.

엄마가 휴일이면 나를 기다리고 있고, 나 역시 엄마를 보지 않으면 마음이 편하지 않기 때문에 자주 찾아가 뵙곤 했다. 있는 그대로 표현하자면 사실 귀찮을 때도 있었다.

어느 날은 하루를 꼬박 엄마에게 소비하는 시간도 있었다. 힘들어서 피곤에 지치기도 했고 나의 소중한 시간을 모두 빼앗긴 것에 한숨이 절로 나오기도 했다. 그렇다고 이런 상황을 누군가에게 털어놓기란 그리 쉬운 일이 아니었다.

사람들이 나의 행동에 오해할 수 있을지도 모르기 때문에 구구절절 이야기하면서 해명을 하기란 쉽지 않았다. 나는 사람들을 의식하면서까지 엄마를 보러 가지 않았지만 이것 또한 전혀 아니라고 단정 지을 수는 없는 일이었다.

내가 엄마를 보러 가는 날은 병원에 계시는 어르신들과 병원에 종사하는 요양보호사 그리고 간호사들을 만나게 된다. 그래서 내가 엄마를 자주 보러 병원에 가는 이유도 엄마에게 좀 더 신경을 써 달라는 마음이 은연중에 포함되어 있기도 했다.

엄마는 함께 계시는 할머니의 이야기를 가끔 전해 주셨다. "저 할머니는 자식뿐만 아니라 누구 하나 찾아오는 사람이 없어 병원에서도 함부로 한다"는 것이다.

엄마의 말이 맞을지도 모른다는 생각을 해 보았다. 내가 우리 엄마를 자주 보고 소중하게 생각해야 다른 사람들도 소중하게 대하지 않을까 싶은 이유도 있었다.

"노인은 엄마 이야기를 하면서 '가엾은 자당님'이라고 말한다. 엄마가 죽은 뒤 필시 뫼르소가 상심하고 있을 것이라는 추측을 했지만 뫼르소는 아무 대답도 하지 않았다.

노인은 빠른 어조로 어색한 낯을 보이며, 어머니를 양로원에 넣었다고 동네에서 뫼르소를 좋지 않게 생각하고 있다는 것을 알지만 노인은 뫼르소가 어떤 사람인지 잘 알며, 뫼르소가 엄마를 퍽 사랑했다는 것을 알고 있노라고 말했다."

살라마노 영감이 뫼르소에게 했던 이 글에서 내가 엄마를 요양병원으로 모시고 난 후 나의 상황을 그대로 표현하고 있는 듯하여 마음을 내려놓기도 했었다.

가끔 나는 아파트 엘리베이터에서 만나는 동네 이웃분들과 엄마와 함께 성당에 다니셨던 어르신께서 엄마의 소식을 물어 오면 난처할 때가 종종 있었다. 그럴 때면 난 씁쓸한 웃음을 지으며 "괜찮아요"라고 짧게 대답만 했었다. 무슨 말을 해야 할지 당황스러워서 마주치지 않았으면 하는 생각이 들 때도 있었다.

우리 엄마는 성격이 올곧아 누구하고도 잘 어울리지 못하는 성격이어서 병원에서도 이방인처럼 계시곤 했다. 내가 병원을 찾을 때면 엄마는 늘 혼자 우두커니 계셨다. 그 모습을 보고 나는 엄마가 같은 나이의 어르신들과 잘 어울렸으면 하는 바람으로 몇 번이나 엄마에게 부탁했다. "엄마도 다른 사람들과 함께 어울리면서 지내면 안 되겠느냐"고 묻자 엄마는 혼자서 지내는 것이 훨씬 편하고 좋다고 하셨다.

나만 기다리고 계시는 엄마가 나를 조금 힘들게 하기는 하지만 평생을 그렇게 살아오신 분의 성격을 바꾸기란 그리 쉬운 게 아니었다.

나는 엄마의 삶을 보면서 '우리 엄마가 세상을 참 잘 사셨구나' 하는 생각을 하게 되었다. 어차피 인생은 혼자 사는 법! 우리 엄마는 무소의 뿔처럼 혼자서 잘 살고 가셨다.

그 후 엄마의 모습을 있는 그대로 바라보고 인정해 주니 나의 마음도 한결 가볍고 편해졌다. 나는 가끔 혼자서 외로움을 느낄 때가 있는데 엄마가 했던 말을 생각하면서 '엄마의 그 말이 나에게 용기를 주는 말이었구나' 하면서 빙그레 웃음을 짓곤 한다.

"모든 번뇌의 매듭을 끊어 버리고 무소의 뿔처럼 혼자서 가라."

"번뇌에 휩쓸리지 말고 번뇌에 불타지도 말고 무소의 뿔처럼 혼자서 가라."

불교 경전 『숫타니파타』에 나오는 구절이다.

『이방인』의 주인공 뫼르소처럼 마지막 소원은 외롭지 않도록 많은 사람이 와서 함성을 지르기를 희망할지도 모르겠다는 생각이 든다고 했는데 우리 엄마는 죽음에 이르러서야 많은 분들이 엄마를 보러 오셔서 아름답게 애도를 표했던 분들에게 감사함을 전한다.

엄마는 엄마답게 세상을 떠나셨다

"2020년 2월 6일 오전 7시 15분경 운명하셨습니다."

"얼른 병원으로 오셔야겠습니다."

휴대전화에서 들려온 병원 관계자의 음성이었다.

출근 준비를 하고 있는데 핸드폰으로 전화벨이 울렸다. 요즈음 새벽 시간에 걸려 온 전화가 거의 없었기에 불길한 마음부터 밀려왔다. 조심스럽게 전화를 받자마자 눈앞이 캄캄했다. 허둥지둥 아들과 함께 병원으로 가는 도중 어찌나 마음이 불안하던지 너무나 위급한 상황임을 감지했다.

'올 것이 왔구나. 그래도 지금은 안 돼. 난 아직 할 말이 너무 많아.' 마음속으로 계속 읊으면서 쿵쾅거리는 가슴을 안고 병원으로 내달렸다. 병원에 도착하여 숨가쁘게 중환자실로 뛰어 올라가니 야근을 했던 남편이 미리 도착하여 엄마 곁을 지키고 있었다.

"운명하셨습니다."

이른 아침 7시 15분경 가족들 앞에서 의사가 내린 사망 선고다.

가족이라야 내 남편과 아들이 전부였고, 믿을 수 없었지만 믿을 수밖에 없는 일이 벌어졌다.

"새벽 5시 30분! 기저귀를 갈아 드리려고 어르신께 갔는데 어르신 머리맡에 환자복이 얌전하게 개어 있더라구요. 새 옷으로 갈아입혀 드릴까 물어보니 갈아입혀 달라고 해서 옷과 기저귀를 갈아 드렸고, 이후 한 시간이 지나서 보니 돌아가셨다고 해서 우리도 정말 놀라웠어요. 할머니처럼 깨끗하고 이쁘게 돌아가신 분은 처음 있는 일이에요."

엄마를 보살펴 주었던 요양보호사가 말했다.

엄마는 세상을 떠나기 직전까지도 몸과 마음을 깨끗이 하고 주무시면서 숨을 거두셨다.

평소 엄마는 깔끔하신 분으로 주위 분들에게도 유명했다. 울 엄마는 울 엄마답게 세상을 떠나셨던 것이다.

엄마는 침대에 편안하게 누워 계셨다. 돌아가셨다고 하기에는 믿어지지 않았다. 너무 놀라워서 소리도 나오지 않았다. "엄마! 엄마!" 조용히 불러 보았다. 불러도 불러도 대답 없는 엄마! 나도 모르게 솟구치는 눈물과 함께 엉엉 울면서 엄마를 소리쳐 불렀다.

엄마를 부르면 엄마가 눈을 뜰 것 같았으나 엄마는 입을 꾹 다문 채 어떠한 표정도 짓지 않았다. 엄마! 엄마! 아무리 소리쳐도 엄마는 한결같은 모습이었다. 눈물만이 내 몸을 위로하듯 감싸안았다.

엄마의 몸이 너무나 따뜻해서 운명하셨다는 의사의 말을 믿을 수 없었다. 아니, 믿고 싶지도 않았다. 어떻게 이렇게 가신단 말인가. 나는 아직 할 말이 너무 많은데, 그냥 가시게 한 죄를 어떻게 감당하란 말인가. 임종을 보지 못한 아쉬움이 너무나 컸다.

엄마 곁을 지켜본 찰떡이 말했다. 내가 울고 있을 때 엄마 눈가에서 눈물방울이 쪼르르 흘러내렸다는 것이다. 그 시간 엄마는 완전히 세상을 떠나지 않았다는 것인데 뒤늦게 그 소리를 듣고 얼마나 후회했는지 모른다. 심장이 멈추었다고 바로 죽은 것이 아니라 뇌는 살아 있다는 것을 누군가에게서 들은 적이 있었는데 그걸 잊고 있었던 것이다.

정말로 엄마가 딸의 울부짖음을 듣고 눈물을 흘리셨을까? 아직도 의문이 들긴 하지만 그저 믿고 싶을 뿐이다. 진작 그걸 알았더라면 울지 않고 엄마에게 좋은 이야기를 많이 해 드렸을 텐데 그 소중한 순간을 깨닫지 못하고 돌아가시고 나서야 모든 것을 후회한다.

누워 계신 엄마의 침대는 요양보호사의 손에 이끌려 다른 병실로 들어갔다. 뒤따라 들어가면서 엄마의 눈을 뜨게 하는 어떠한 마법이라도 부리고 싶었지만 아무런 소용이 없었다.

요양보호사의 손길에도 엄마는 그대로 누워만 계셨다. 요양보호사는 "이렇게 깨끗하게 세상을 떠나신 분은 없었다"는 이야기를 반복하면서 엄마의 옷을 갈아입히셨다.

엄마의 살갗은 평소 살아 계실 때보다도 더 깨끗했다. 한참을 바라보고 멍하게 있으니 이제 보호자는 나가란다. 엄마를 볼 수 있는 권리마저 박탈당했다. 나는 어떤 행동도 취할 수 없었다. '엄마가 정말 운명하셨구나' 이제는 믿을 수밖에 없었다.

몇 년 전, 시부모님을 떠나보냈음에도 또다시 허둥대고 만다. 이제 엄마를 떠나보내야 하는 시간이다. 얄밉게도 슬픔은 잠시 마음속으로 간직하고 조문객을 맞이해야 하는 준비를 해야만 했다. 병원에서는 장례식장으로 가기 전에 사망진단서를 발급받아야 하는데 9시가 넘어서야 가능하단다.

장례식장으로 가기 전, 아들과 함께 집으로 향하면서 우리 엄마가 세상을 떠났는데 내가 평상시처럼 움직일 수 있다는 것이 신기하기만 했다.

집에 도착하니 참았던 슬픔이 밀려와 아들과 딸이 있는 앞에서 목이 메도록 울었다. 울어도 울어도 끝없이 눈물이 흘러내렸다.

"유나야, 진영아, 엄마가 장례식장에 가서는 울지 않을란다. 사람들 있는 곳에서는 절대 울지 않을 거야. 지금 집에서만 실컷 울고."

"엄마! 엄마! 그동안 할머니한테 너무 잘했어. 괜찮아! 괜찮아!"

아들과 딸이 토닥거려 주는데도 눈물은 멈출 줄 모르고 쏟아졌다. 그야말로 절규의 외침으로 울분이 터져 나왔다. 가슴에서 미어지는 아픔이 숨을 막히게 했고, 심장이 터질 것만 같았다.

엄마가 숨을 거둘 때까지 곁에 아무도 없이 얼마나 몸부림쳤을까. 얼마나 외로웠을까. 숨을 거두면서 혼자서 얼마나 무섭고 힘드셨을까.

엄마가 죽으면 절대 울지 않을 거라고 다짐했었다. 그래서 살아 계실 때 최선을 다하자고 맹세했다. 죽음 앞에서 우는 자녀가 되지 않을 거라고 했건만 울어도 울어도 눈물은 멈춰지지 않았다.

장례식을 치르는 동안 많은 조문객의 위로를 받았다. 호상이라고….

"그래요, 우리 엄마 정말 잘 가셨습니다."

아무렇지 않은 듯 씩씩하게 웃어주면서 말하기도 했다. 하지만 절대 호상이라는 말을 쉽게 꺼내서는 안 되는 것이었다. 아무리 호상이라고 괜찮다고 하지만 엄마를 잃은 슬픔은 어느 것에도 비할 데가 없었다. 직접 겪어 보지 않고서는 엄마 잃은 슬픔을 어느 누구도 모른다는 사실이다.

흐느끼는 눈물을 몰래 훔치기도 했고, 눈물을 훔치면서 시간이 날 때마다 혼자서 흐느꼈다. 누가 뭐래도 엄마한테 할 만큼 했고, 엄마의 죽음에 대해 마음의 준비를 다했다고 생각했는데, 엄마도 사실 만큼 오래 사셨다고 생각했는데 한없이 쏟아지는 눈물을 멈추게 할 수는 없었다.

언니와 오빠뿐만 아니라 내 주변에 있는 지인들은 너무 고생했다며 할 만큼 했다고, 너처럼 하는 사람 없었다고, 정말 효녀였다고 칭찬을 아끼지 않았지만 내 머릿속은 복잡하기만 했다. 왜 엄마한테 잘못한 것들만이 내 기억속에 틀어잡고 앉아 있다가 엄마 죽음 앞에서 벌레들처럼 쏟아져 나와 내 몸을 옭아매고 있는지, 정말 좋은 것보다 좋지 않은 기억들이 나를 힘들게 하는지 야속하기만 했다.

지금도 엄마의 죽음을 받아들이고 세상을 떠나는 마지막 순간에 함께하지 못했던 소중한 시간이 못내 아쉽기만 하다. 뒤늦게나마 장례지도사의 도움으로 가시는 꽃길에 못다 한 이야기를 종이 위에 담아 곱게 접어 엄마 곁에 올려놓은 걸로 쓸쓸하게 위안을 얻는다.

할머니! 제가 이렇게 바르게 자랄 수 있었던 것은 8할이 할머니 덕분이에요. 생전에 자주 찾아뵙지 못해 죄송한 마음이 늘 가슴 한편에 있었습니다. 이렇게 예쁘고 바르게 키워 주셔서 감사합니다. 이제 편히 쉬세요. 할머니 사랑합니다.

- 할머니 사랑 듬뿍 받은 손녀 복덩이가 -

할머니! 사랑합니다. 살아 계실 때 꼭 성공해서 멋진 모습 보여 드리지 못해 죄송합니다. 공부한다고 할머니한테 소홀히했던 점 정말 미안하구요. 할머니와 함께했던 아름다운 추억 잊지 않을게요.
그리고 할머니가 평소 말씀하시던 대로 꼭 성공해서 멋진 신사복 입고 번쩍번쩍 빛나는 구두도 신고 멋진 사람이 되겠습니다.
할머니! 꼭 천국 가셔서 아프지 말고 행복한 나날 보내시길 바랍니다.

- 할머니가 친구처럼 사랑했던 손자 찰떡이 -

사랑하는 어머님! 이제 다시는 오시지 못할 길을 가시는군요. 잠시 90 평생을 살아오신 어머님의 생을 떠올려 봅니다. 아버님 없이 7남매를 다른 집 아이들에게 뒤지지 않게 하기 위하여 억척같이 키우시려는 어머님 마음을 알았습니다. 이제 모든 것 잊고 편안하게 좋은 곳으로 가시리라 믿습니다.
저희 진영이와 유나에게 너무 많은 사랑을 주신 것에 정말 감사드립니다. 이 모든 감사하는 마음은 어머님의 막내딸 이영순과 손녀 유나, 손자 진영이와 건강하고 행복하게 잘 사는 것으로 보답하겠습니다.
이제 다시는 못 뵙지만 어머님의 사랑은 항상 잊지 않겠습니다. 부디 좋은 곳으로 가십시오. 어머님 사랑합니다.

- 막냇사위 -

하나뿐인 우리 엄마! 이제 보고 싶어도 보지 못하네. 너무 굶주려서 낳지 않으려고 독한 약을 드셨다고 했지. 그런데 엄마는 사흘 동안 죽었다가 살아났고 배 속에 있던 핏덩이는 떨어지지 않았다고 했지. 그렇게 태어나서 엄마와 57년을 함께했네. 그러고 보니 엄마는 93세나 되었고, 난 쉰일곱이나 먹었네. 엄마 호강시켜 드리려고 했는데 너무 고생만 하게 했네. 엄마! 정말 미안해.

나는 한시도 엄마를 잊어본 적이 없었어. 어딜 가나 무슨 일을 해도 내 마음속에는 언제나 엄마뿐이었지. 엄마가 알고 있었을까? 엄마 없는 세상은 생각조차 하지 못했어. 내 인생에서 엄마를 떨쳐 버릴 수가 없었어.

엄마와 함께하면서 함께 울고, 함께 아프고, 수많은 일들이 있었지. 가끔 엄마 뜻대로 내가 해 주지 못한 것들 때문에 나 혼자서 가슴앓이도 많이 했었어.

엄마! 이 정도면 엄마가 낳지 않으려고 했던 딸 낳아 놓고 호강 많이 받았다고 생각하기도 했지. 혼자서 감당하기 어려워 힘든 적이 한두 번이 아니었지만 최선을 다해야겠다고 다짐하곤 했어.

중간중간에 엄마가 아플 때마다 나에게 억지를 부리고 악담을 할 때면 내가 얼마나 슬펐는지 몰라. 하지만 내가 엄마한테 투정 부린 것 정말 미안해. 엄마하고 서로 상처받고 가슴 아픈 적도 많았는데 엄마 때문에 힘든 시간 잘 극복할 수 있었던 것 너무 감사하게 생각해요.

엄마가 유나, 진영이 키우면서 얼마나 힘들었는지, 얼마나 행복했는지 다 알고 있어요. 너무너무 고생했는데 엄마의 젊은 시절이 너무나 고달파서 아이 키우는 것은 아무것도 아니라고 했었지. 항상 고맙게 생각했고 엄마에게 너무 감사한 마음뿐이었어요.
엄마! 이제는 좋은 곳에 가셔서 훨훨 날아다니길 바라고 자식 때문에 아팠던 가슴앓이는 절대 하지 마세요. 나도 이제 엄마 걱정 안 하고 잘 살아갈게요. 항상 남에게 폐 끼치지 않고 부지런하고 청결하신 엄마 모습 간직하면서 잘 살게요.
엄마! 이제 정말 '안녕' 하는구나!
안녕! 사랑해, 엄마.
울 엄마 이제 보고 싶어도 못 보네. 세상 떠나기 직전에 엄마랑 이야기 나누지 못해서 정말 섭섭하기만 하네. 누구나 임종을 보았느냐고 물었던 것을 이제서야 깨달았네. 엄마 미안해. 후회하지 않으려고 최선을 다했다고 생각했는데 못 한 게 너무 많네. 눈물도 흘리지 않기로 약속했는데 왜 그렇게 눈물이 자꾸 나오는지….
내가 엄마한테 요양병원 모시지 않겠다고 약속했었는데 너무 가슴이 아파. 세상을 떠나려고 그랬는지 숨을 거두시기 전 집에 오고 싶다 했는데 집으로 모시지 못해서 정말 미안해.
잠시 엄마가 정상이 아니었던 때 악담을 할 때는 엄마가 원망스럽기만 하더니만 오히려 그때가 좋았었네. 엄마가 많이 힘들어할 때 너무 괴로웠는데 이제 편하게 가셨으니 좋은 곳에 가셔도 훨훨 날아다니길 바랄게. 엄마 덕분에 유나와 진영이 너무 잘 컸고, 항상 고마움 잊지 않을게.
엄마! 내가 돈 때문에 힘든지 알고 멀리 가셨지? 정말 할 말이 많았을 텐데 정말 보고 싶어 했을 텐데 왜 이걸 몰랐을까? 아이를 낳아 봐야 알 듯 돌아가시니까 깨닫게 되네. 정말 후회하지 않으려고 했는데 내가 너무 몰랐어. 엄마가 보고 싶은데 어떻게 하지? 아무리 소리쳐 불러도 소용없는데 흐르는 이 눈물을 어떻게 할까요?

- 57년을 함께했던 막내딸이 -

"그리 오래 함께 사셨는데도 그렇게 슬퍼?"

아직 엄마를 떠나 보내지 않은 지인들이 자주 하는 말이다.

나는 그들에게 "엄마 잃은 슬픔은 아이 낳는 고통과 똑같다"고 말해 주었다. 이 말 외에는 다른 어떤 말로도 표현하기 어렵다.

아이가 태어나던 날 얼마나 큰 고통이 따랐던가. 출산하던 날 너무 아파서 죽었다고 생각했던 그때가 생각난다. 엄마를 떠나보내고 나서야 비로소 깨닫게 되었던 아픔이다.

엄마! 안녕! 천국의 길 잘 찾아가셨는지요?

최근에 유행했던 노래 가사가 생각난다. "먼저 가 본 저세상 어떤가요. 가 보니까 천국은 있던가요."라는 노래 가사다.

이 세상에 태어난 이상 누구든 피할 수 없는 곳이지만 먼저 가신 저세상이 어떤지 그리고 천국이 있는지 궁금하다. 엄마는 왔던 곳으로 다시 돌아간 것이겠지만 93년 만에 가는 곳이니만큼 헤매지 않고 잘 가시라고 기도를 올려 드린다.

엄마, 잘 가요. 안녕!